LE DERNIER MESSAGE

NÉMÉSIS

L'auteur

Catherine MacPhail, romancière écossaise issue d'une famille modeste, a longtemps considéré le métier d'écrivain comme un rêve inaccessible. Après la naissance de son premier enfant, elle a commencé à fréquenter l'atelier d'écriture de son quartier où on lui a vite conseillé d'envoyer son manuscrit à des éditeurs... Son premier roman pour la jeunesse, *Run, Zan, Run*, a remporté le *Kathleen Fidler Award.* Catherine MacPhail est aujourd'hui un auteur reconnu, elle a publié une trentaine de romans et reçu de nombreux prix.

CATHERINE MACPHAIL

LE DERNIER MESSAGE

NÉMÉSIS

Traduit de l'anglais (Écosse)
par Aude Carlier

POCKET JEUNESSE

Pour Daniel David Small

Titre original :
Nemesis
1. Into the Shadows

Publié pour la première fois en 2006
par Bloomsbury Publishing Plc, Londres.

Loi n° 49 956 du 16 juillet 1949 sur les publications
destinées à la jeunesse : mai 2009.

ISBN 978-2-266-17897-6

VENDREDI, 4 HEURES DU MATIN

Je remuai en dormant. Dans mon cauchemar le froid s'infiltrait et transformait en flammes de glace le feu qui m'encerclait. Des vrilles gelées se tendaient vers moi, léchaient mes doigts, enserraient mes chevilles, m'empêchant de fuir, alors qu'il le fallait absolument. Je sentais en moi un besoin désespéré de courir, de me cacher. Encore et toujours.

Avais-je déjà fait ce rêve ? Il me semblait vaguement familier : le feu mordant comme le gel, et le bruit. Un martèlement rythmé qui me parvenait de loin. Comme un tambour de guerre. Encore une chose que je devais craindre. Et qui me mettait en garde. De plus en plus fort, le bruit se rapprochait, m'arrachant à mon rêve.

Je m'éveillai en sursaut. Le froid du béton traversait mes vêtements, me glaçant, jusqu'au plus profond de mes os. Je me redressai soudain. Où étais-je ? Pourquoi est-ce que j'oubliais toujours mes rêves ? Et depuis quand ? Je ne me rappelais plus rien.

Je me trouvais dans une cage d'escalier. Il y faisait

sombre ; les recoins étaient à peine éclairés par une ampoule. L'escalier descendait, sans fin. Je ne voulais même pas imaginer jusqu'où il plongeait. Trop effrayant. Je n'étais pas seul. Des quintes de toux résonnaient plus bas, grinçantes, douloureuses. Un paumé qui dormait à la dure comme moi dans le seul endroit chaud qu'il ait trouvé : une cage d'escalier dans la tour d'une cité.

Je me souvenais enfin de quelque chose. La ville près du fleuve. J'y étais arrivé la veille. Mais d'où ? Aucune idée. Je me rappelais. Quelqu'un m'avait indiqué cette tour sur les hauteurs : Wellpark Court, me disant que c'était l'endroit où les junkies et les paumés allaient dormir la nuit. Pour y trouver un peu de chaleur. Et un abri.

Je n'étais pas un junkie. Un paumé, alors ? Je ne savais pas ce que j'étais. Ni même qui j'étais.

Je n'avais aucun souvenir. Aucun souvenir avant la veille. Mis à part les cauchemars.

Boum. Boum. Boum.

Je secouai la tête pour chasser le bruit de mes oreilles, mais il persista.

Ce n'était pas un rêve.

Seulement la réalité.

Mais quoi au juste ?

Je sentis mes jambes raides et endolories lorsque je me relevai. Je tendis l'oreille. Le bruit venait de derrière la porte du palier. Soudain, je compris : des portes d'ascenseur, qui tentaient de se fermer, avant de s'ouvrir de nouveau. Elles glissaient dans un sens, puis dans l'autre, comme si quelque chose les bloquait.

Je poussai le battant, hésitant, au cas où quelqu'un attendait là, quelqu'un qui me cherchait. Juste en face de moi, une plaque en bronze indiquait l'appartement 153. J'étais donc au quinzième étage. La mémoire me revenait : la montée des marches, entre les junkies et les SDF. Je les avais enjambés avec précaution, espérant que personne ne me remarquerait. Jusqu'à un palier désert. Je n'avais pas pris l'ascenseur : je craignais ces engins. Ça, au moins, je le savais. Je ne pouvais pas mettre un pied à l'intérieur sans penser aussitôt au vide sous moi. À la chute dans le néant. J'avais peur. J'avais toujours peur, apparemment. Peur de ce qui m'attendait. Et même si mon esprit était encore embrumé par le cauchemar, encore tapi dans un coin profond de la mémoire qui me faisait défaut, je savais que, bien souvent par le passé, j'avais été en danger.

Ouvert-fermé. Ouvert-fermé. Boum. Boum.

La voix de la raison me disait d'ignorer ce bruit, mais je ne l'écoutais pas. Le couloir formait un L ; je dus me forcer à faire un pas de plus pour jeter un coup d'œil vers l'ascenseur. Juste en face, deux autres appartements : 155 et 157. Je voyais maintenant ce qui empêchait les portes de se fermer complètement.

Un bras.

Il était étendu par terre, immobile. J'ai failli m'éloigner. « Ce n'est qu'un vieil ivrogne, pensai-je, qu'a trop forcé sur le whisky et qui s'est effondré. Dans les pommes. C'est pas mon problème. »

Jusqu'à ce que je voie le sang.

Pourtant, je ne m'approchai pas tout de suite. J'attendis, l'oreille aux aguets. Une porte claqua, des pas dévalèrent les marches deux par deux jusqu'au rez-de-chaussée. Quelqu'un qui s'enfuyait ? Je ne bougeai pas, pensant qu'un des locataires allait se ruer hors de chez lui, alerté par le bruit. Mais nul ne sortit. Le couloir resta silencieux.

Soit ils n'avaient rien entendu, soit ils avaient décidé avec sagesse de faire comme si de rien n'était. Personne ne voulait s'attirer des ennuis. J'avançai d'un pas, toujours prêt à détaler. Pendant une fraction de seconde, j'eus l'horrible impression que le bras était seul, tranché par les portes de l'ascenseur comme par une guillotine. Je fus presque soulagé de voir qu'il était toujours attaché à un homme allongé dans l'ascenseur. Il gisait sur le dos, bouche bée. Sa chemise blanche était trempée de sang. Était-il mort ? Je le crus. Il y avait tellement de sang. Personne ne pouvait survivre à une hémorragie pareille. Mais soudain, l'homme remua. Il poussa un gémissement et ses yeux cillèrent avant de s'ouvrir.

Je me figeai d'un coup lorsque ses yeux se rivèrent sur moi. Pour me dévisager. Je n'arrivais pas à détourner le regard. La main, étendue au sol, me fit signe de m'approcher. Je ne voulais pas bouger. Quitte à faire un pas, j'aurais préféré partir dans l'autre direction, en courant. Mais quelque chose m'attira vers lui. Les lèvres de l'homme remuaient comme s'il essayait de parler. Chaque chuchotis douloureux était accompagné d'un gargouillis. J'entrai dans l'ascenseur, m'approchai pour essayer de comprendre ses mots, mais nul son ne sortait de sa bouche, juste du sang.

« Je dois être fou, pensai-je. Je devrais m'enfuir. M'enfuir de cet endroit. » Je voulus reculer, mais, tout à coup, le bras étendu reprit vie et, avec une énergie incroyable, il m'attira, me forçant à me pencher vers son visage.

Je voulus me libérer mais, malgré tout le sang qu'il avait perdu – pouvait-il y en avoir autant dans un seul homme ? –, il lui restait des forces. Celles qui précèdent l'instant de la mort. Je voyais dans ses yeux qu'il était à l'agonie.

Ses dents étaient couvertes de sang. Il marmonna quelque chose que je ne compris pas. Une bouillie de mots. Je voulais me libérer. J'avais peur. Tout cela faisait-il partie de mon cauchemar ? J'avais hâte de me réveiller. Mais les doigts qui se cramponnaient à ma veste étaient bien réels. Et l'odeur du sang aussi.

L'homme resserra son étreinte et m'attira encore plus près. Comme plus rien ne retenait les portes, elles se fermèrent. L'ascenseur commença à descendre.

Et j'étais coincé à l'intérieur avec un mourant.

1

Enfermé dans l'ascenseur, je paniquai. À cet instant seulement, je remarquai les graffitis gravés sur les murs en acier, l'odeur de frites rances et un autre truc encore, un truc horrible : le sang, partout. Son odeur douceâtre emplissait la cage. Je voulus me relever, mais l'homme au sol, aussi faible qu'il semblât, était plus fort que moi. Il respirait à peine, par hoquets. Ses poings se resserrèrent encore un peu sur ma veste. Ses yeux, bleu marine, étaient écarquillés. Était-ce la peur de mourir, ou d'autre chose ? Ses lèvres remuèrent, mais nul son n'en sortit.

— Lâchez-moi, dis-je doucement.

Moi aussi, j'avais peur. Peur de rester là. Et si le meurtrier revenait ? Et si les portes de l'ascenseur s'ouvraient, et qu'il attendait, derrière ? Je l'imaginais presque : habillé tout en noir, une cagoule dissimulant son visage, brandissant bien haut un long couteau, dont la lame brillait dans la lumière. Prêt à frapper de nouveau. Prêt à plonger cette lame en moi. Une sueur froide dégoulina le long de ma colonne vertébrale.

— Lâchez-moi, répétai-je.

Mais l'homme se contenta de m'attirer encore plus près de son visage.

Je ne comprenais rien à ses grommellements. Au début, du moins. L'homme prit une inspiration douloureuse avant de faire une nouvelle tentative. Il s'humecta les lèvres, étalant un peu plus de son sang.

« Ça ne peut pas être vrai, pensai-je. C'est impossible. »

— Empêche.

Ce seul mot sembla l'épuiser. Mais il le répéta :

— Empêche.

Parler le mettait au supplice. Qu'allais-je donc entendre ? La confession d'un mourant ?

— Gars torse.

Mon cerveau tournait à cent à l'heure. « Gars torse. » Je réprimai un ricanement hystérique. Essayait-il de me dire qu'un homme-tronc l'avait attaqué ?

Il poussa un râle avant de répéter :

— Gars torse.

Avait-il vraiment dit cela ? Cinq secondes terribles s'écoulèrent, puis il reprit :

— Empêche... Chamade.

D'autres mots marmonnés suivirent, que je ne compris pas. Un chapelet de propos incohérents et désespérés. Il frissonna puis tenta une dernière fois de se faire comprendre.

— Gars torse. Empêche. Chamade.

Même si son cœur battait la chamade, il s'arrêta pour de bon à cet instant.

Un voile recouvrit son visage, ne laissant pas la moindre trace de vie. Je fus certain alors que j'avais déjà vu la mort auparavant.

Mais où ?

Pas le temps d'y penser. L'ascenseur s'arrêta dans un grincement au rez-de-chaussée. La main de l'homme tenait toujours fermement ma veste. Je devais toucher ses doigts pour leur faire lâcher prise. Pas le choix. Dès que les portes allaient s'ouvrir, je devrais être prêt à courir. Je tremblais. J'étais moi aussi couvert de sang. Si j'avais pu, j'aurais forcé ces portes à s'ouvrir de mes mains. Mon cœur battait à tout rompre. Si on me découvrait là avec un cadavre, on me prendrait forcément pour le meurtrier. Mais qui croirait une chose pareille ? Je n'étais qu'un gamin. Comment aurais-je pu assassiner quelqu'un ?

Les portes s'ouvrirent enfin, comme au ralenti. Une fille se tenait là. Elle ne me regardait pas, trop occupée à étudier ses ongles tout en mâchant son chewing-gum ; on eût dit que rien au monde ne la concernait. Vu l'heure, elle revenait sans doute d'une fête tardive, même si elle paraissait trop jeune pour ça. Malgré ses yeux barbouillés de noir et son fond de teint blanc, elle ne semblait pas plus âgée que moi.

Tandis qu'elle reculait d'un pas pour me laisser sortir, son regard se posa sur moi, me scrutant de la tête aux pieds, comme pour me jauger. Et soudain, elle vit le sang, sur mes vêtements, sur le sol. Elle suivit des yeux la traînée écarlate, jusqu'au corps.

Elle resta bouche bée. Les yeux écarquillés. Puis elle se mit à crier.

J'étais pétrifié. Malgré tous mes efforts, je ne pouvais pas bouger. Je restai là, à contempler cette fille qui n'en finissait pas de hurler. Le bruit me transperçait les tympans comme une aiguille.

— S'il te plaît, arrête.

J'avais marmonné ces mots pour qu'elle se taise. Je tendis les mains vers elle. Je ne désirais que la rassurer, lui montrer que je ne lui voulais aucun mal, que je n'étais pas dangereux, que je n'étais pour rien dans tout cela. J'étais aussi innocent et effrayé qu'elle.

Mais le message ne passa pas. Ses yeux s'ouvrirent plus grand encore. Elle recula, sans cesser de crier, comme si elle pensait que j'allais l'agresser. J'effleurai sa veste de ma main, laissant là aussi une trace sanglante.

— S'il te plaît, répétai-je.

Je m'attendais presque à ce qu'elle s'effondre. J'avais tort. D'un geste vif, elle m'asséna un coup de sac à main. La force de l'impact m'envoya contre le mur. Seul un éclair de volonté me permit de garder l'équilibre. En titubant, je reculai. Pourquoi n'arrêtait-elle pas de crier ? Pourquoi refusait-elle de m'écouter ?

Un autre pas en arrière m'amena près des portes de l'immeuble. Je ne la quittai pas des yeux, craignant qu'elle ne m'attaque encore. L'espace d'un instant, nos regards se croisèrent.

— S'il te plaît... ne crois pas que c'est moi...

J'essayai de nouveau de lui parler, de m'expliquer, mais ses hurlements couvraient mes paroles.

C'était inutile. Je perdais mon temps. Je filai. D'une seconde à l'autre, des portes s'ouvriraient à la volée, des gens dévaleraient les escaliers pour découvrir d'où venaient ces cris infernaux. Et puis, des sirènes au loin suivies de policiers, déboulant de tous côtés.

Et je ne pouvais pas les laisser m'attraper. Je ne pouvais pas prendre le risque de les attendre pour leur donner des explications. Je n'en avais aucune. Un grand vide noir habitait mon esprit, je me sentais au cœur des ténèbres. Je ne savais pas qui j'étais, ni d'où je venais. Je ne connaissais même pas mon nom.

Je m'enfuis dans la nuit. Je trébuchai et, l'espace d'une seconde, me retournai vers la tour. Déjà, des lumières s'allumaient, étage après étage : des locataires curieux, réveillés par les cris persistants de cette fille. Dans l'immeuble de l'autre côté de la rue, derrière des stores vénitiens, quelqu'un regardait par la fenêtre. Autour de moi : des maisons, des boutiques à l'abandon, un parking désert.

J'étais terrifié à l'idée que quelqu'un me voie. Je me remis à courir.

2

Il l'ignorait, mais quelqu'un l'observait bel et bien. Un homme, à bord d'une voiture garée sur le parking, moteur coupé, phares éteints. Celui que l'on appelait « le Loup ». Il aperçut aussitôt le jeune garçon se ruer hors de l'immeuble et trébucher, effrayé. Un ado aux cheveux sombres qui portait des habits trop grands pour lui. Le Loup le vit se relever, l'air hagard. Qui était ce garçon ? À cause de lui, le Loup n'avait pas eu le temps de finir le boulot. Et il n'aimait pas bâcler. Il avait entendu le môme arriver, entendu la porte du palier s'entrouvrir. Et le Loup avait dû s'enfuir en courant par l'autre escalier. Alors qu'il détestait courir. Du coup, il n'aimait pas ce garçon. Ce garçon dont les yeux apeurés scrutaient la rue. L'homme au volant se laissa glisser sur son siège, au cas où. Mais le garçon ne vit rien. Juste une voiture vide garée parmi d'autres.

Sans le quitter des yeux, le Loup sortit son téléphone. Il composa un numéro. Après quelques sonneries, une voix interrogea :

— C'est fait ?

— C'est fait, répondit le Loup.

— Des problèmes ?

L'hésitation du Loup fut révélatrice.

— Pas grand-chose. Je peux m'en charger.

— Quoi donc ?

La voix frisait la colère – ce qui ne voulait rien dire. Le Boss semblait toujours à bout de nerfs.

Le Loup était lui aussi en colère. Et il avait ses raisons.

— Pourquoi avoir choisi cet... Ce n'était pas une bonne idée.

— Ce qui est fait est fait ! Quel est le problème ?

— Un gamin. Qui l'a trouvé dans l'ascenseur. Un des junkies qui dorment là. Je suis en train de le surveiller. Il est terrifié.

— C'est qui, ce gamin ? On le connaît ?

— Non, il n'est pas d'ici. Sûrement un junkie. Complètement shooté. Il n'est pas dangereux.

La colère se déversa dans le téléphone, comme un flot de lave.

— Pas dangereux ? Ce junkie l'a trouvé. Point, barre ! Il était déjà mort, j'espère ?

Lorsqu'il répondit, le Loup semblait sûr de lui. Il y avait de quoi. C'était son job. Il n'en était pas à son coup d'essai, loin de là.

— Je ne commets pas d'erreur. Il était mort. Forcément.

— Il a pu dire quelque chose au gamin ? Hein ?

L'homme poursuivit sans attendre.

— Suis-le. Ne le perds pas de vue. Tiens-moi au courant. Nous devons découvrir ce qu'il sait.

La ligne fut coupée juste au moment où le garçon prenait ses jambes à son cou. Le Loup ouvrit la portière et s'élança à ses trousses.

Je savais que j'aurais dû m'enfuir, le plus loin possible, mais je voulais voir ce qui allait se passer ensuite. Je fis halte dans une allée entre les tours de la cité pour reprendre mon souffle. Elle était envahie par des buissons, où des sacs en plastique s'étaient accrochés et battaient au vent comme des drapeaux. Là, personne ne pouvait me voir depuis les fenêtres, mais je pouvais surveiller l'entrée de l'immeuble.

La fille criait toujours. C'était quoi, son problème ? Pourquoi ne la fermait-elle pas ? Elle n'avait pas arrêté de hurler depuis que les portes de l'ascenseur s'étaient ouvertes et qu'elle m'avait vu. Maintenant, elle aussi portait des traces de sang. Je me souvenais avoir tendu la main vers elle pour la calmer, lui assurer que je ne lui voulais aucun mal. J'avais sûrement taché son bras, ses vêtements. C'était peut-être pour ça qu'elle continuait de crier. L'odeur du sang me poursuivait. Mes habits en étaient tellement imprégnés que j'en sentais l'humidité sur ma peau. Je devais me changer. Mais où ? Et comment ? Je ne pourrais aller nulle part dans cet état, couvert de sang.

Des gens firent sortir la fille du bâtiment, la portant presque. L'homme qui avait passé son bras autour d'elle la guida à l'air frais. Ses cris retentirent alors ; ils emplissaient la nuit de leur écho. Les rues furent bientôt pleines des habitants des autres immeubles. Des curieux ouvraient leurs fenêtres et interpellaient les badauds pour savoir ce qui se passait. Les drogués et les vagabonds, qui utilisaient les cages d'escalier comme dortoir, se déversaient dans les rues de Wellpark Court, détalant dans la nuit tels des rats qui fuient un navire en détresse. Ils tâchaient de quitter les lieux avant l'arrivée de la police.

Et cette fille, qui criait toujours.

Il n'y avait donc personne pour la gifler ? N'était-ce pas le seul remède avec une hystérique ? Si j'avais pu, je l'aurais fait moi-même avec plaisir, pour qu'elle se taise enfin.

Une sirène retentit au loin. La police serait là d'une minute à l'autre. Il était temps pour moi de m'éclipser. Je scrutai les environs, en quête de la meilleure direction à prendre. Je décidai de passer par les jardins, quitte à escalader les murs et les haies. À l'abri des regards. Soudain, dans l'un des jardins, j'aperçus exactement ce qu'il me fallait. Une mère prévenante avait laissé les habits de son fils sur la corde à linge : jean, tee-shirt, pull. J'avais presque l'impression qu'ils me faisaient signe. Qu'ils m'encourageaient : « Avance. Nous sommes là pour toi ! »

Je me laissai convaincre. Je me glissai dans le jardin, saisis les fringues sur le fil et, sans même m'arrêter un instant dans ma course, je filai me camoufler parmi les ombres.

L'agent Lewis Ferguson patrouillait avec son coéquipier, Guthrie. Officiellement, il était censé l'appeler son « collègue ». Ce qui l'avait déçu, au début. « Coéquipier », ça sonnait mieux, comme chez les flics de New York. Lewis n'avait intégré la police que depuis quelques semaines. C'était encore un bleu, mais il se sentait bien déterminé à prouver sa valeur. Inspecteur, voilà ce qu'il visait. Clairement. Il grimperait les échelons et, petit à petit, se ferait un nom et une réputation. Grâce à son intelligence, sa sensibilité et son efficacité. Avec, pourquoi pas, quelques médailles au passage. C'était son ambition. Un jour, sa mère serait fière de lui. Pour l'instant, elle passait son temps à se plaindre, du repassage, de la difficulté à marquer les plis sur les pantalons de son uniforme.

— Un pli ! Je vais leur en donner, moi, du pli ! Un pli coupant comme un rasoir !

« Ah, quelle vieille râleuse », pensa-t-il, même si, d'un autre côté, elle était adorable.

Il crut soudain que son jour de gloire arrivait déjà. Le message diffusé par la radio de la voiture était formel. Il y avait eu un « incident » dans la résidence de Wellpark Court.

Tout près d'ici. Dans cette cité, la police n'était jamais loin. Des junkies dormaient dans les cages d'escalier, laissaient les seringues usagées sur les paliers et dealaient parfois de la drogue. Les locataires s'en plaignaient sans cesse.

— Et c'est reparti, soupira Guthrie.

La cinquantaine, l'agent comptait les jours qui le séparaient de la retraite. Il avait prévu de s'acheter un appartement en Espagne. En attendant, il préférait éviter les ennuis.

— On a trouvé un cadavre, annonça Lewis après avoir écouté la fin du message. On dirait que la victime a été poignardée.

— Pour changer, répondit sèchement Guthrie. On ferait aussi bien d'emménager à Wellpark Court.

Il soupira.

— Allez ! On y va.

— On devrait peut-être se dépêcher, suggéra Lewis tout en essayant de paraître décontracté.

Son coéquipier lui sourit.

— Toi, tu veux mettre la sirène, pas vrai ?

Lewis fit de son mieux pour se montrer étonné, comme si l'idée ne lui avait pas traversé l'esprit. Comme s'il ne prenait pas son pied à conduire à fond dans les rues encombrées, sous les clignotements du gyrophare, la sirène à plein régime. Mais il ne put dissimuler une lueur d'excitation dans ses yeux. Ce n'était qu'un bleu, après tout.

Guthrie sourit de nouveau.

— Fais-toi plaisir, alors.

J'étais mal barré. Mon instinct me disait de filer, de partir le plus loin possible d'ici, mais le bruit de la sirène de police coupa mon élan. Je regardai la voiture tourner à l'angle. Il semblait à présent que la rue avait pris vie tellement elle était bondée de gens apparus soudain dans la nuit, en robe de chambre ou qui avaient enfilé un manteau par-dessus leur pyjama. Des vieux, des jeunes, dont les voix portaient dans l'air glacial de la nuit.

Deux policiers descendirent de la voiture. Le plus âgé prit les choses en main, faisant reculer la foule. Je le voyais parler dans l'émetteur radio attaché à son col. Puis il s'engagea dans le hall d'entrée du bâtiment. Le deuxième agent, bien plus jeune, s'était dirigé tout droit vers la fille, espérant sans doute qu'il arriverait à la faire taire. Il tendait les mains vers elle comme s'il essayait de la calmer.

« Tant mieux si c'est toi qui t'y colles, mon pote », ai-je pensé.

Dans un instant, elle raconterait sa version de l'histoire, leur décrirait le garçon qu'elle avait vu, et ils se lanceraient à ma poursuite. Ils appelleraient des renforts. Je les imaginais déjà se déployer, des rangs de policiers, des bataillons, même, qui partiraient à ma recherche.

Il était temps de filer.

3

Lewis s'avança calmement vers elle. Il pouvait se charger d'une hystérique. D'ailleurs, il avait vécu toute sa vie avec sa mère... L'adolescente était assise sur un muret près de l'entrée. Une femme la serrait dans ses bras.

« Elle est sympa de réconforter la jeune fille », se dit Lewis.

— Dieu merci, vous voilà. Elle me rend dingue. Elle veut pas la boucler.

« Pas si sympa que ça, en fait. » Il s'agenouilla devant l'adolescente tout en sortant son calepin.

— Bon. Comment tu t'appelles ? demanda-t-il.

Elle leva les yeux vers lui, hurlant comme s'il s'apprêtait à l'agresser. Le mascara autour de ses grands yeux avait dégouliné sur ses joues. On aurait dit un vampire. À moins qu'elle soit une de ces gothiques et qu'elle ressemble toujours à ça. En guise de réponse, elle hurla de plus belle. Lewis se tourna vers la foule.

— Est-ce que quelqu'un lui a donné quelque chose pour la calmer ? s'enquit-il.

— Une baffe dans la tronche, suggéra une bonne âme.

— Rien de violent, madame, rétorqua Lewis. Je pensais plus à une tasse de thé bien chaud, par exemple.

Le mot « thé » eut l'effet d'une formule magique. La fille respira un grand coup et se tut enfin.

Elle était plus jeune qu'il ne l'avait cru. Ses cheveux bruns étaient hérissés en pointes, son nombril découvert portait un piercing. « Elle doit être transie », se dit-il. Par cette nuit de février, il faisait un froid de canard qui semblait annoncer la neige.

— Bien. Alors, comment t'appelles-tu ?

Il essayait d'avoir l'air rassurant. Comme on le lui avait appris durant sa formation.

— C'est Gaby McGurk. Elle habite au quinzième avec sa mère et son beau-père. Il travaille sur les plates-formes pétrolières. Elle, elle est serveuse dans des réceptions. Vous voyez le genre, mariage, funérailles et compagnie, répondit la femme qui réconfortait la fille – si tant est que « réconforter » soit le terme.

Lewis nota ces informations.

— C'est pas mon beau-père ! Il vit avec nous, c'est tout, rectifia Gaby McGurk d'un ton sec.

— Et quel âge as-tu ?

La même commère éclata d'un rire sonore.

— On a un cadavre dans l'ascenseur, couvert de sang, et tout ce que les flics veulent savoir, c'est quel âge elle a ! Qu'est-ce que ça change ? On est là, à attendre comme des andouilles, pendant que les meurtriers se font la malle.

Lewis décida de l'ignorer.

Gaby McGurk l'attrapa par le bras.

— Ne me demandez pas de retourner voir le corps. Impossible !

Lewis lui assura que cela ne serait pas nécessaire. Rassurer les gens. Comme on le lui avait appris à l'école de police.

— Maintenant, raconte-moi bien ce qui s'est passé, lui demanda-t-il, le stylo levé, prêt à tout noter.

Gaby commença son récit doucement.

— J'étais là, en train d'attendre l'ascenseur, je demandais rien à personne.

— Tu rentrais bien tard... fit-il remarquer.

— J'étais chez ma copine Zoé. On n'a pas fait attention à l'heure, répondit-elle en rougissant.

Lewis en doutait ; elle n'avait pas l'air d'avoir passé toute la nuit à papoter sagement chez son amie. Mais il ne dit rien.

— Et là, les portes se sont ouvertes. Et je l'ai vu, par terre, couvert de sang.

Dès qu'elle se rappela le cadavre, le sang, elle passa la vitesse supérieure. Même en écrivant en sténo, il n'arrivait pas à la suivre.

— Et puis il y avait ce garçon. Un junkie. Couvert de sang. Les yeux comme fous. Vraiment fous. Et il s'est jeté sur moi. Il allait me tuer, moi aussi. J'en suis sûre.

Lewis parvint à placer un mot.

— Est-ce qu'il tenait un couteau ?

Elle hésita à peine.

— Sûrement. Ou alors il est resté planté dans le

cadavre. Plein de sang. Le mec aussi, il était plein de sang.

Elle baissa les yeux sur ses propres vêtements, regardant les traces écarlates sur son ventre blanc. Elle reprit avec calme :

— Regardez, moi aussi, je suis couverte de sang.

Lewis le sut aussitôt : elle risquait de se remettre à hurler d'un instant à l'autre. Il se hâta de poursuivre à voix basse, espérant que la vieille commère ne l'entendrait pas.

— Ce garçon, tu l'as reconnu ?

— Je l'avais jamais vu de ma vie, répondit-elle sans hésiter. Mais ils viennent tous dormir dans la cité, tous les junkies. On n'est pas en sécurité, ici.

La foule s'empressa de confirmer.

— Tu le reconnaîtrais, si tu le revoyais ?

— Oh, ça c'est sûr. Il avait le visage du démon. Sans rire.

Une femme surgit de l'immeuble en courant.

— Gaby ! lança-t-elle.

La jeune fille se leva d'un bond.

— Maman, c'est moi qui ai trouvé le cadavre ! C'était trop horrible...

— Je sais, répondit sa mère en la serrant dans ses bras. J'ai dû descendre les quinze étages à pied. Aucun des ascenseurs ne marche.

Elle foudroya Lewis du regard, comme si c'était sa faute.

— Alors que j'ai des varices.

— J'ai bien peur que les ascenseurs ne restent hors

service pendant un moment. On va appeler le médecin légiste. La brigade criminelle est déjà en route.

L'annonce que les ascenseurs ne seraient pas remis en marche provoqua un tollé dans la foule. Lewis n'en croyait pas ses oreilles.

— Vous ne voulez tout de même pas monter et descendre avec un cadavre ? pesta-t-il.

Mais à voir l'expression de certains, cela ne les aurait pas dérangés.

Lewis se tourna de nouveau vers Gaby.

— Au fait, quel âge as-tu ?

— Quatorze ans, répondit-elle, avant d'être aussitôt contredite par sa mère.

— Elle a treize ans.

Son angoisse s'était muée en colère.

— Tu n'auras pas quatorze ans avant la semaine prochaine. Et voilà des heures que je fais les cent pas à t'attendre. À quoi ça rime, de rester dehors jusqu'au petit matin ?

Lewis s'écarta. Lorsqu'une mère se met dans cet état, mieux vaut prendre ses distances. Il était bien placé pour le savoir.

4

La poursuite avait commencé. Je ne connaissais pas ces rues, encore moins les raccourcis, les jardins, les allées. Je courais à en perdre haleine, presque certain que je tournais en rond, que je finirais par me retrouver au point de départ, cerné par la police. Pris au piège.

NON !

À bout de souffle, je m'arrêtai dans un renfoncement. Je tenais toujours les habits que j'avais dérobés sur la corde à linge, raidis et gelés par l'air froid de la nuit. Il fallait que je me change. J'enlevai le plus vite possible mes vêtements ensanglantés. Ils ne m'apprenaient rien sur mon passé, de toute façon. Ne m'aidaient pas à me rappeler qui j'étais, d'où je venais ni pourquoi je fuyais.

Mes habits neufs encore humides me glacèrent jusqu'aux os. Mais ils sentaient bon la lessive. La mère de leur propriétaire devait utiliser un adoucissant. Et c'était des fringues de marque, en plus. Le jean, le pull, et même le tee-shirt. En tout cas, le mec à qui je les avais empruntés se faisait chouchouter. Pendant une seconde, j'ai regretté de ne pas pouvoir échanger ma place avec lui. Pour devenir lui. Dormir dans un lit chaud, à l'abri d'une maison, auprès d'une mère aimante.

Je me tapis au plus profond du renfoncement. Et pourquoi cela ne serait-il pas possible ?

Soudain, je fus tiré du pays des rêves. Un énorme chien surgit juste devant moi, en aboyant comme un fou. J'étais figé par la peur. C'était un rottweiler. Dans la ruelle sombre, je ne voyais de lui que ses yeux écarquillés et ses crocs acérés. Ses aboiements allaient alerter tout le quartier.

J'espérais qu'il n'avait pas faim.

Je devais m'enfuir avant que les fenêtres s'ouvrent et que des têtes y pointent, des têtes intriguées cherchant l'origine du tapage. Mais comment ? Le rottweiler bondissait d'un côté, puis de l'autre, me coupant toute possibilité de fuite. Pourtant, je devais fuir à tout prix. Je devais lui échapper.

Je serrai un peu plus fort mes habits pleins de sang.

« Pleins de sang. » Mais oui, c'était peut-être le sang qui excitait tant le chien.

Eh bien, s'il les voulait, je les lui donnerais avec plaisir. Je les lui jetai de toutes mes forces. Surpris, aveuglé, il se mit à gémir. Avec mes vêtements enroulés autour de la tête, il n'était plus effrayant, mais comique ! Je faillis éclater de rire. Stupide bestiole ! Il s'affolait, sans comprendre ce qui lui arrivait.

Je n'avais pas une seconde à perdre. Je sautai par-dessus le chien qui tournait en rond en essayant d'attraper les habits avec les dents, mais n'arrivait qu'à les serrer un peu plus autour de son crâne. Tandis que je courais, j'entendis un « boum », suivi d'une plainte. Le rottweiler avait dû tomber dans un escalier.

Je ne m'arrêtai pas. Je courus jusqu'au bout de l'allée, traversai un jardin, escaladai une haie. Je passai tout doucement, à quatre pattes, sous des fenêtres illuminées. Puis je filai dans la nuit aussi vite que possible.

Et pendant tout ce temps, j'en étais convaincu, on me pourchassait, il y avait quelqu'un derrière moi, tout près, qui suivait le moindre de mes mouvements. D'une seconde à l'autre, une main se tendrait vers moi pour m'attraper.

Personne ne put identifier le cadavre dans l'ascenseur. Du moins, c'est ce qu'ils affirmèrent tous. Les habitants du quartier, c'était bien connu, ne donnaient jamais d'informations à la police, ne l'aidaient jamais dans ses enquêtes. Personne ne savait pourquoi cet homme se trouvait là, ni qui il était venu voir. Il n'habitait pas là, c'était la seule chose dont ils étaient certains.

Les questions des policiers, sans exception, ne reçurent pour toute réponse que le même regard vide, ou détourné.

— Ça va leur donner la frousse, déclara Guthrie. Remarque, vivre là-dedans, ça ficherait la trouille à n'importe qui. Sans oublier que, à les entendre, la tour est hantée.

Lewis connaissait lui aussi la rumeur. Il y avait, disait-on, une présence qui rôdait là. On avait signalé des bruits étranges la nuit, des trucs de ce genre. Comme ces témoignages venaient de vieilles dames un peu toquées ou d'ivrognes notoires, Lewis refusait d'y prêter foi.

Il commençait à croire que tous les habitants de la cité étaient cinglés. Il n'était pas d'ici. La police n'envoyait jamais les jeunes recrues patrouiller dans leur propre quartier, mais résidant non loin de là, il savait que le coin était connu pour ses problèmes de drogue et de violence. La ville voyait également s'affronter des gangs. Les journaux régionaux en parlaient tous les jours – des criminels de la capitale voulaient étendre leur territoire. On se serait cru au Far West ! À Wellpark Court, les problèmes venaient surtout des junkies ou des SDF qui dormaient dans les cages d'escalier pour rester au chaud, et des dealers qui venaient acheter ou vendre de la drogue.

Déjà la foule marmonnait son mécontentement.

— Voilà ce qu'on doit supporter ! Tous les soirs, il y a des problèmes. Et que fait la police ? Rien !

Une femme s'avança. (Pourquoi toujours une femme ?) On devinait à son allure qu'elle sortait du lit : ses cheveux gris se dressaient sur sa tête et une simple robe de chambre lilas la protégeait du froid.

— Moi, je dors avec une batte de base-ball au pied du lit. Qu'est-ce que vous en dites ?

Elle n'attendit pas la réponse de Lewis. Elle ne voulait pas l'entendre, d'ailleurs.

— « J'espère que vous ne comptez pas vous en servir, madame. »

La dame se lança dans une imitation plus vraie que nature de Sean Connery qui en fit sourire quelques-uns.

— « Ou bien c'est vous qui aurez des ennuis. » Ah ! Si je me sers de ma batte, c'est moi qui me retrouve en prison. Et maintenant, un meurtre ! Un meurtre !

Elle eut un geste vague vers l'ascenseur, les portes bloquées en position ouverte, le cadavre sanguinolent qui gisait toujours au sol.

— Reconnaissez-vous la victime, madame ?

Elle ne lui accorda pas même un regard.

— Je l'ai jamais vue de ma vie, répondit-elle aussitôt.

Lewis hocha la tête.

« Celle-là, c'est juste une grande gueule », pensa-t-il

— C'est votre boulot, lança-t-elle comme si elle lisait dans ses pensées. À vous de découvrir qui c'est.

Puis elle se tourna vers les autres locataires.

— Remarquez, à le voir, on dirait qu'il trouverait pas ses fesses même avec une carte.

Cette fois-ci ils éclatèrent tous de rire. « Sans doute la comédienne du quartier », se dit Lewis. Il apprenait à ses dépens que, en tant que policier, il était plus difficile d'affronter des petites vieilles dans cette ville que des délinquants et des apprentis criminels. Il préférait de loin les délinquants. Ils étaient moins dangereux.

Son coéquipier vint à la rescousse.

— Bien. Agent Ferguson, veuillez disperser cette foule. La brigade criminelle est en chemin.

La crim'. L'ambition de Lewis était d'y entrer un jour. Il se redressa. Tenta d'avoir l'air d'un vrai flic, avec une certaine autorité.

— O.K., mesdames, messieurs, alors tout le monde rentre chez soi. Il n'y a rien à voir.

Bien sûr, c'étaient des salades. Il y avait plein de choses à voir, au contraire. Un cadavre dans un ascenseur ? S'il avait été l'un des habitants, il aurait fallu l'éloigner de force. Mais il voulait montrer à son coéquipier qu'il pouvait compter sur lui.

— Allez, on rentre chez soi, s'il vous plaît.

La grande gueule – il remarqua seulement qu'elle n'avait pas mis son dentier – l'ouvrit de nouveau.

— Les ascenseurs, ils ne marchent pas. J'habite au douzième. Vous allez me porter jusque là-haut ?

Lewis continua à sourire. « C'est ça, ma vieille, je te porte jusqu'au dernier étage, et ensuite je te balance par le balcon », voilà ce qu'il avait envie de lui dire. Mais il se contenta de répondre :

— Désolée pour le dérangement, madame.

— Agent Ferguson, vous voulez bien escorter la jeune fille et sa mère jusqu'à leur appartement ? lui demanda Guthrie.

Les sanglots tragiques de la fille redoublèrent à cet instant. Sa mère la serra un peu plus fort.

— Laissez passer, s'il vous plaît, ordonna Lewis en se frayant un passage dans la foule pour guider Gaby et sa mère jusqu'à l'entrée de l'immeuble.

Gaby retint sa respiration en passant devant l'ascenseur ouvert. Sa mère voulut lui en cacher la vue, tout comme Lewis. Mais elle ne résista pas à l'envie de jeter un coup d'œil à l'intérieur. De nouveau, elle frémit devant tout ce sang. Et Lewis surprit le regard de la jeune fille lorsqu'elle aperçut le visage du mort pour la première fois. Jusque-là, elle n'avait pas osé regarder. Lewis la vit écarquiller les yeux, puis respirer un grand coup. Elle se détourna et se blottit contre sa mère.

Mais il n'en fallut pas plus à Lewis pour comprendre que Gaby McGurk avait reconnu la victime.

5

Je fus obligé de m'arrêter. Mon cœur était sur le point d'exploser. Est-ce que j'étais en train d'avoir une attaque ? Est-ce qu'on pouvait avoir une attaque à mon âge ? Je toussai malgré mes efforts pour me retenir. Je ne pouvais pas me permettre de faire du bruit. J'entendais des cris, au loin, et des sirènes de police. Le monde reprenait vie. Ces bruits semblaient venir de partout. On aurait dit qu'ils m'encerclaient. J'aurais beau courir, je n'irais jamais assez loin. Ils étaient tout près, de plus en plus proches. Comme dans mon rêve.

Pendant une seconde, une microseconde, j'eus une infime vision du cauchemar – avant qu'elle soit emportée au loin comme une plume dans le vent.

Ou bien était-ce un souvenir ? J'avais du mal à distinguer les deux.

Mes jambes me faisaient atrocement souffrir.

Il vaudrait peut-être mieux que je les laisse m'attraper. Alors je n'aurais plus à courir. Ils m'enverraient des docteurs, qui fouilleraient dans mon esprit afin de débloquer mes souvenirs. On aurait tout le temps pour ça. Si j'étais condamné pour ce meurtre, on m'enfermerait un bon moment, malgré l'« excuse de minorité », comme on disait. Mais où est-ce que j'avais entendu ça ? Pourquoi chercher le véritable meurtrier quand on a sous la main un ado sans domicile fixe, sans alibi, et sans le moindre souvenir ? Et qui a été vu dans l'ascenseur avec le cadavre, tout aussi couvert de sang que la victime...

Alors, qu'est-ce qui me retenait de sortir de l'ombre maintenant et de marcher vers les tours, les mains en l'air, pour me rendre ? Tout serait fini. Je fis un pas, un seul, pour comprendre aussitôt que je ne pourrais jamais me livrer à la police. Quel drôle d'instinct m'en empêchait ? Un autre souvenir, enfoui au plus profond de moi, qui me mettait en garde. Je devais rester libre, et fuir, toujours fuir.

Je respirai un grand coup avant de faire demi-tour, prêt à repartir.

Je poussai un cri en percutant quelqu'un qui venait de surgir au coin de la rue, droit devant moi. Nous tombâmes l'un sur l'autre, empêtrés. Dans l'obscurité, j'étais persuadé que c'était un flic. Je cédai à la panique. Je me débattis comme un tigre pour le repousser, lui assénant coups de poing et de pied.

— Hé, à quoi tu joues, mec ?

Ce n'était pas un flic. Mais un jeune type, à peine sorti de l'adolescence. Sa voix était geignarde. Il gémit et roula sur le côté. Dans le mince faisceau de lumière qui nous arrivait de la rue, je ne pus voir que son visage grisâtre et ses cheveux gras.

— Tu m'as grave fait mal, mec.

Il s'assit et se frotta la tête et les bras.

Quand je me relevai, il me demanda :

— Toi aussi, tu fuis les flics ?

Il n'avait pas vraiment besoin que je lui réponde pour le savoir.

— Je dormais dans la grande tour, là-bas... Je faisais rien de mal, d'ailleurs, et puis soudain, y a des sirènes et des gars qui me bottent le train en beuglant : « Au meurtre ! » Tu sais quoi, y avait un corps dans l'ascenseur, mec. Un cadavre ! Là je me suis dit, mon vieux, il est temps de dégager.

— Tu dormais dans la tour ? Moi aussi.

J'espérais que je n'avais pas l'air trop coupable, ni la tête de celui qui vient de découvrir le cadavre.

Le type s'est levé à son tour.

— Il faut qu'on se taille de là, mec. Tu connais un endroit où aller ?

— Je ne suis pas d'ici, répondis-je en secouant la tête. Je ne connais pas du tout cette ville.

Des appels et des cris fusèrent dans l'obscurité. La police approchait. Je me crispai, l'oreille tendue, sans dire un mot. Soudain, le type m'attrapa par le bras.

— Viens, je sais où aller.

Et je me retrouvais à courir, encore une fois, comme un animal apeuré dans la forêt, mais c'était une forêt de tours de cité, d'immeubles, de boutiques à l'abandon. Je me laissais entraîner dans la nuit profonde au fil des rues et des allées, par ce type bizarre à la voix geignarde qui pouvait m'emmener n'importe où.

Il se tourna un instant vers moi, et le halo des réverbères mit en lumière son visage couvert de boutons.

— On y est presque, en fait.

Il bifurqua dans une ruelle où il faisait noir comme dans un four. Je le suivis et soudain me retrouvai devant un étang. Un caddie renversé émergeait à moitié de la surface. La rive opposée disparaissait dans les ténèbres.

L'endroit était calme, alors qu'on se trouvait tout près du centre-ville. On aurait pu croire que la civilisation s'était arrêtée au bout de cette sombre allée. On n'entendait aucun bruit. Seuls nos pas brisaient le silence. Le type se remit à courir, m'attrapant par la manche pour que je le suive. Un canard caqueta soudain sur l'eau et la lune surgit de derrière les nuages. Je voyais maintenant des cygnes sur un îlot au milieu de l'étang, pelotonnés dans leur nid, dormant d'un sommeil douillet. Nous courûmes, encore et encore, vers un bâtiment en pierre de l'autre côté de l'étang.

— C'est là qu'on va ? demandai-je, hors d'haleine.

Il ne répondit pas. Se contenta de hocher la tête en se tournant vers moi. La lune avait de nouveau disparu lorsque nous nous écroulâmes tous les deux contre la porte.

— Et comment on entre ? demandai-je en jetant un œil sur les fenêtres.

En casser une ferait trop de bruit, sans parler des carreaux à l'ancienne, bien trop petits pour permettre à quiconque, même un gamin comme moi, de s'y faufiler.

— J'ai des doigts de fée, mec.

Et il agita ses doigts d'un air mystérieux. Sa voix était toujours aussi geignarde. Je commençais à me dire que, à trop l'entendre, on devait vite en avoir marre.

— Je peux forcer la serrure. Je suis doué pour ça, moi. Tu montes la garde pour être sûr que personne ne se ramène.

Je me retournai et scrutai les bords de l'étang. Je tremblais comme une feuille. De l'autre côté, les maisons baignaient dans l'obscurité. Par-ci, par-là filtrait de la lumière. Elles se trouvaient trop loin de la cité pour percevoir les sirènes. Je jetai un coup d'œil par-dessus mon épaule en entendant la porte s'ouvrir.

Le type souriait jusqu'aux oreilles et lança un « tadam ! » triomphant, comme s'il était sur scène. Il me fit signe d'entrer tel un prestidigitateur voulant me montrer un tour de magie.

Il n'y avait qu'une pièce, pourvue de deux petite fenêtres seulement, à l'avant. À l'arrière, des étagères couvraient les murs, encombrées d'outils et de modèles réduits de bateaux. Un vieil évier blanc occupait un coin.

— C'est quoi ? Un club de modélisme, hein ? ai-je demandé.

Il referma la porte doucement.

— Non. C'est un restaurant italien ! À ton avis, mec ? Les modèles réduits sont de sacrés indices, tu crois pas ?

Puis il éclata de rire comme s'il venait de raconter une blague hilarante.

Ça ne me fit pas rire. Je demandai :

— T'es déjà venu là ?

Il était à quatre pattes, tâtonnant le sol, pour chercher quelque chose dans l'obscurité. Il se tourna vers moi en souriant dès qu'il l'eut trouvé. Une prise. Il la brancha dans le mur et, presque aussitôt, la résistance d'un vieux radiateur électrique se mit à rougeoyer.

— Ça répond à ta question ? dit-il. C'est une bonne planque. Personne ne s'y montre, dans la semaine. Juste le week-end, quand tous ces abrutis viennent faire mumuse avec leurs jouets.

Il eut un geste vague vers l'étang.

— Et, le mieux, c'est qu'on peut même se payer une tasse de thé.

Il se releva et farfouilla dans les étagères à la recherche de sachets de thé, de tasses et de sucre. Il se tourna un instant, une boîte de lait en poudre à la main.

— Si tu veux du lait, y a que ça.

— Je le prends nature.

Peu importait, du moment que c'était chaud. Voilà tout ce dont j'avais besoin : me réchauffer l'intérieur. Je n'arrivais pas à m'empêcher de trembler. Je voulais pleurer. J'avais mal au crâne à force de retenir mes larmes. Mais je ne pouvais pas pleurer devant cet inconnu. Même s'il semblait amical, et franchement crétin, il restait un inconnu. À quoi me serviraient ces larmes, de toute façon ? Une seule chose importait : quitter cette ville. Le lendemain, je déciderais quoi faire, et où aller.

— Moi, c'est Eddie, au fait. Et toi mec, comment tu t'appelles ?

Mon nom ? Comment admettre que je n'en savais rien ? Je me suis creusé la tête pour trouver une réponse.

Eddie me dévisageait.

— Hé, mec, je t'ai juste demandé ton nom.

Soudain, la réponse a surgi, de je ne sais où. Un nom qui n'en était pas un.

— Ram, répondis-je. Je m'appelle Ram.

6

Lewis n'aimait pas se faire évincer par des plus costauds. Or, dès que la brigade criminelle arriverait, c'était exactement ce qui allait se produire. Entre-temps, il voulait faire ses preuves, il voulait en découvrir le plus possible – ça lui serait bien utile lorsqu'il deviendrait inspecteur. Inspecteur Ferguson. Ça sonnait bien, ça faisait sérieux. Il s'y voyait déjà.

— Je me demande à quel étage il était lorsqu'on l'a agressé, dit-il à son coéquipier.

Il avait la conviction que Guthrie ne s'était même pas posé la question.

— La fille a appelé l'ascenseur et l'a entendu descendre. À quel étage se trouvait-il, et qu'est-ce que le mort était venu y faire ?

Son coéquipier l'interrompit.

— Arrête, Lewis. C'était sûrement un autre junkie venu dormir là. Une bagarre a dû éclater entre eux, sans doute une histoire de drogue.

Lewis repensa au cadavre. Les vêtements trempés de sang ne ressemblaient pas à ceux d'un drogué, quel qu'il soit. La chemise était d'un blanc immaculé, comme si elle sortait de la machine à laver. Et son visage était celui d'un homme mûr, non d'un jeune shooté.

— Il ne ressemble pas à un junkie, répondit-il. Il est rasé de frais, et porte même une chaîne en or. Un autre junkie serait reparti avec.

— Il n'a peut-être pas eu le temps. Quand les portes se sont ouvertes, il a dû voir la fille et filer.

Logique. Mais pour Lewis, ça ne collait pas.

— Le macchabée, c'était peut-être le dealer, ajouta son coéquipier.

Lewis dut admettre que ça s'avérait plus vraisemblable. Guthrie sourit.

— T'es un vrai inspecteur, Lewis.

Ce dernier fit tout pour ne pas rougir. C'était son pire défaut, depuis toujours. À près de vingt-deux ans, il était adulte, maintenant, et policier, en prime. Les vrais policiers ne rougissent pas. Il aurait dû dépasser ce stade depuis longtemps.

— Un truc est sûr, reprit Guthrie. Il ne vivait pas là. Personne ne l'a reconnu.

Lewis se souvint alors de Gaby McGurk et de son expression lorsqu'elle avait vu le visage du mort. Si, quelqu'un l'avait reconnu.

— Est-ce que je peux aller jeter un coup d'œil dans les étages ?

— Tu veux dire, avant que la crim' arrive ?

Lewis n'avait pas besoin de répondre. Guthrie sourit de nouveau.

— Vas-y, Sherlock. Mais tu devras prendre les escaliers, tu te rappelles ?

— C'est pas un problème pour moi, je suis un vrai sportif.

Au neuvième étage, il rattrapa la sorcière édentée. Elle s'était assise sur les marches, la respiration courte et sifflante, et tirait des bouffés d'une cigarette.

— Mais c'est notre super-inspecteur, lança-t-elle aussitôt. Vous êtes venu me porter jusqu'au douzième ?

Lewis sortit un instant de la cage d'escalier pour examiner le couloir desservant les appartements.

— Je suis en service, madame.

— C'est ça, en service ! clama-t-elle. À chercher une bonne âme qui vous offrira une tasse de thé. Voilà à quoi il ressemble, votre service.

Il l'ignora. Il inspectait chaque étage, à la recherche de traces de lutte, de sang sur le sol, les portes, les murs. Le moindre élément louche. Les junkies avaient filé dès que la sirène de la police avait retenti au loin.

Au quinzième, il trouva ce qu'il cherchait. Des traces de sang sur le sol du couloir, qui menait à l'ascenseur. Comme si on y avait tiré quelque chose, ou quelqu'un.

Lewis resta un instant immobile, se demandant quoi décider. La victime était-elle venue voir un habitant de cet étage ? Il fit le tour du palier, inspectant les noms sur les sonnettes, et tomba sur... McGurk. Gaby McGurk habitait là. Était-ce une coïncidence ? se demanda-t-il en se rappelant son expression lorsqu'elle avait vu le cadavre.

Plus le temps de penser. Son émetteur radio crépita. C'était Guthrie.

— Redescends, Lewis. La crim' est là.

Une voix glaçante retentit dans le téléphone portable : celle du Boss.

— T'as intérêt à assurer. Je veux pas d'autres cafouillages.

Le Loup était confiant, sûr de lui.

— J'ai la situation bien en main. Promis. C'est comme si c'était fait. J'ai pas besoin d'aide.

— C'est à moi d'en juger. Tu sais où il se trouve ?

— Je suis sur ses traces. Ce gamin est en sursis.

Il y eut un long silence.

— Arrange-toi pour que ça ressemble à un accident, ordonna le Boss. Je veux pas que la police enquête sur un autre meurtre.

Eddie voulait me faire parler. Il arrêtait pas de jacasser, d'insister pour que je lui réponde. Il voulait savoir qui j'étais, d'où je venais. Mais je ne disais rien. Il finit par abandonner.

— Essaye de dormir un peu, mec. Je monterai la garde.

J'aurais donné n'importe quoi pour dormir, mais je savais que je n'arriverais pas à me reposer vraiment. Dès que je me sentais partir, les rêves fondaient sur moi. Des rêves pleins de sang, de rivières de sang, de tours gigantesques dont chaque fenêtre crachait du sang. Et dans ces cauchemars, j'étais de nouveau en fuite, pourchassé par des hommes sans visage, agrippé par des mains décharnées et traîné jusqu'au tribunal. Mais ce n'était pas un tribunal. Plutôt un ascenseur. Un juge était assis dans un coin, vêtu de sa robe rouge, un doigt tendu vers moi.

— Coupable ! criait-il.

Soudain, j'étais cerné par la police. Les agents se ruaient dans l'ascenseur pour m'attraper quand, tout à coup, le sol s'ouvrit. Les ténèbres m'offrirent leur gueule béante, et moi je tombais, encore et toujours, en hurlant : « C'est pas moi ! »

Je m'éveillai en sursaut, sentant Eddie tirailler ma veste pour me secouer un bon coup.

— Hé, ferme-la, p'tit gars, grommela-t-il. Quelqu'un va t'entendre.

— Je parlais en dormant ? demandai-je en m'asseyant brusquement.

— « C'est pas moi ! » répéta-t-il en riant.

Il tendit les mains vers le radiateur.

— Qu'est-ce que ça veut dire ?

Devais-je me confier, lui raconter que j'avais trouvé le corps ? Pendant une fraction de seconde, j'eus envie de tout lui dire. De tout laisser sortir. Depuis combien de temps n'avais-je pas eu quelqu'un à qui parler ? J'aurais donné n'importe quoi pour m'en souvenir.

Même si je n'avais que cet idiot d'Eddie sous la main, m'ouvrir à lui pouvait peut-être me soulager.

De nouveau, il me tira par le tee-shirt en m'offrant un de ses sourires débiles. Du coup, je changeai d'avis. J'étais tombé bien bas si j'en étais réduit à me confier à quelqu'un comme lui.

— Vas-y, raconte ! Je suis sûr que tu caches quelque chose, mec.

— Ce n'était qu'un rêve.

Je me rallongeai, même si le sommeil était bien loin, maintenant.

— Juste un rêve.

Eddie m'observait, attendant que j'ajoute quelque chose. Puis il sourit de nouveau comme un imbécile.

— Tu dis : c'est pas moi. Eh ben, c'est pas moi non plus, mec. On dit tous ça, pas vrai ? Essaye juste de pas faire de bruit, maintenant.

Je voulais me rendormir, mais mille choses tournaient dans mon esprit. Dès que je fermais les yeux, je revoyais l'homme agonisant dans l'ascenseur, ses yeux effrayés. J'avais vu un homme mourir ce soir. Je me rappelais la façon dont il m'avait désespérément attiré à lui. Et ses dernières paroles incohérentes. Qu'avait-il dit, déjà ? Je ne m'en souvenais plus. Rien d'important. Juste les délires d'un mourant.

Et je me rappelais le sang.

L'image de tout ce sang s'était gravée en moi, et ce souvenir me fit trembler de plus belle. J'ai tout essayé pour chasser cette image de mon esprit, en vain.

En arrivant dans cette ville – c'était quand ? la veille ? –, je pensais m'y cacher quelques jours au moins. Mais maintenant, je devais m'enfuir. Encore une fois.

Le lendemain, je me tirerais de cette ville.

7

En se réveillant le lendemain, Gabriella McGurk découvrit qu'elle était célèbre. Le téléphone commença à sonner dès 7 heures du matin. Elle essaya d'ignorer la sonnerie et de continuer à dormir, mais elle entendit sa mère marmonner, puis raccrocher bruyamment. Elle était toujours folle de rage parce que Gaby était rentrée tard – ah là, là, ces mères poules... Elle avait trouvé un cadavre, bon sang ! Elle avait même vu le meurtrier ! Et pourtant, sa mère n'avait qu'une chose à la bouche : son retour à pas d'heure.

Gaby se retourna dans son lit, prête à se rendormir. Sa mère poussa soudain la porte de sa chambre. Gaby ouvrit un œil. Mme McGurk se tenait dans l'encadrement, dans le halo lumineux du couloir ; ses cheveux non peignés se dressaient sur sa tête. L'image la plus horrible que Gaby ait jamais vue.

— Toi ! Debout ! hurla-t-elle.

Gaby jeta un coup d'œil au réveil. La petite aiguille marquait pile 7 heures. Elle ne s'était couchée qu'à 6 heures, à cause des questions de la police et du reste.

Et encore, elle ne s'était pas endormie tout de suite. Personne ne pouvait tenir avec si peu de sommeil.

— C'est trop tôt, gémit-elle. Je suis fatiguée.

— Moi aussi, rugit sa mère. Et pourtant, faut que j'aille bosser. J'ai un enterrement aujourd'hui.

Gaby se glissa sous les couvertures. Hors de question qu'elle se lève si tôt. Pas aujourd'hui. Si les flics avaient encore des questions à lui poser, ils attendraient un peu. Elle avait déjà dit tout ce qu'elle savait, d'ailleurs. Découvrir le cadavre l'avait traumatisée. Elle serait sûrement obligée d'aller voir un psy. Avec un peu de chance, elle pourrait sauter au moins une ou deux semaines d'école.

— Si c'étaient les flics, dis-leur que je suis trop perturbée pour leur répondre.

— C'était pas la police. Mais un reporter du *Globe*. Il va venir te parler.

Aussitôt, Gaby fut parfaitement réveillée. Le *Globe* était le journal local. Elle avait toujours trouvé ce nom prétentieux : il ne couvrait que les actualités de leur petite ville. Peu importe, à cet instant, cela ne comptait plus. On allait l'interviewer !

— Et un photographe l'accompagnera, ajouta sa mère.

La cerise sur le gâteau ! Gaby bondit hors de son lit.

— Un photographe ? Regarde l'état de mes cheveux ..

Elle aperçut son reflet dans le miroir.

— Je vais devoir me les laver... et qu'est-ce que je vais mettre ?

— Pourquoi pas l'uniforme du collège ? suggéra sa mère.

Gaby fit mine de ne pas l'entendre.

— Ils viennent à quelle heure ? demanda-t-elle.

— Ils seront là à 8 heures. Et ils ont intérêt à avoir fini quand je partirai travailler.

Gaby poussa un cri strident :

— Huit heures ! Mais je ne serai jamais prête à temps !

La mère de Lewis laissa tomber une nouvelle plâtrée de bacon et de saucisses dans l'assiette de son fils.

— Tu manges tellement que tu vas me mettre sur la paille ! déclara-t-elle.

Lewis avait hâte que la journée commencc. Il avait besoin de prendre des forces. Il n'avait dormi que quelques heures, pourtant il se sentait frais et dispos, prêt à tout. Il avait décrit à Guthrie les traces de sang au quinzième, et son coéquipier l'avait conduit auprès de l'un des officiers de la crim', l'inspecteur Warren. Lewis avait constaté avec satisfaction que ce dernier était impressionné, peut-être même un peu agacé, par son initiative. Il pouvait presque lire dans les pensées du gradé : « Un petit futé, celui-là. À tenir à l'œil. Sous peu, il convoitera mon job. » Lewis s'imaginait qu'on lui réservait déjà une place dans l'équipe des inspecteurs de la crim'.

Sa mère avait beau faire comme si cela ne l'intéressait pas, elle voulait connaître tous les détails.

— Je ne peux rien te dire, lui rappela-t-il. Secret professionnel.

— C'est vrai qu'on l'a poignardé ? Qu'il était couvert de sang et qu'une jeune fille a vu le tueur s'enfuir en courant ? Une certaine Gaby McGurk, si je me souviens bien.

— Attends un peu, c'est arrivé au beau milieu de la nuit. Comment tu peux savoir tout ça ?

— Les signaux de fumée. Tu sais bien que dans cette ville, les mauvaises nouvelles se répandent aussi vite qu'un virus.

Parfois, sa mère avait un sens inné de la formule...

— Tu veux que je découvre qui est le mort ? lui demanda-t-elle.

Lewis ne put réprimer un éclat de rire.

— Je crois que la police peut s'en charger, tu sais.

— Quelqu'un le connaît, c'est sûr, poursuivit-elle en flanquant encore deux œufs au plat dans l'assiette de son fils. Mais il ou elle ne voudra jamais t'en parler.

Lewis repensa à Gaby McGurk, et se souvint soudain qu'il n'avait pas fait part de ses soupçons à l'inspecteur Warren. Mais il ne s'agissait que de soupçons, justement. À quoi bon ?

— Tu devrais me laisser m'infiltrer dans l'immeuble, lança-t-elle en s'animant à cette idée. En un rien de temps, je découvrirais qui était la victime et ce qu'elle fichait là.

À l'entendre, elle avait déjà tout prévu.

— Tu ne pourrais pas trouver le nom et l'adresse de l'assassin, pendant que tu y es ?

— C'est sûrement un de ces junkies qui dorment dans les escaliers. Il est grand temps que la police fasse quelque chose, d'ailleurs. Je refuserais d'aller vivre là-bas pour tout l'or du monde !

— Dommage, je suis sûr que tu ferais fuir tous les drogués.

Il termina son petit déjeuner et se leva de table.

— Finalement, je ne vois pas à quoi sert la police, puisque tu es là !

— Elle sert à coller des prunes ! Y a des tueurs en cavale, et que fait la police ? Elle colle des amendes à d'honnêtes gens pour s'être garés en double file.

Elle ruminait encore la contravention qu'elle avait reçue deux jours plus tôt. Elle pensait que Lewis pourrait la lui faire sauter.

— À quoi bon avoir un fils dans la police s'il ne peut pas se servir de ses relations ?

— Attends que je sois inspecteur, M'man. Je te trouverai une place de parking où tu veux.

Il prit sa casquette sur la table de l'entrée.

— Bon, où sont mes clés de voiture ?

— Ah ah ! T'en fais un beau, d'inspecteur ! le railla-t-elle dans un éclat de rire. Comment tu veux trouver un meurtrier si t'es pas capable de trouver tes clés ?

Sur cette remarque cinglante, Lewis partit pour le commissariat.

— Alors, mademoiselle McGurk, vous avez vu le meurtrier ?

Le photographe, un jeune homme au visage ravagé par l'acné, choisit ce moment pour appuyer sur le déclencheur, alors que Gaby venait d'ouvrir la bouche afin de répondre. Elle espérait qu'ils ne choisiraient pas cette photo pour la mettre dans le journal.

Le photographe eut le culot de se plaindre.

— Si vous pouviez prendre un air sérieux, vous voyez le genre, comme si vous étiez traumatisée. À vous voir sourire comme ça, on croirait que vous avez gagné à la loterie.

Gaby le fusilla du regard. Elle montra les dents, prête à lui répondre, lorsqu'il prit une autre photo. Elle décida qu'elle ne l'aimait pas.

Au contraire du reporter, qu'elle trouvait plus à son goût.

— Je veux savoir ce que vous avez ressenti au moment précis où les portes se sont ouvertes, fit-il.

Comme si elle en avait besoin ! Elle ferma les yeux pour revivre la scène.

— Il était penché sur lui comme ça.

Elle se courba en avant et leva la tête, attendant qu'on la photographie. Mais le boutonneux était trop occupé à jongler avec ses objectifs.

— Il était couvert de sang. Il m'a regardée bien en face. J'ai vu dans ses yeux qu'il s'agissait d'un fou dangereux. Quand on vit dans une tour, on repère tout de suite le danger.

Sa mère, qui feuilletait un magazine, pouffa.

Gaby remarqua avec plaisir que le journaliste griffonnait comme un dingue sur son calepin. Elle poursuivit :

— Et puis il s'est relevé d'un bond et s'est jeté sur moi. Je savais que j'allais être sa prochaine victime. J'ai hurlé, comme ça.

Gaby poussa un cri aigu à vous transpercer les tympans. Le reporter faillit en tomber à la renverse.

— Je crois que c'est ce qui m'a sauvé la vie. Il m'a écartée de son chemin, avant de partir en courant.

— En effet, je crois que moi aussi je m'enfuirais si vous me criiez dessus comme ça, déclara le boutonneux.

Celui-là, il commençait vraiment à l'énerver.

— Je vous dis que ce mec avait le visage du démon.

Le reporter interrompit sa prise de notes et leva les yeux vers elle.

— Vraiment ? fit-il.

— Il ne devrait pas être trop dur à retrouver, alors, avec les cornes et le reste, rétorqua le photographe d'un ton sarcastique.

Gaby en avait assez.

— Mais c'est vrai ! Vous verrez bien, quand ils l'attraperont.

— Le visage du démon... répéta le reporter en fermant son calepin. Ça fera un chouette titre pour la une.

Lewis était contrarié. Il était arrivé le premier sur la scène du crime, et on l'avait relégué à l'accueil, au commissariat. Toutes les forces de police avaient été lancées à la recherche du gamin, et Lewis devait rester derrière un bureau, à essayer de comprendre une histoire de chien agressé.

— Vous pensez que quelqu'un a fait cela délibérément, monsieur Brown ? Qu'on a attaqué votre rottweiler ?

L'homme portait le chien dans ses bras – l'animal semblait encore sous le choc.

— Je l'ai retrouvé inconscient au pied de l'escalier. Quelqu'un l'a volontairement ficelé avec ces frusques !

Il jeta sur le bureau un sac en plastique plein d'habits.

— Elles étaient enroulées autour de sa tête. Le pauvre toutou ne voyait plus où il allait, et il s'est assommé en tombant dans les marches. C'est un acte de cruauté envers un animal.

Lewis fit de son mieux pour ne pas ricaner.

L'homme continua.

— J'ai dû l'emmener chez le vétérinaire. Il n'arrête pas de trembler. Les rottweilers sont des créatures sensibles, vous savez...

Lewis ouvrit le sac, et retint son souffle. À l'intérieur, il y avait un tee-shirt, un pantalon, et une veste légère. Tous portaient des taches rouge sombre. Du sang.

Pour le récompenser de sa découverte, on envoya Lewis interroger les habitants du quartier. C'était toujours mieux que le bureau d'accueil, mais à peine. On ne le dirigea même pas vers Wellpark Court, où il aurait forcément découvert des choses, mais dans les résidences avoisinantes, où il n'y avait même pas d'ascenseur.

— Le travail de terrain, c'est la base d'une enquête, lui dit le sergent en remarquant sa déception. C'est comme ça qu'on récolte le plus d'informations.

En bref, pendant que les inspecteurs de la crim' se réservaient les rôles les plus intéressants, il en était réduit à aller interroger les habitants. Est-ce que quelqu'un avait remarqué quoi que ce soit de louche ? Dans ce quartier, chacun était un suspect potentiel.

Il arpenta les immeubles toute la matinée, passant d'une porte à la suivante. Il se faisait régulièrement insulter. Dans le coin, la plupart des gens n'avaient pas une seconde à accorder à la police et le lui faisaient bien comprendre.

On le tournait en ridicule.

— Ah ah ! voilà l'inspecteur Gadget.

C'est ce que lui lança un gamin de dix ans. Il avait l'air particulièrement agressif pour son âge ; sans cela, Lewis lui aurait passé les menottes.

Une vieille dame le fit même entrer pour rattraper sa perruche et la remettre dans sa cage.

— Elle s'appelle Poussinette. Elle viendra peut-être si vous le lui demandez gentiment.

Sauf que Poussinette ne semblait pas connaître la notion de « gentillesse ». Mais lorsque Lewis la menaça avec un rouleau de papier aluminium – « Si tu ne retournes pas dans ta cage d'ici dix secondes, je t'enveloppe là-dedans et je te mets dans le four à la température maximale ! » –, Poussinette retourna dans sa cage en moins de temps qu'il n'en faut pour le dire.

« Franchement, se dit-il, est-ce bien pour ça que je suis entré dans la police ? Est-ce vraiment de cette façon que je vais devenir inspecteur ? »

Lorsqu'il frappa à une dernière porte avant de s'octroyer une pause thé, tout bascula.

La femme qui lui ouvrit ressemblait à un marshmallow géant.

— C'est gentil à vous d'être venu si vite, déclara-t-elle aussitôt en lui faisant signe d'entrer dans son vestibule impeccable. Je pensais qu'un incident pareil serait trop banal pour que la police s'y intéresse, surtout avec ce tueur en série dans les parages.

— Un tueur en série ? Qui vous a raconté ça ?

— C'est ce que j'ai entendu dire. Qu'il y avait eu une série de meurtres entre ici et la côte.

— Voilà qui est un peu exagéré, madame.

Comment ce genre d'histoires pouvaient-elles se répandre si vite ? se demanda-t-il. Puis il repensa à sa mère. Elle était certainement une des premières à les inventer.

Arrivé dans le salon, Lewis se plaça en face de la

femme. Il allait lui expliquer ce qu'il venait faire là, mais elle le prit de court.

— Je n'ai rien remarqué avant ce matin, expliqua-t-elle. En regardant par la fenêtre, je me suis souvenue que j'avais laissé mon linge dehors toute la nuit. Ce que je ne fais jamais, d'habitude. Je le rentre toujours. Je trouve ça vulgaire, de le laisser dehors, mais je regardais un film formidable à la télé. Un vrai mélo. J'ai pleuré toutes les larmes de mon corps et, du coup, j'ai oublié le reste... Et ce matin, j'ai aperçu mes draps, mes taies d'oreiller et mes...

Elle marqua une pause pour reprendre son souffle.

— ... Mes petites culottes.

Petites ? Les culottes de cette femme devaient être de la taille d'un pays tout entier.

— Et je me suis rendu compte qu'ils étaient plus là. Le jean et le pull de mon fils, Jimmy. Ses plus beaux, en plus, des marques, ceux qu'il porte pour aller en discothèque. Quelqu'un les a piqués sur la corde à linge. Quel culot, tout de même !

Les habits tachés de sang, le rottweiler deux rues plus loin, et maintenant, les vêtements de marque d'un adolescent volés dans un jardin à proximité. Lewis avait bien l'impression de savoir comment était habillé leur suspect numéro un.

J'essuyai mon jean du plat de la main. Eddie m'observait.

— Elles sont cool, tes fringues. Tu dois être plein aux as pour pouvoir te payer ça.

Je soutins son regard.

— Je les ai piquées, répondis-je en espérant l'impressionner.

— Quand ça ?

Je pris le temps de réfléchir avant de répondre.

— Y a longtemps.

— Pourquoi tu te comportes si bizarrement ? J'essaye de t'aider, moi, dit Eddie de sa voix éraillée.

— Je ne fais rien de bizarre. J'ai peur. Y a eu un meurtre, cette nuit.

Eddie me dévisageait toujours.

— Mais t'as rien vu, pas vrai ?

Il n'attendit pas ma réponse. Ce n'était pas vraiment une question, juste un constat.

— Tu n'as rien vu.

— C'est quand même effrayant, rétorquai-je.

Pour le prouver, j'ai tendu ma main, paume vers le bas : elle tremblait.

— Tu vois ?

— Moi aussi, j'ai peur, p'tit gars.

Eddie me sourit.

— On va s'entraider.

Il jeta un coup d'œil par la fenêtre. Des voitures commençaient à circuler dans les rues au loin, l'activité du matin reprenait.

— Je vais faire un saut à l'épicerie, pour piquer des petits pains, qu'est-ce que t'en dis ?

Il se leva sans me quitter des yeux.

— Dès que je serai parti, t'en profiteras pour filer, c'est ça ?

Je fis non de la tête.

— Les petits pains, ça me dit bien.

Eddie éclata de rire.

— Attends-moi là, mets de l'eau à chauffer, on se prendra une tasse de thé et un petit pain dès que je reviendrai, O.K. ?

À la lumière du petit jour, j'ai observé Eddie prendre l'allée d'un pas mal assuré puis tourner vers les commerces. Avais-je trouvé un ami ? Il était bête comme ses pieds, mais il semblait prêt à m'aider. Pouvais-je lui faire confiance ? Il était peut-être temps que je fasse confiance à quelqu'un. Une brume se levait à la surface de l'étang, où une famille de cygnes nageait fièrement en file indienne. Le silence et la tranquillité. Voilà juste ce qui manquait à ma vie. J'avais trop faim pour réfléchir. J'attendrais Eddie. Une fois l'estomac plein, je pourrais décider de ce que j'allais faire.

Quelqu'un observait la scène avec des jumelles braquées sur le local du club de modélisme. Le Loup. Il vit le garçon debout près de la porte et se crispa, attendant de voir s'il s'enfuirait. Ce scénario était exclu. Il fallait à tout prix éviter que la police le trouve en premier. Ce serait trop dangereux. Mais le garçon resta là, près de la porte, presque immobile. Ses vêtements étaient trop larges pour lui, remarqua l'homme. Il n'était pas grand, et ses cheveux noirs et épais paraissaient emmêlés. Il semblait effrayé. Tant mieux. Qu'il continue à vivre dans la peur. Pour l'instant. Ses heures étaient comptées.

8

La mère de Gaby n'avait pas réglé tous ses comptes avec elle. Elle lui rendait la vie impossible. Depuis le départ du journaliste et de son collègue boutonneux, elle n'avait cessé de gémir et de pousser des hauts cris.

— Tu ne m'as toujours pas dit où tu étais jusqu'à 4 heures du matin !

Gaby avait espéré que sa mère n'y penserait plus. L'espoir fait vivre. Elle songea un instant à raconter qu'elle était descendue chez Tante Ellen, au cinquième étage. Celle-ci était partie en vacances en lui laissant la clé pour qu'elle ramasse le courrier et arrose les plantes. Devait-elle faire croire qu'elle s'y était endormie en regardant sa série préférée... ? Non, pas la peine. C'était sans doute le premier endroit où sa mère avait téléphoné, et elle saurait que c'était un mensonge éhonté. Après une hésitation à peine visible, elle répondit :

— J'étais chez ma copine. Chez Zoé. On n'a pas fait attention à l'heure. On rigolait tellement !

Le bobard sortit tout seul. Elle mentait si souvent.

— Zoé... La petite avec les dents de cheval ?

— T'es méchante. Elle n'est pas si moche. Je te donnerai son numéro. Tu pourras lui demander.

— Oh, si seulement ton père était là..., rétorqua sa mère d'un ton brusque. Heureusement, il rentre ce soir.

Pourquoi sa mère ne l'écoutait-elle jamais ?

— Ce n'est pas mon père !

Elle le répétait si souvent qu'elle avait l'impression de radoter. Big Dan était le petit ami de sa mère. Même si, aux yeux de Gaby, sa mère avait passé l'âge d'avoir un petit ami. Tout avait changé depuis qu'il était venu vivre avec elles. Sa mère était complètement folle de lui. Gaby aurait donné n'importe quoi pour que ça redevienne comme avant, lorsqu'elles ne vivaient que toutes les deux.

Mme McGurk poussa l'un de ses fameux soupirs exaspérés.

— Tu ne lui laisses aucune chance, Gaby. Tout ce qu'il veut, c'est que nous formions une famille. Il t'aime beaucoup, tu sais.

Elle attendit que Gaby le reconnaisse. Mais la jeune fille se mordit l'intérieur de la joue et ne dit rien.

— Très bien ! Tu vas rester dans ta chambre, ma petite !

« C'est ça, bien sûr... », pensa-t-elle. En fait, elle n'avait aucune envie de sortir. Au cas où le mec, celui qui avait poignardé l'homme dans l'ascenseur, comptait revenir lui régler son compte.

Une autre chose la préoccupait, en plus de l'assassin. La victime. L'homme qui avait perdu la vie.

Et qu'elle avait reconnu.

Elle l'avait vu quelques heures plus tôt – bien vivant mais... mort de peur.

Eddie ouvrit la porte du local à la volée. Il était si excité que ses joues avaient viré au rouge.

— Tout le monde ne parle que de ça. Que de toi, en fait. C'est forcément toi. Un mec brun, de ton âge. On raconte que c'est toi qui as tué le type. À coups de couteau.

Je me levai d'un bond, prêt à m'enfuir. Arriverais-je à passer devant Eddie, à atteindre la porte, à m'échapper ? Ou bien avait-il ramené une escouade de policiers avec lui ? Eddie était maigrelet, mais beaucoup plus grand que moi. Et l'idée que j'avais peut-être assassiné quelqu'un ne semblait pas le chiffonner.

— Je m'en fiche, si c'est toi qui l'as tué. Il le méritait, pour sûr.

— Je n'ai tué personne. Je le jure. Mais je l'ai découvert dans l'ascenseur.

Eddie paraissait lutter intérieurement pour comprendre ce que je lui disais. Je me hâtai de poursuivre.

— C'est pour ça que j'avais si peur. Promis.

Il resta silencieux un instant, comme si son cerveau, tel un ordinateur dépassé, ramait pour effectuer l'opération demandée.

— Selon la rumeur, t'es censé être couvert de sang.

J'acquiesçai.

— C'est pour ça que j'ai dû changer de fringues. J'ai volé celles-là sur une corde à linge.

Ce qui amusa Eddie.

— T'as bien fait, p'tit gars.

Il me lança deux petits pains.

— Au beurre, s'il vous plaît. Je ne pique que les meilleurs.

Je les attrapai au vol, un dans chaque main.

— L'eau est chaude, annonçai-je.

— C'est bien.

Il s'assit en se frottant les mains.

— Maintenant, je veux que tu me racontes tout. Avec plein de détails sanglants.

Pendant qu'on se réchauffait devant le radiateur, nos mains plaquées autour de nos tasses de thé, et qu'on dévorait les petits pains, je lui racontai tout. Je n'eus pas besoin d'inventer quoi que ce soit. La vérité était bien assez sanglante, même pour Eddie. J'omis toutefois de lui dire que je n'avais aucun souvenir. Ça, c'était trop incroyable.

— Et t'étais avec lui, dans l'ascenseur, quand il est mort ? Alors, ça, ça devait vraiment être horrible.

— Tu l'as dit, confirmai-je d'une voix tremblotante. Il était couvert de sang... il avait les yeux ouverts et me dévisageait.

Eddie hoqueta.

— Il était encore en vie ? Ça alors ! Et il t'a dit qui l'avait poignardé ?

Il resta bouche bée en attendant ma réponse.

— Non. Il était trop faible pour parler.

Au même instant, je me souvins de la force avec laquelle sa main m'avait attiré vers lui.

— Vas-y, tu peux me le dire. Je ne le répéterai à personne.

Si j'avais su quoi que ce soit, je me serais confié à Eddie. J'était trop content d'avoir trouvé quelqu'un à qui parler, à qui tout raconter. Mais je ne savais rien d'autre.

— Ce type était à l'agonie, Eddie. Il délirait, voilà.

— Il délirait ? répéta-t-il les yeux écarquillés. Ça veut dire qu'il parlait ! Qu'est-ce qu'il disait ?

J'ai haussé les épaules. Tout ça semblait sans importance, maintenant.

— Un truc à propos de son cœur qui battait la chamade.

Là, Eddie fut impressionné.

— Qui battait la chamade ? Wahou !

Il réfléchit un instant.

— Tu crois qu'il savait qu'il allait mourir ?

« Vu le trou qu'il avait dans l'estomac, y a des chances », ai-je failli répondre. Ce n'était peut-être pas le moment de blaguer.

— À mon avis, oui, murmurai-je simplement. Mais il ne m'a jamais dit qui l'avait agressé.

— Et c'est tout ? insista Eddie, qui semblait déçu.

Il aurait sans doute préféré que l'homme articule le nom du tueur dans son dernier soupir – en y ajoutant son adresse, tant qu'on y était.

— Je comprends pourquoi tu voulais t'enfuir. Il fallait que tu te tires de là-bas. T'es le suspect numéro un. Bon.

Eddie se leva.

— Tu dois quitter la ville. Mais tu te ferais prendre en moins de cinq minutes. Les flics sont partout. Écoute, j'ai des potes. De très bons potes. Ils pourront nous aider.

Ce « nous » me donna du baume au cœur. Comme si nous étions tous les deux dans la même galère. Je n'étais plus seul.

— Tu peux leur faire confiance ? demandai-je.

— Évidemment, c'est mes potes, répondit-il l'air blessé, avant de sourire. Attends là, mec. Big Eddie va chercher la cavalerie. On va te faire sortir de cette ville.

Il me donna une claque dans le dos et je me mis à rire, moi aussi. Aussi loin que remontaient mes souvenirs, c'était la première fois. J'allais m'en tirer. Quelqu'un allait m'aider.

Je regardai Eddie contourner l'étang et me faire un signe de la main. Je l'imitai. Alors, voilà ce que ça faisait d'avoir un ami ? Quelqu'un en qui on pouvait avoir confiance ? Même si ce n'était que cet idiot d'Eddie. Je me rassis par terre, adossé au mur. À présent, je pouvais dormir. J'allais m'en tirer. Eddie reviendrait avec des gens qui pourraient m'aider. Des gens qui connaissaient cette ville, et qui arriveraient à m'en faire sortir. J'avais l'impression d'être seul depuis longtemps. Trop longtemps. Mes paupières s'alourdirent à mesure que la chaleur du radiateur me réchauffait. Ce fut juste dans les dernières secondes avant de plonger dans le sommeil que je me rappelai les autres paroles du mourant. Des paroles qui ne voulaient toujours rien dire. « Chamade. » « Empêche. » « Gars torse. » On aurait cru un télégramme. « Gars torse. » Malgré tout, ça me faisait toujours rire. Je n'y comprenais rien, et Eddie n'y comprendrait rien non plus. Mais dès qu'il reviendrait, je lui dirais quand même. Ça le ferait délirer.

9

— Selon toute vraisemblance, ce jeune homme s'est débarrassé de ses habits pleins de sang.

Lewis s'abstint d'ajouter qu'il avait causé des dommages corporels à un rottweiler par la même occasion.

— Il a volé un pull et un jean sur une corde à linge ; maintenant, il porte des vêtements de marque des pieds à la tête. Monsieur.

Lewis en oublia presque ce « monsieur » final.

Guthrie l'avait de nouveau conduit chez l'inspecteur Warren, de la crim'. Et, de nouveau, ce dernier l'avait écouté d'un air sévère, sans lui sourire une seule fois. Était-ce une consigne officielle ? Est-ce que les inspecteurs devaient toujours afficher une expression dure ? Lewis n'était pas certain d'y arriver. Warren observa Lewis comme s'il ne le croyait pas. Lewis était aussi grand que lui, pourtant il avait l'impression de devoir lever la tête pour le regarder. L'inspecteur le toisa un long moment, sans un mot. Il finit par esquisser un sourire – le temps d'un battement de cils.

— Beau travail. Ferguson, c'est ça ?

Lewis essaya de ne pas rougir. En vain. Comme c'était embarrassant de piquer un fard à son âge !

— Je ne fais que mon devoir, monsieur. Du travail de routine, pour la police.

— C'est vous, les gars de la base, vous qui êtes en première ligne ; grâce à votre travail laborieux, vous êtes les yeux et les oreilles de notre société. Nous ne pourrions résoudre aucun crime sans vous et votre travail de fourmi.

Pour Lewis, tout cela ne ressemblait guère à un compliment. Il n'aimait pas la façon dont Warren avait évoqué le « travail laborieux » des agents. Il se fichait de lui, ou quoi ? Il allait leur en donner, du travail laborieux ! Lewis décida à cet instant de découvrir l'assassin. Il allait leur montrer, à tous ! Il deviendrait inspecteur plus vite que quiconque avant lui. Et il repensait déjà à l'indice qu'il était le seul à connaître.

Gaby McGurk.

Elle cachait quelque chose. Et il était bien décidé à découvrir quoi.

Je dormais. Mais dans mon rêve j'étais toujours en fuite, sans jamais arriver où que ce soit. Toujours effrayé. Je me haïssais. Même dans ces sombres cauchemars, je me haïssais d'avoir si peur. Avais-je toujours été une mauviette ? Ou bien avais-je une bonne raison d'avoir la trouille ? Une raison que j'avais oubliée, comme le reste ? J'aurais voulu me retourner, pour faire face à ce qui me poursuivait, homme ou bête ou que sais-je... Mais j'osais à peine jeter un regard derrière moi. Parce que si on m'attrapait, ce serait la fin.

Parfois, je m'en moquais. Comme maintenant.

Pourquoi ne pas continuer à dormir ? Le réveil n'était jamais un soulagement, de toute façon, juste la suite du cauchemar. Si je ne me réveillais pas, je n'aurais plus besoin d'affronter la réalité.

Dans mon rêve, j'avais chaud, et j'étais essoufflé. J'étais tellement hors d'haleine que je toussais. La toux et la chaleur m'obligèrent peu à peu à sortir du sommeil. Je me roulai sur le côté, sans cesser de tousser, et j'essayai d'ouvrir les yeux.

Il y avait du brouillard tout autour de moi. La brume du lac s'était infiltrée dans le petit local ; la pièce en était pleine. Je voulus me lever, mais mes poumons me brûlèrent à cause du brouillard et de la chaleur et...

J'ouvris grand les yeux. Soudain sur le qui-vive. Ce n'était pas de la brume. Mais de la fumée.

Le local était en feu !

Je tenais à peine debout. Mes yeux me piquaient. Je ne pouvais m'empêcher de tousser. Je n'y voyais plus rien. Que se passait-il ?

Je me jetai à terre pour y trouver un peu d'air et commençai à ramper vers la porte. La chaleur me fit reculer. Je discernais maintenant les flammes, qui léchaient l'encadrement de la porte et les fenêtres. J'essayais désespérément de réfléchir sans paniquer. Comment sortir de là ? La porte et les fenêtres étaient condamnées par les flammes. Il n'y avait aucune autre sortie. J'étais pris au piège.

Une seconde plus tôt, dans mon rêve, j'avais voulu rester endormi pour toujours. Mais je comprenais maintenant que je ne voulais pas mourir. Pas comme ça.

De l'eau... L'eau éteint le feu. Mais il n'y avait là qu'un vieil évier. Pas d'extincteur pratique à utiliser. Rien qu'un évier.

Et la couverture où je m'étais allongé.

Mes idées commencèrent à s'éclaircir. J'attrapai la couverture avant de me traîner jusqu'à l'évier. Le robinet était grippé. Je dus me servir de mes deux mains pour l'ouvrir. Soudain, le jet d'eau m'éclaboussa le visage, me rafraîchissant un instant. Je plongeai la couverture dans l'évier, et j'attendis qu'elle s'imbibe d'eau comme une éponge. Je ne devais pas perdre connaissance, mais c'était difficile. Je n'arrivais presque plus à respirer. La fumée commençait à m'étouffer.

La couverture pesait lourd lorsque je la sortis de l'évier. J'arrivais à peine à la soulever... mais il le fallait. Je m'en enveloppai comme d'une cape, veillant à couvrir ma tête. L'eau pénétra mes vêtements. Je clignai des yeux pour voir où j'allais, marchant droit vers la porte, vers les flammes orange qui la consumaient avidement. Vers l'air frais. Je rabattis la couverture sur mon visage, avant de charger.

Du sommet d'une colline dominant le lac, le Loup observait la scène. Les jumelles étaient braquées sur le petit local qui partait peu à peu en fumée. Personne ne pourrait survivre à un tel incendie. Encore moins un garçon tout seul. Le problème était résolu : un gamin des rues avait trouvé la mort dans un incendie allumé par des vandales. Fin de l'histoire.

Une tragédie qu'on oublierait bien vite.

Tout à coup, *il* apparut, enfoui sous une couverture qui fumait à cause de la chaleur.

Une fois dehors, le gamin ôta la couverture de ses épaules. Il regarda autour de lui d'un air fébrile. Même à cette distance, le Loup voyait son regard terrorisé. Puis le gosse détala. Il courut vers les arbres, vers les collines, puis disparut.

Le Loup baissa ses jumelles. Tous les muscles de son corps se crispèrent. Cela n'aurait jamais dû arriver. Il n'était pas du genre à commettre des erreurs. Et pourtant, le garçon était encore en vie.

Mais plus pour longtemps.

Il se lança à sa poursuite.

10

Lewis et son coéquipier arrivèrent sur les lieux avant les pompiers. Ils y trouvèrent l'habituel attroupement de voisins curieux autour du bâtiment en feu. Il tenta de les disperser, d'user de son autorité, mais la plupart refusaient de partir, le poussaient en se tordant le cou pour mieux observer la scène.

— Il n'y a rien à voir. Circulez.

Une fois encore, il se voyait contraint de dire des âneries. Il y avait plein de choses à voir. Un incendie. Tout le monde aime regarder les incendies.

— J'ai vu quelqu'un sortir de là en courant, rapporta une femme. Il est parti par là, shérif.

Elle pointa le doigt vers les collines. Lewis la dévisagea. Shérif... Ben voyons ! Elle avait à l'évidence regardé trop de westerns. Soudain, une idée le frappa. Et s'il y avait quelqu'un d'autre coincé à l'intérieur ? Mais il était maintenant impossible ne serait-ce que de s'approcher du bâtiment. S'il se trouvait quelqu'un dedans... il était déjà mort.

L'idée d'un corps calciné, d'une fin si horrible, lui

glaça le sang. Il remarqua alors la couverture trempée qui gisait par terre. Abandonnée là par quelqu'un qui avait du sens pratique, et qui avait su le mettre en œuvre pour s'en sortir, pour échapper aux flammes.

— C'est sans doute des vandales qui ont mis le feu au local, poursuivit la femme.

Une rumeur d'approbation s'éleva de la foule.

— Quelqu'un les a-t-il vus ?

Leurs regards vides suffirent à lui répondre.

Tout le monde accusait toujours le vandalisme. Et ils avaient probablement raison. La ville était la proie des jeunes qui ne trouvaient rien de mieux à faire que d'incendier des maisons vides. Mais cela arrivait plutôt de nuit, non en plein jour devant les passants, quand les gens étaient réveillés.

Et ce bâtiment n'était pas vide. Les incendiaires savaient-ils qu'il y avait quelqu'un à l'intérieur ? Avaient-ils voulu l'éliminer ? Ou bien était-ce un accident ?

— Un meurtre la nuit dernière, et maintenant, ça.

Une vieille dame venait de prendre la parole, encore une fois. Lewis aurait préféré se mesurer à une horde de terroristes plutôt qu'à une poignée de grand-mères. Si Terminator avait dû affronter une armée de mamies aux dentiers claquants qui agitaient leur déambulateur en tous sens comme une arme offensive, sauver le monde ne lui aurait jamais paru aussi simple.

Cette grand-mère-là lui enfonça un doigt dans les côtes. C'était l'autre problème avec les vieilles dames : elles n'avaient aucun respect pour l'uniforme.

— Vous autres, vous ne faites rien pour protéger la population. Qu'on rétablisse la peine de mort ! C'est tout ce qu'ils méritent.

« Dire qu'elle est censée appartenir au "sexe faible" », pensa Lewis.

— Si on appliquait la peine de mort, ces petits salopiaux ne recommenceraient pas de sitôt. Vous pouvez parier votre chemise là-dessus.

« Forcément, qu'ils ne recommenceraient pas, se dit Lewis. Ils seraient morts. »

Il tenta de changer de sujet.

— C'est le local du club de modélisme, non ?

Il fit de son mieux pour éviter le regard de la vieille dame, espérant qu'une bonne âme lui répondrait. Mais c'était peine perdue. Les autres semblaient satisfaits d'avoir cette vieille gaga pour porte-parole.

— Le club de modélisme ? Peuh ! Personne n'y vient jamais. C'est les dealers qui y traînent, ou bien les jeunes gens et les jeunes filles pour...

Elle hésita une seconde.

— Bref, vous savez très bien ce qu'ils viennent y faire.

Enfin, quelqu'un d'autre se décida à parler :

— C'est l'endroit idéal pour leurs magouilles. En plein centre-ville, mais à l'écart des habitations. Personne ne peut les voir, là-dedans.

— Je suis bien contente qu'il parte en fumée, reprit la vieille dame.

— Et ce local, vous savez à qui il appartient ? lui demanda-t-il directement, cette fois-ci.

Elle le savait à coup sûr. Il avait l'impression qu'elle avait réponse à tout, d'ailleurs.

— Il est à Barry McKay. Comme tout le reste, non ? Ce type possède la moitié de la ville. Là, il voulait sans doute arnaquer son assurance.

Elle jeta un coup d'œil à son fan-club. Tous acquiescèrent.

— Il a sans doute envoyé ses gars pour cramer le local, comme ça, il récupérera la prime.

— Faudrait savoir, madame, rétorqua Lewis. Des vandales, ou des gangsters ?

— C'est du pareil au même. Ils travaillent tous pour Barry McKay. Il a tout le monde dans sa poche. Même les flics.

— On dirait que vous avez résolu l'affaire, madame. Vous n'avez jamais pensé à entrer dans la police ?

Elle ne comprit pas le sarcasme. En guise de réponse, elle fit claquer son dentier avec sa langue.

— Vous ne cacheriez pas un tuyau d'arrosage sous votre pull, par hasard ? lança Lewis. Comme ça, vous pourriez aussi éteindre l'incendie, tant que vous y êtes.

Je courus longtemps sans m'arrêter. Je voulais m'éloigner le plus possible du bâtiment en feu. Je m'étais débarrassé de la couverture, mais la puanteur de la fumée me collait à la peau. Je courus à travers des bois, par-delà des collines, sans savoir où j'allais, sans même m'en soucier. Pourquoi étais-je venu dans cette ville ? Je me rappelais vaguement mon arrivée, mais c'était si brouillé dans mon esprit que ç'aurait pu être un rêve. Mes premiers souvenirs nets commençaient avec mon réveil dans la cage d'escalier lugubre, puis l'ascenseur et le mourant. Étais-je venu là à cause du fleuve ? J'avais peut-être compté prendre le bateau vers une destination inconnue. Ou bien était-ce la vue du haut des collines qui m'avait attiré ici ? Je m'arrêtai un instant pour me pencher, les mains appuyées sur les genoux, afin de reprendre mon souffle. Ces collines semblaient m'encercler, maintenant, comme si elles me retenaient prisonnier dans cette ville.

Qui donc avait pu déclencher l'incendie ? Ce n'était pas un accident, j'en étais sûr. La porte, les fenêtres, toutes barrées par les flammes. Sans aucune issue. J'étais la cible ? Mais pourquoi moi ? Je ne connaissais personne, ici. Pire, je ne connaissais personne, point barre. Personne n'avait de raison de vouloir ma mort. Ou bien si ? Comment le savoir ?

Est-ce que ça pouvait être Eddie ? Il était revenu avec ses amis junkies et ensemble, ils s'étaient dit que ce serait trop drôle de mettre le feu au local ?

Mais Eddie m'avait assuré qu'il allait chercher de l'aide. Non, le feu avait été allumé soit par des jeunes qui n'avaient rien de mieux à faire, soit par quelqu'un qui me voulait du mal.

Mais qui à part Eddie savait que je me trouvais là ? Et pourquoi quelqu'un voudrait-il se débarrasser de moi ?

Non, en conclus-je. Je n'avais pas eu de chance et m'étais trouvé au mauvais endroit au mauvais moment.

Le Loup était sur la trace du gamin et, cette fois-ci, il ne le raterait pas. Il le suivait discrètement pour ne pas éveiller ses soupçons. Plus il s'éloignerait de la ville, mieux ce serait. Il l'achèverait là, au sommet des collines. Il pourrait sans peine y dissimuler le corps, et personne ne le retrouverait. Il était bien placé pour le savoir. Il en avait déjà fait disparaître un sacré nombre, de ses propres mains. Mais il fallait tout de même faire croire à un accident. Un accident fatal.

Gaby attendait devant la maison de la presse que l'édition du soir du journal local soit livrée. Au moins, elle n'avait pas été obligée d'aller à l'école. Elle avait passé presque toute la journée à répondre aux questions de la brigade criminelle. Mais cela n'avait rien eu d'excitant. Elle avait l'impression d'avoir perdu son temps, d'avoir répondu sans cesse aux mêmes questions. Et ils l'avaient traitée comme si elle était la dernière des idiotes. Dès que ce fut possible, elle était allée rejoindre ses copines devant le marchand de journaux, à côté du collège.

Ses amies, elles au moins, la traitaient comme une star. Elles étaient venues au rendez-vous à toute vitesse, pressées d'entendre son histoire. Zoé était là, elle aussi, mais semblait moins contente de la voir.

— T'as dit à ta mère que t'étais chez moi, hier soir. Elle m'a appelée... et j'ai dû lui mentir.

— Les amies sont faites pour ça, non ? rétorqua Gaby en haussant les épaules.

— Alors, en vrai, où t'étais ?

Gaby faillit le lui dire, puis se ravisa. Zoé ne savait pas garder un secret.

— Nulle part. J'ai rien fait de spécial.

L'arrivée des journaux lui évita de se faire cuisiner par Zoé. Dès que le livreur laissa tomber la pile sur le sol, aux pieds de Gaby, elle se jeta sur l'exemplaire du dessus.

— Regardez, je suis en première page. Elle est horrible, cette photo. J'ai une tête affreuse.

Ses amies lui rétorquèrent qu'elle était très bien. En fait, Gaby en était elle aussi persuadée. Mais elle voulait l'entendre de la bouche de ses copines.

— Et qu'est-ce que vous pensez du titre ? voulut-elle savoir.

« LE VISAGE DU DÉMON »

— T'as vraiment dit ça ? s'enquit Zoé.

— Bien sûr. Sinon, ça ne serait pas dans le journal, hein ?

Zoé haussa les épaules.

— D'après mon père, on ne peut pas croire ce que disent les journaux.

— Eh bien, tu pourras répondre à ton père que cette fois-ci, il peut. J'ai vraiment dit ça.

— Tu crois que c'était lui, le tueur ?

Gaby en était persuadée.

— Bien sûr que c'était lui.

Elle se souvint soudain de ce que le garçon lui avait dit.

— Il a avoué. Il a dit : « C'est moi. » J'avais oublié.

Zoé lui lança un regard incrédule. Comme si Gaby passait son temps à raconter des salades.

Celle-ci poursuivit, s'efforçant de ne pas s'énerver contre Zoé.

— Il avait vraiment l'air d'un fou dangereux, et il était couvert de sang. Vous auriez dû voir ça... Il a essayé de s'en prendre à moi, vous savez. Il s'est jeté sur moi, son couteau à la main.

— Mais t'avais pas dit qu'il avait un couteau !

Cette remarque froissa Gaby pour de bon. Zoé insinuait-elle qu'elle avait tout inventé ? Gaby voulut se rappeler chaque détail de la nuit passée. L'ouverture des portes, le mec qui se tenait à l'intérieur. Il devait forcément avoir un couteau, puisqu'on n'avait pas retrouvé de lame. Elle essaya de repérer dans sa mémoire un éclat métallique, et fut convaincue d'y arriver.

— Ah bon ? Pourtant, il en avait un dans la main. Couvert de sang.

Ses autres amies l'encerclèrent, pressées d'entendre les détails les plus gores. Gaby fut soudain très populaire.

— Tu sais ce que ça veut dire, Gaby ? lui demanda Zoé au bout d'un moment.

— Ouais !

Gaby était certaine de le savoir.

— Je vais sûrement passer à la télé !

Elle s'y voyait déjà : elle ferait sensation, à tel point qu'on lui demanderait de revenir, peut-être pour présenter le journal, ou peut-être même pour qu'elle anime sa propre émission, et puis elle signerait un gros contrat aux États-Unis, où elle deviendrait une star.

— Non, fit sèchement Zoé. Ça veut dire que tu es le seul témoin capable d'identifier le meurtrier, et que ton nom et ton adresse figurent en première page. Si on était dans un livre et que ce mec était un tueur en série, tu serais la prochaine victime.

Parfois, Zoé l'horripilait !

— Merci beaucoup ! Toi, tu sais comment réconforter les autres, Zoé.

Gaby soupira. Celui qu'elle avait vu dans l'ascenseur ne ressemblait pas à un tueur en série : il était trop jeune. Elle se le remit en mémoire une nouvelle fois, couvert de sang, se précipitant vers elle. Ce souvenir lui donna la nausée. Il n'était pas un tueur en série. Et soudain, une petite voix dans sa tête lui souffla qu'il n'était peut-être pas un tueur, tout court. Elle l'avait pris pour un fou dangereux, mais c'était peut-être la peur qui déformait son visage.

La petite voix se tut aussitôt. Il avait bel et bien le visage du démon. Puisqu'elle l'avait vu ainsi.

11

Il ferait bientôt sombre. Le jour durait à peine, ici. Le soleil se levait tard dans la matinée et, quelques heures après, la nuit tombait. La faible lumière du mois de février se voyait déjà engloutie par l'obscurité. Je devais trouver un endroit où me cacher. Un endroit sûr. Je me frottai les bras pour me réchauffer un peu, mais comment empêcher la bise glaciale de s'insinuer dans mes habits ? La lande n'offrait aucun abri. Je regardai autour de moi : je me dirigeais vers un lac. Seul signe de civilisation, une voiture brûlée abandonnée près de la rive. Si je ne trouvais rien de mieux, je risquais de devoir y élire domicile pour la nuit. Un brouillard givrant planait déjà au-dessus de la ville comme à la surface de l'eau. Je mourrais de froid si je devais dormir dehors. On retrouverait mon corps raide et transi, tout recroquevillé, à moitié dévoré par les moutons.

Non, les moutons sont végétariens. Ils ne risquaient pas de me dévorer. Au contraire des bêtes sauvages.

Un loup, par exemple.

Une fois la nuit venue, un givre épais recouvrirait tout ; d'ailleurs, les brins d'herbe scintillaient déjà. Nulle part où me cacher. Pourquoi m'étais-je lancé vers les collines, au fait ? Je commençais à avoir la trouille. Des bruits bizarres crépitaient autour de moi, des hululements au fond des bois, des bruissements dans les pins qui m'entouraient.

Promenons-nous dans les bois, pendant que le loup n'y est pas... Était-ce une vieille comptine enfouie dans un coin de ma mémoire où bien est-ce que je venais de l'inventer ?

J'avançais péniblement le long de la route. J'allais bien finir par trouver une cachette. Une cabane de berger, peut-être, ou même un abribus. N'importe quoi.

J'entendis une voiture au loin, qui se rapprochait. Mais toute la journée, j'avais entendu une voiture, la même, j'en étais certain. Comme si elle roulait au pas derrière moi, en m'observant. Chaque fois que je m'étais tourné, je n'avais rien vu. C'était mon imagination, me répétais-je sans cesse, et pourtant, un seconde plus tard, je l'entendais de nouveau. Qui me pourchassait. Je tendis l'oreille et, cette fois-ci, je vis ses phares strier le ciel noir. Pas d'erreur possible. Je me précipitai dans les buissons, pour rester caché jusqu'à ce qu'elle me dépasse.

Mais rien ne se déroula comme prévu. Au lieu de me dépasser, elle s'arrêta dans un ronronnement de moteur au sommet de la colline, et sembla attendre quelque chose. Les phares restèrent allumés. J'imaginais qu'ils étaient braqués droit sur moi. Comme si quelqu'un à l'intérieur savait que j'étais là. À reculons, je m'enfonçai un peu plus dans les sous-bois. Une silhouette noire sortit de la voiture. Une silhouette menaçante qui se découpait sur le ciel de plus en plus sombre. Je fis un autre pas en arrière. Une brindille se brisa sous mes pieds. Ce petit bruit suffit à me faire repérer. Qui était cet homme ? La silhouette se mit en mouvement, courant soudain droit vers moi. Pour m'attraper. Mais pourquoi ? Comment savait-il que j'étais là ? M'avait-il suivi toute la journée ? Depuis que je m'étais enfui du hangar ? Je me mis moi aussi à courir. Cherchant une cachette, pressé de m'éloigner de cette forme noire surgie de la nuit. Je me retournai ; je ne vis rien, mais je savais qu'il était toujours à mes trousses. Le plus effrayant, c'était d'ignorer où il était. Mon cœur menaçait d'exploser. Des ronces et des orties me meurtrirent la peau. Je continuais à courir. Je lançai un regard vers la lumière des phares qui brillaient toujours sur la route, guettant le moindre mouvement entre les arbres. Qui me poursuivait ? Et pourquoi ? Pas le temps de réfléchir, il fallait juste courir.

Je m'arrêtai un instant derrière un buisson. Je retins mon souffle, l'oreille tendue. En vain. Aucun bruit de pas. Aucun mouvement. Il avait peut-être abandonné. Je l'avais semé. Tout doucement, en silence, je tournai la tête vers la voiture. Qui était toujours là. Je fis de nouveau face au bois, prêt à repartir au pas de course.

« Je l'ai semé, pensai-je. C'est sûr. Je l'ai semé. »

Je ne vis rien venir.

Le poing, tel un marteau, s'écrasa sur mon visage. Douleur... ténèbres explosant en une gerbe de lumière... et puis, plus rien.

12

Pourquoi Lewis avait-il donc l'impression que tout ce qu'il apprenait avait un lien avec le meurtre de Wellcourt Park ? Ce n'était qu'une coïncidence, ne cessait-il de se répéter, pourtant il ne pouvait se défaire de l'image du garçon qu'on avait vu quitter le bâtiment en feu en courant – encore un ado en cavale – et c'était pour lui trop gros pour s'avérer une simple coïncidence. Qui avait déclenché l'incendie et pourquoi ?

Il avait essayé d'en parler à Guthrie, mais son coéquipier avait haussé les épaules.

— Oh, arrête, Lewis. Je sais que tu veux devenir inspecteur à la criminelle, mais ne cherche pas un mystère là où il n'y en a pas. Un groupe de délinquants a fait cramer un repaire de drogués bien connu. L'un d'eux s'en est sorti d'un cheveu. Ça arrive tous les jours, dans cette ville.

Les junkies avaient bon dos. Il était facile de les incriminer pour tout et n'importe quoi. Trop défoncés pour se souvenir s'ils étaient coupables ou pas. Eh bien, son coéquipier pouvait avoir raison, mais Lewis préférait réserver son jugement. Peut-être, une fois qu'ils auraient retrouvé le gamin de l'ascenseur – Lewis refusait de l'appeler « le tueur » –, tout deviendrait-il clair. Le meurtrier n'avait pas pris l'argent du mort, seulement ses papiers d'identité. On n'avait trouvé aucun portefeuille, aucun permis de conduire, rien qui porte son nom. Était-ce délibéré ? Le tueur avait-il voulu éviter que la police découvre le nom de la victime ? En tout cas, ses empreintes digitales ne figuraient pas dans leurs fichiers.

Mais quelqu'un l'avait reconnu.

Gaby McGurk. Il voyait encore l'éclair dans ses yeux lorsqu'elle avait regardé le cadavre.

La mère de Lewis rentra du travail ; c'en fut fini du calme dont il avait profité pour réfléchir. Elle tenait le journal dans sa main et pointa du doigt la première page.

— Regarde ça ! dit-elle. Ce que les gens peuvent être stupides ! Imagine, ils ont collé le nom de cette petite en première page, et sa photo en prime !

Lewis lui arracha le journal des mains.

« LE VISAGE DU DÉMON »

— N'accuse pas le reporter, maman. J'ai rencontré cette Gaby McGurk. On n'arriverait pas à lui clouer le bec même avec des somnifères ! Je m'étonne qu'elle ne leur ait pas aussi donné son numéro de portable.

Il se concentra sur la photo. Prise, à l'évidence, avant que Gaby ait eu le temps d'appliquer ses peintures de guerre. Elle semblait plus jeune, plus vulnérable. Sous la photo, on pouvait lire un commentaire :

« *Gaby McGurk rentrait de chez une amie lorsqu'elle a été témoin de ces événements traumatisants.* »

« Chez une amie, mon œil ! » pensa Lewis. Elle revenait d'une fête, ou d'une discothèque. Toutes les semaines, on en pinçait qui vendaient de l'alcool à des mineurs. Et puis les vêtements de Gaby McGurk sentaient le tabac. Elle avait essayé de cacher l'odeur en suçant des pastilles à la menthe ; mais, hé ! Lewis l'avait fait avant elle, le coup du je-tente-de-masquer-l'odeur-de-cigarette-à-ma-mère-avec-des-bonbons. Cela ne marchait pas.

Mais lorsque quelqu'un vient de découvrir un cadavre, comment demander à cette personne si elle a fumé en cachette ?

La situation était différente, maintenant. Il devrait peut-être aller lui parler. Avec sa photo et son nom sur la première page du journal local, elle était en danger, non ?

— À mon avis, cette petite devrait être placée sous protection policière, déclara sa mère.

Une autre personne partageait son point de vue. Gaby McGurk elle-même. Elle commençait à avoir peur. Le téléphone n'avait pas cessé de sonner depuis qu'elle était rentrée. L'appel de tantes et de cousins qui venaient d'apprendre la nouvelle et étaient furieux que sa mère (pour beaucoup d'entre eux, elle avait perdu les pédales), ait laissé publier son nom et sa photo.

— Quel dommage que ta tante Ellen soit partie en vacances ! Elle, elle n'aurait jamais permis une chose pareille.

Tante Ellen était considérée comme le membre raisonnable de la famille. Gaby était sa nièce préférée.

Mais la plupart des appels venaient de tarés... du moins elle l'espérait. Des tarés qui menaçaient de venir lui régler son compte parce qu'ils « savaient où elle habitait ».

Gaby avait essayé d'en parler à sa mère lorsqu'elle était revenue du travail, mais celle-ci avait refusé d'écouter. Au lieu de quoi, elle s'était fâchée.

— Tu me fais perdre la boule, Gaby McGurk.

Lorsqu'elle était en colère, elle l'appelait toujours par son nom complet.

— À rentrer à pas d'heure, à me mentir sans arrêt. Je sais que tu n'étais pas chez Zoé, au fait, et je n'ai pas la moindre idée de l'endroit où tu traînais. Et maintenant, ça... J'appellerai ce fichu journaliste demain matin. Il aurait dû y réfléchir à deux fois.

Sa mère était dans la salle de bains lorsque le téléphone sonna de nouveau.

— Réponds, Gaby, lança-t-elle.

Mais la jeune fille avait peur. Elle décrocha l'appareil doucement, comme s'il risquait de la mordre.

— T'es morte, croassa une voix. Morte.

Elle aurait voulu hurler dans le téléphone. Percer le tympan de ceux qui l'appelaient sans cesse. Mais il fallait avant tout que sa mère ignore ces appels. Les choses allaient suffisamment mal comme ça ; si elle lui racontait ces coups de fil anonymes, elle en entendrait parler jusqu'à la fin des temps.

Au lieu de crier, elle murmura :

— Mon téléphone est sur écoute.

Au bout du fil, la personne éclata de rire.

— Trop tard, je vais venir te faire la peau. Car je suis le Loup.

Elle sut aussitôt que c'était un canular. Le Loup n'existait pas. Ce n'était qu'une légende qu'on racontait aux enfants de cette ville pour les effrayer. Comme le Père Fouettard. Elle entendit alors un gloussement étouffé. Suivi de rires en série. Elle s'imagina un groupe de garçons entassés dans une cabine téléphonique, en train de se payer sa tête. Encore un canular. Et si la prochaine fois, c'étaient de vraies menaces de mort ?

13

J'ouvris grand les yeux. Je tremblais de peur et de froid. J'essayai de me rappeler qui j'étais, où j'étais, et comment j'étais arrivé là. Je me souvenais d'une voiture, dont les phares illuminaient la route. De la silhouette noire qui me poursuivait. Puis de la douleur. D'un énorme poing s'abattant sur mon visage. Le coup avait été si puissant que j'en avais encore mal au crâne. Où étais-je ? J'étais plongé dans les ténèbres. Où m'avait-il conduit ? Je tendis le bras, et ma main rencontra de l'acier. J'étais enfermé dans une boîte en acier. Je sus aussitôt où j'étais : dans la carcasse de voiture brûlée, abandonnée près du lac. Pris au piège, dans le coffre. J'essayai de l'ouvrir de mes deux mains mais, épave ou pas, le haillon ne bougea pas d'un centimètre. Je sentis comme un roulis lorsque la voiture se mit en mouvement. L'espace d'un instant, je me dis qu'on me remorquait quelque part. Mais la voiture ne suivait qu'une seule direction : vers le bas.

De l'eau glaciale commença à s'infiltrer dans le coffre. Je la sentis me dégouliner dans le dos. Là, je paniquai.

Je crois que je retins même ma respiration. La voiture sombrait dans les eaux profondes du lac, et j'étais coincé à l'intérieur ! Je me débattis désespérément, tapant de toutes mes forces sur le coffre. Et pendant ce temps, l'eau continuait de s'infiltrer, bien trop vite. Ce coffre serait mon cercueil. J'appelai à l'aide. Je hurlai à pleins poumons. Y avait-il quelqu'un, là, dehors ? Quelqu'un pour me venir en aide ? Ou bien était-il, *lui*, encore là ? Je l'imaginais dressé près du lac, sa silhouette se découpant sur le soleil crépusculaire, regardant la voiture disparaître de la surface des eaux.

Le temps que le soleil se couche, je serais mort. L'eau pénétrait à une vitesse folle, remplissant peu à peu l'espace du coffre. Je me mis sur le dos pour donner des coups de pied dans le coffre de toutes mes forces, mais le haillon restait fermement bloqué, me piégeant à l'intérieur. Je voulus m'asseoir pour m'éloigner de l'eau. D'un instant à l'autre, elle atteindrait mon torse, puis mon menton.

La mort rampait vers moi.

J'allais mourir seul ici, au fond de ces eaux froides, glaciales. Et qui se souviendrait de moi ? Moi, sans la moindre mémoire de mon passé ? Qui se lancerait à ma recherche ? Personne. Des années plus tard, on remonterait peut-être un squelette. Un squelette qui ne serait jamais identifié. On parlerait de moi comme du « cadavre dans le coffre ». Une énigme jamais résolue. Un corps sans nom. Sans rien.

Je n'étais personne.

Un calme étrange s'empara de moi. La panique se dissipa. Un vague souvenir me disait que cela arrivait lorsqu'on acceptait de mourir. Je l'acceptais maintenant. Je ne pouvais rien faire d'autre. Jamais je ne saurais pourquoi quelqu'un voulait ma mort, ni même qui était ce quelqu'un. Jamais je ne saurais qui avait tué l'homme dans l'ascenseur. Ni même qui j'étais. Et ce que je fuyais. Pourquoi ne pouvais-je pleurer ? Ou crier ? Je ne ressentais plus rien.

Je fermai les yeux, attendant que l'eau engloutisse mon visage.

Du sommet de la colline, le Loup ne perdait rien de la scène. Cette fois-ci, il ne commettrait pas d'erreur. Le garçon ne pourrait pas jaillir de la voiture au dernier moment et se frayer un passage dans la mousse et la boue. Pas cette fois. Il braqua ses jumelles pour observer la voiture. Il n'entendit aucun bruit de lutte. Le combat était terminé.

L'eau venait doucement clapoter contre le coffre de la voiture, tandis que les ultimes rayons du soleil laissaient place à l'obscurité. Le coffre disparut en dernier. Il resta un instant juste sous la surface, à peine visible, puis il disparut. Le Loup garda les jumelles braquées dans cette direction un moment. Rien. Aucune bulle d'air signalant la vie. L'eau était calme et paisible. Un secret coulé pour toujours. Tant mieux.

Le Boss serait content.

Tout comme lui.

Finalement, il n'était qu'un garçon ordinaire.

Dans une autre ville, bien loin de là, quelqu'un avait repéré les gros titres du journal. Un homme en noir, assis devant un ordinateur, épluchant la presse sur Internet. Il ne s'intéressait qu'à un type d'articles. Ceux qui évoquaient un adolescent, seul, inconnu. Un gamin brun d'un âge bien précis. Voilà longtemps qu'il cherchait, en vain.

La nuit était bien avancée lorsqu'il tomba sur cet article. Il était resté dans l'obscurité de sa chambre d'hôtel : il avait laissé les volets ouverts et pouvait voir la pleine lune suspendue dans le ciel.

« LE VISAGE DU DÉMON »

Un titre ridicule, bien sûr, mais vendeur. Le garçon était jeune, bien trop jeune pour être vraiment mauvais, non ? Un SDF ? Un drogué ? La police n'en savait rien. Personne n'en savait rien. La battue avait commencé dans cette ville fluviale. Ils voulaient en finir rapidement avec cette affaire. Se pouvait-il que ce garçon soit aussi celui qu'il cherchait ? La description demeurait vague. L'adolescent, dont les cheveux bruns étaient coiffés en pétard, était couvert de sang. Mais l'âge correspondait et l'homme ne voulait pas prendre le moindre risque. Il avait déjà perdu bien trop de temps au cours des semaines précédentes, suivant de mauvaises pistes.

C'était peut-être une mauvaise piste de plus. La situation n'était guère prometteuse. Mais il devait tenter le coup. Il éteignit son ordinateur et la pièce fut soudain plongée dans des ténèbres que seule la lumière de la lune perçait. Il allait découvrir la vérité.

14

Soudain, j'eus l'impression de sentir une main sur mon épaule, une main puissante. Qui me soulevait. Me soutenait. Et une voix souffla à mon oreille : *Tu ne mourras pas ainsi. Bats-toi.*

« Laissez-moi tranquille ! » avais-je envie de crier. J'étais fatigué. Si fatigué. Je m'abandonnais à la mort. « Laissez-moi ! » Comment étais-je censé me sortir de là ? Je n'étais qu'un enfant.

Bats-toi pour rester en vie. C'était comme un murmure au creux de mon oreille. Quelque chose au plus profond de moi ne voulait pas que je meure. Ne me permettrait pas de mourir.

Débrouille-toi pour te libérer. Pour ouvrir ce coffre.

Une vague d'énergie m'envahit, comme une décharge électrique. Je sentais mon cerveau palpiter.

« Tu es un gamin amnésique, qui ne se souvient pas même de son nom. Mais tu ne vas pas mourir. » Je me répétais cela en boucle... « Tu ne vas pas mourir. »

La vie bouillonna de nouveau dans mes veines.

« Arrière, Ange de la Mort. Je ne te suivrai pas tout de suite. »

Je me mis à trembler. Chaque muscle de mon corps s'éveilla, chaque os fut prêt à tout pour me maintenir en vie. Mon cœur palpitait, inondant mes membres d'un sang nouveau. La voiture avait sombré au fond du lac, mais il y avait encore un peu d'air dans le coffre. J'inspirai goulûment. Je réussirais à me libérer. Je ne gardai que cette idée en tête, chassant toutes les autres pensées. Je réussirais à me libérer. J'agrippai de mes ongles l'acier rouillé, et, pieds joints, je bourrai le coffre de coups. Une fois, deux fois, trois fois. D'où me venait cette force ? Je n'en savais rien. Néanmoins, le coffre s'ouvrit brusquement. Il ne me fallut pas plus d'une seconde pour en sortir. J'avais mal partout, à la tête, aux bras et aux jambes, mais la douleur n'était rien. Elle prouvait juste que j'étais encore en vie. J'allais survivre.

Je me propulsai pour remonter. La voiture glissa un peu plus profondément dans le lac. Je la sentais presque qui m'entraînait avec elle. Mais rien ne pouvait me retenir, maintenant. Il ne me restait presque plus d'air. La lune vacillait à la surface de l'eau. Je me dirigeai droit vers sa lumière. Et émergeai avec un rugissement de joie. J'étais vivant !

Je me jetai sur la rive couverte de mousse, sous le regard de la lune glaciale. Mes vêtements – enfin, ce qu'il en restait – étaient trempés et lourds. Ils gelaient déjà telles des stalactites, me glaçant jusqu'aux os. Je ne pouvais m'empêcher de claquer des dents, ni de trembler comme une feuille. Le froid n'était pas seul en cause. J'avais échappé de très peu aux mâchoires de la mort. J'avais l'impression bizarre qu'il m'était arrivé quelque chose, là, en bas, tandis que la voiture sombrait vers le fond de ce lac isolé.

Ces deux derniers jours avaient été les plus terribles de ma vie. Néanmoins, je ne me rappelais rien de ce qui m'était arrivé auparavant.

Rien du tout ! Pourquoi ne pouvais-je me souvenir ? Je me donnai des claques comme pour remettre mon passé à sa place, le forcer à ressurgir dans ma tête. Mais mes véritables souvenirs semblaient ne commencer qu'avec mon arrivée en ville. À croire que j'attirais la malchance... D'abord, j'avais découvert un mourant puis, au moment où je croyais avoir trouvé un ami, où j'avais eu l'impression enfin d'être en lieu sûr, des vandales avaient mis le feu à ma cachette. Et, pour finir, quelqu'un m'avait pourchassé jusque là-haut dans la lande, enfermé dans une voiture abandonnée, qu'il avait poussée dans le lac.

Je devrais vendre des trèfles à quatre feuilles.

Quelqu'un avait essayé de me tuer. Était-ce la même personne qui avait incendié le hangar ? Forcément. Maintenant, je ne pouvais plus croire que c'était un accident. Cet homme voulait ma peau. Cet homme dans la voiture, cet homme dont la large silhouette noire se découpait sur le ciel. Je serrai les dents au souvenir du coup de poing qui m'avait assommé. C'était une grosse brute. Je me tapis un peu plus à l'abri des fougères. M'observait-il, à cet instant ? Non. S'il m'avait vu jaillir de l'eau, il serait déjà là pour finir le travail.

J'attendis pendant une éternité glaciale avant de me relever, les bras croisés sur le torse pour essayer vainement de me réchauffer. Puis je m'éloignai de la rive. Les empreintes de pneus filaient droit dans l'eau. Il y avait aussi des empreintes de pas, creusées profondément dans le sol couvert de lichen. Il avait dû pousser de toutes ses forces pour que la voiture glisse dans l'eau.

Cette idée me fit frémir. Il voulait bel et bien ma peau. Mais pourquoi ? Pourquoi cet homme essayait-il de me supprimer ? Qu'est-ce que je lui avais fait ?

15

Lewis avait passé la journée à faire du porte-à-porte, posant des questions auxquelles il n'obtenait jamais de réponse. C'était ça, la routine, le travail laborieux de la police.

— Ne fais pas la grimace, Lewis, lui répéta Guthrie. C'est comme ça que les enquêtes avancent et que les crimes sont élucidés.

Lewis n'en était pas persuadé. Dans ce quartier, les gens ne parlaient pas à la police. Ils ne collaboraient jamais. Ne les aidaient jamais à résoudre leurs enquêtes. Ils restaient « bouche cousue », comme ils disaient. Ils ne faisaient pas confiance aux forces de l'ordre. La moitié d'entre eux avaient un parent en prison et l'autre moitié refusaient d'être considérés comme des balances. De toute façon, pourquoi s'inquiéter d'un assassinat lié à la drogue ? « Tant qu'ils ne font que s'entre-tuer, qui s'en soucie ? », telle semblait être l'attitude générale de la population. Mais aussi celle de la police, aux yeux de Lewis. Il sentait que l'enquête était menée avec une certaine nonchalance. Lorsqu'il avait fait remarquer que personne ne se baladait sans rien dans les poches – pas de clés, de porte-monnaie, ni de papiers –, Guthrie lui avait répété ce que chacun semblait penser : le jeune assassin, sans doute un junkie, avait tout volé.

En fait, son coéquipier l'avait regardé comme s'il était demeuré.

Il l'avait mis en garde, lui conseillant de ne pas faire trop de zèle :

— Je sais que tu veux devenir inspecteur, mais personne n'aime les bleus qui croient jouer au plus malin.

Lewis était certain que Gaby McGurk avait reconnu le cadavre mais, du coup, il avait gardé pour lui cette information. On avait interrogé la jeune fille toute la journée, et la police se contentait de la considérer comme « une petite idiote qui s'était trouvée au mauvais endroit au mauvais moment ».

Lewis pensait lui aussi que Gaby était une petite idiote, mais elle en savait davantage qu'elle ne le disait. Et il était certain que la victime avait été tuée à son étage. Coïncidence ? Selon son coéquipier, cela ne faisait aucun doute :

— C'est l'une des rares familles qui n'ont jamais de problèmes. Sa mère est serveuse et son beau-père travaille sur les plates-formes pétrolières. Ils n'ont aucun antécédent. Ce sont d'honnêtes travailleurs. Tous les habitants de cet étage ont été interrogés. Personne ne connaissait la victime. Ce n'est qu'une coïncidence.

Il semblait donc que la police, comme l'opinion publique, ait décrété que la victime était un dealer étranger à la ville qui n'avait jamais été condamné et était donc inconnu de la police, et l'assassin, un drogué complètement défoncé qui avait volé tout ce qu'il avait trouvé. Si Lewis voulait prouver le contraire, il devrait se débrouiller seul.

Je commençais à croire que j'étais relié à cette ville par un élastique, m'empêchant d'en partir. Mais où pouvais-je bien aller ? Je devais trouver des vêtements secs. Après avoir survécu à tout cela, je ne voulais pas mourir d'une pneumonie. J'avais besoin d'habits. D'un abri. C'est en ville que j'aurais le plus de chance de trouver les deux choses. Là, dans la lande, il n'y avait pas âme qui vive. Si je devais y passer la nuit, j'en mourrais. Et je ne voulais pas mourir. J'avais découvert cela au moment où la voiture avait sombré dans le lac. J'étais résolu à rester vivant. Je ne comprenais pas pourquoi. Je n'avais rien à quoi me raccrocher. Je ne me rappelais rien. Mais je savais que je devais rester en vie, et qu'il y avait forcément une raison à cela.

Un jour, je la découvrirais.

Tandis que je courais en marge de la route étroite, zigzaguant entre les arbres, je repensai à tout ce qui s'était passé. Quelqu'un m'avait suivi depuis la cité, la veille au soir, quelqu'un qui savait que j'avais trouvé l'homme agonisant et craignait qu'il m'ait dit quelque chose d'important. Ce même homme nous avait suivis, Eddie et moi, jusqu'au local, et dès qu'il avait vu Eddie partir, il avait mis le feu au bâtiment. Puis ce même homme avait dû me suivre dans les collines... l'homme de la voiture. Cette idée me glaça les sangs. Je me souvenais de la brutalité de l'attaque. Un gosse en cavale, qui représentait un danger tel qu'on était prêt à l'assommer, à l'enfermer dans le coffre d'une voiture et à le laisser mourir au fond d'un lac ? Mais je n'étais qu'un jeune garçon. J'aurais pu me faire tuer à tout moment. Maîtrisé, assassiné – une victime de plus. Ou bien ma mort devait ressembler à un accident ? Dans un feu. Sous l'eau. Sans qu'on m'ait ligoté avec de la corde ou du chatterton. Oui, un accident, ça semblait logique. Mais la question restait la même : pourquoi ?

C'était certainement lié au meurtre commis dans la cité.

Mais de quelle façon ?

Ou bien était-ce autre chose, un élément du passé que j'avais oublié ?

Mille pensées tourbillonnaient dans mon esprit, aggravant la douleur qui me vrillait le crâne à cause du coup de poing. Il faisait trop froid pour réfléchir.

« Est-ce qu'on m'observe, à cet instant même ? » me demandai-je en m'arrêtant un instant.

Seul un rayon de lune éclairait la route givrée. Je balayai les sous-bois du regard, mais il n'y avait rien. Rien qu'un silence de mort. Je devais me reposer. Une chouette hulula dans les bois, bruit solitaire et néanmoins rassurant. Je m'adossai à un arbre. Je voulais dormir, hélas j'entendis soudain le rugissement d'une voiture sur la route. Je me relevai aussitôt, cherchant un endroit où me cacher. Je pris mon élan, avant de me jeter dans les buissons, où je restai immobile, sur le ventre, le visage plaqué au sol. La voiture apparut au sommet de la colline, fonça droit vers moi. Le conducteur prenait ses virages trop serrés, comme un dingue. J'entendais de la musique, des basses qui s'échappaient des vitres ouvertes. La voiture passa devant moi, dans un concert de gloussements et de cris rageurs. Une bande de jeunes, trop nombreux pour une seule voiture, qui riaient en chantant. Qui profitaient de la route déserte pour faire un rodéo.

J'appuyai mon visage sur mes bras, épuisé. J'allais me reposer un instant, juste un instant, puis je repartirais.

Après ça, je ne me souvins plus de rien.

16

Dan était de retour. Assis dans le fauteuil, il regardait la télévision. La mère de Gaby lui avait tout raconté sur le meurtre pendant qu'il attendait que le livreur lui apporte son poulet au curry. En arrivant à Wellpark Court, il n'avait pu que remarquer la présence policière. Un fourgon de police stationnait toujours dans la rue, sans parler du ruban noir et jaune qui barrait encore l'accès à l'ascenseur. Et elle lui avait raconté la mésaventure de Gaby, qui ne plut guère à Dan.

— Évite le plus possible la police, lui avait-il dit. Et la presse. On est une famille respectable. On n'a jamais eu d'ennuis avec la police.

« On n'est pas une famille », avait voulu lui répondre Gaby. Mais elle se retint.

Elle ne lui répondait jamais. Il ne vivait avec elles que depuis quelques mois, et elle ne s'était toujours pas habituée à le voir chez elle. Elle était bien contente qu'il soit si souvent absent. Parti loin sur les plates-formes pétrolières. Sa mère lui répétait toujours qu'elle pouvait avoir confiance en lui. « C'est un homme bon, Gaby. »

C'était le genre d'homme à qui on pouvait se fier. Personne n'irait lui chercher querelle. Mais pas question de lui avouer où elle était cette nuit-là. Cela ne lui causerait que des problèmes. Pouvait-elle lui parler des coups de fil ? Il se contenterait de lui dire à quel point elle avait été stupide de laisser les journalistes publier son nom. Et si elle lui confiait qu'elle avait déjà vu la victime ? Dan lui avait déjà demandé de lui raconter en détail le moment où elle était rentrée dans l'immeuble, ce qui s'était passé quand les portes de l'ascenseur s'étaient ouvertes et ce qu'elle avait vu précisément à cet instant. Il l'avait interrogée sur l'adolescent. Elle lui avait promis qu'elle lui avait tout dit. Il avait semblé satisfait. Elle ne pouvait plus changer d'avis. Elle le regarda mâcher son poulet au curry, sa grosse main poilue lovée autour d'une canette de bière. Il se tourna vers elle, sentant le poids de son regard dans son dos.

— Qu'y a-t-il, Gaby ?

Il souriait, plein de bonne humeur depuis son retour. Sous les yeux embarrassés de Gaby, il avait attrapé sa mère par la taille, et celle-ci avait gloussé.

— Content d'être à la maison, avait-il dit.

Ce serait le moment idéal pour se confier. Soudain, sa mère embrassa Dan une nouvelle fois, ce qui décida Gaby. Elle secoua la tête.

— Rien, Dan.

Sa mère voulait qu'elle l'appelle « Papa ». Dans ses rêves...

Mme McGurk gagna la cuisine sans cesser de glousser pour aller lui chercher une autre bière.

— T'as raté tout le spectacle, dit Gaby à Dan. Tu dois t'ennuyer comme un rat mort à travailler sur les plates-formes.

— Ça dépend des jours, répondit-il avant de se retourner vers la télévision.

SAMEDI

L'aube glaciale m'a tiré du sommeil. J'avais si froid que mon corps était raidi. Pire que ça, même. J'entendis mes os craquer en me levant. Je devais trouver un abri. Plusieurs kilomètres me séparaient de la ville. Tout en marchant, j'essayais de penser à autre chose qu'au froid paralysant. Mais à quoi ? Je ne pouvais pas ressasser de vieux souvenirs puisque je n'en avais aucun. Ni m'imaginer mon retour à la maison. Je n'avais pas de maison. Je ne pouvais penser qu'à deux choses : ma mâchoire douloureuse et le froid épouvantable. Je finis par rejoindre les abords de la ville. Les maisons étaient encore endormies dans l'obscurité du petit matin. Mais je n'étais pas le seul debout : un marchand de journaux avait déjà ouvert. La porte entrouverte laissait échapper un rayon de lumière sur le trottoir. Une pile de journaux de la veille attachés avec une ficelle gisait à l'extérieur, attendant qu'on vienne les ramasser ; le gros titre attira aussitôt mon attention. Je m'emparai du journal du dessus, lisant la première page sans en croire mes yeux.

« LE VISAGE DU DÉMON »

Elle avait vraiment dit ça ? Cette idiote qui n'arrêtait pas de hurler... À cet instant, je l'aurais volontiers étranglée de mes mains. Comment avait-elle pu voir de la méchanceté là où il n'y avait que de la confusion et de la peur ? Elle avait voulu faire son intéressante. Pour attirer l'attention. Eh bien, ça, elle allait être servie ! En continuant à lire, je suis tombé sur son nom. Gaby McGurk. Et son adresse. Elle vivait au quinzième étage de la tour de Wellpark Court. Il y avait même une photo. Elle avait essayé de se donner de grands airs, avec sa bouche en cul-de-poule et ses yeux écarquillés. Mais elle n'avait réussi qu'à avoir l'air bête.

« Attends une seconde : elle vit au quinzième », pensai-je. J'avais trouvé le blessé à cet étage. Pouvait-il exister un lien ? Ou bien n'était-ce qu'un hasard ?

Ne crois pas au hasard, me souffla une petite voix. *Il y a eu bien trop de coïncidences jusqu'à maintenant.*

Je sursautai lorsque le marchand de journaux sortit pour déposer un autre paquet de journaux bien ficelés sur le trottoir. Il se tourna vers moi.

— T'as été piquer une tête ? me demanda-t-il en riant. T'es trempé comme une soupe.

Son accent était franchement écossais, mais il était d'origine indienne ou pakistanaise, je n'aurais su dire. Je restai figé, attendant qu'il devine qui j'étais. Mais il rentra dans sa boutique comme si de rien n'était avant d'en ressortir un instant plus tard en souriant.

— Eh, petit, tu veux une tasse de thé ? Ça te réchauffera. T'as l'air d'une statue de glace, là, dehors.

Je m'attendais à ce qu'il me reconnaisse aussitôt, moi, le garçon qui avait « le visage du démon ». Pourtant, il me fit signe de le suivre à l'intérieur. Une odeur de petits pains tout chauds vint me chatouiller les narines. La faim me tordit le ventre, tandis que la chaleur de la pièce m'enveloppait délicieusement. L'homme me regarda dévorer les petits pains. Il sourit de nouveau.

— Tu as faim ? Tu peux en prendre un avec ton thé.

Il me tendit une tasse fumante dans laquelle il versa un peu de lait. Puis il prit deux petits pains sur le comptoir et entreprit de les beurrer.

— Je ne sais pas pourquoi je dois ouvrir si tôt. Y a jamais personne, à cette heure-ci. D'habitude, je bois mon thé tout seul. Je suis content d'avoir de la compagnie.

Ses dents blanches contrastaient avec sa peau sombre.

— Au fait, moi, c'est Razool. Je ne t'ai jamais vu dans le coin. Pourtant, je connais tous les jeunes de ce quartier. Les bons et les mauvais. On est bien obligé, quand on fait mon métier. Je pourrais t'en raconter, des trucs...

Il attendit. Je savais que j'étais censé lui répondre.

— Je ne suis pas d'ici, expliquai-je au bout d'un moment.

— Tu as passé la nuit dehors ? À nager !

Je décidai de lui dire une partie de la vérité.

— Je suis tombé dans le lac... là-haut sur la colline.

Razool émit un long sifflement.

— Tu sais qu'y en a qui sont morts, là-haut.

Sans blague. J'avais failli connaître le même sort.

— On dit qu'il y a tellement de cadavres dans ce lac que même au milieu, l'eau ne nous arrive qu'à la taille.

Il éclata encore de rire.

— On dit que c'est le Loup qui les a mis là.

— Le Loup ?

— Il n'existe pas, poursuivit-il en riant. Comme le Père Fouettard. C'est une de ces légendes urbaines, tu vois ?

Le Loup. Rien que le nom me fit frissonner de plus belle.

Razool me vit trembler, et mit cela sur le compte du froid. Il me tendit un petit pain.

— Tu ne peux pas rester dans ces vêtements trempés.

Il décrocha une veste en polaire du portemanteau derrière la porte.

— Tiens, enfile ça. Un client l'a laissée là il y a des mois. Il est jamais venu la chercher. Enlève ton tee-shirt avant de la mettre.

J'obéis, trop heureux d'enfiler la polaire. Elle était restée accrochée au-dessus du radiateur et était toute chaude. Un délice.

— Par contre, c'est pas un truc de marque comme tes habits.

Razool étudia de près mon tee-shirt.

— Ta mère va te tuer quand elle va te voir dans cet état.

Une nouvelle fois, il éclata de rire comme si cette idée l'amusait beaucoup.

Moi aussi, je souris à l'évocation de la vie imaginaire que Razool m'inventait. Une mère aux petits soins qui m'habillait avec des vêtements de marque.

— Tes potes t'ont poussé, pas vrai ? Ils trouvaient ça drôle, j'imagine...

Je ne pus m'empêcher de sourire. Maintenant, j'avais des potes.

— J'aurai ma revanche, vous en faites pas.

Le thé chaud et la nourriture m'avaient un peu remonté le moral.

— Ah, les jeunes ! Il faut toujours que vous maniganciez quelque chose. Tu vois cette école, là-bas ?

Razool fit un signe de tête vers l'extérieur.

— Y a toujours une bande pour y aller la nuit et tout casser. Pourquoi ? Qu'est-ce que ça peut leur apporter ? La semaine dernière, ils ont détraqué le système de surveillance.

Razool rigola comme s'il venait de raconter une blague.

— Remarque, mes clients sont plutôt contents. Au moins, l'alarme ne les réveille plus toutes les nuits.

Razool sirota son thé longuement avant de poursuivre.

— Sans parler du meurtre de la nuit dernière.

Je m'étranglai avec mon petit pain, toussant des miettes un peu partout.

Razool me tapota le dos en riant.

— Ne t'inquiète pas, tu es en sécurité, ici. Ce n'est pas moi l'assassin. En plus, je crois que la police sait qui est le coupable. Juste un gamin, d'environ ton âge. Un drogué. Ils vont l'attraper, t'en fais pas. J'ai confiance dans la police.

De nouveau, il sourit.

Malgré moi, je le dévisageai, attendant qu'il fasse le rapprochement et comprenne : c'était moi que la police cherchait.

— C'est mon frère qui m'a raconté. Je ne travaille là que le week-end. On a une autre boutique à Glasgow. Je travaille là-bas le reste de la semaine.

Voilà qui expliquait tout. Razool n'était pas en ville hier. Il n'avait sans doute même pas lu le journal de la veille, où on pouvait lire que j'avais « le visage du démon ».

— Et votre jour de repos, c'est quand ?

Je voulais simplement changer de sujet. Razool rit de plus belle.

— Un jour de repos ? C'est quoi, ça ? Ma mère est une vraie esclavagiste. D'après elle, les jours de repos, ça rend fainéant. Et elle ne supporte pas les fainéants. Ah, les mères... Elles nous rendent fous, parfois. Et toi, elle est comment, ta mère ?

Ma mère ? J'en avais sûrement une, quelque part. Est-ce qu'elle me cherchait, qu'elle s'inquiétait pour moi, qu'elle tentait désespérément de me retrouver ? Je voulus forcer mon esprit à se souvenir. À créer une image de son visage. Mais il n'y avait qu'un lourd rideau, qui dissimulait mon passé.

— Alors, elle est comment ? répéta-t-il.

Je décidai de jouer le jeu. D'inventer ma mère idéale.

— Elle est chouette, ma mère. Elle travaille beaucoup, dans un magasin du centre-ville. Un magasin de fringues. Elle adore les fringues. À mon avis, elle se prend encore un peu pour une adolescente.

Cela fit rire Razool. Et moi aussi. Je la voyais presque, ma mère imaginaire. Qui ramenait des vêtements de la boutique pour les essayer à la maison en tournoyant devant moi. Comme j'aurais voulu que ce soit vrai...

— Elle veut que je prenne un petit boulot, le samedi, pour distribuer des journaux.

— En tout cas, je ne te conseille pas de bosser pour nous. Ma mère te rendrait fou.

J'aurais voulu rester là, à l'abri, avec Razool. Mais le premier client n'allait pas tarder. Et risquait de me reconnaître.

— À propos de ma mère, je ferais mieux de rentrer chez moi. C'est la première fois que je reste dehors toute la nuit.

Je me levai.

— Merci Razool.

Sa gentillesse avait ramené un peu de lumière dans ces jours sombres. Je lui en étais reconnaissant.

Razool se leva lui aussi et me tendit un autre petit pain.

— Tiens, pour la route.

17

— C'est ridicule, tout le repassage que je dois faire pour toi.

Sa mère ne savait pas se taire. Lewis appuya sur l'un des boutons de la télécommande pour augmenter le son de la télé. Il regardait un film dont le héros, un inspecteur de police adolescent dans le Los Angeles des années 1920, épatait ses supérieurs grâce à tous les indices qu'il trouvait et à la vitesse dont avançait son enquête.

— Tu m'entends, fils ?

Elle lança une serviette qui lui atterrit sur le visage, lui rappelant le rottweiler.

Il enleva le linge de sa tête et le lui renvoya.

— Je t'en suis éternellement reconnaissant, dit-il. Et je te promets que je ne te mettrai pas en maison de retraite quand tu seras vieille et que tes cheveux seront gris.

Il fit mine de l'observer.

— Mais dis donc, tu es déjà vieille, et tes cheveux sont gris ! Enfin, ils le seraient sans ta teinture *Fatalement Blonde* !

— Je vais t'assommer avec ta propre matraque si tu n'apprends pas à te taire !

— Je me taisais jusqu'à ce que tu te ramènes. J'essaye de regarder la télé, figure-toi.

Il venait juste de manquer un autre indice trouvé par le jeune inspecteur perspicace. Ce héros, ça pourrait être lui. Lewis avait lui aussi découvert plein d'indices. Mais personne ne voulait l'écouter. Il les transmettait à l'inspecteur Warren, puis il n'en entendait plus jamais parler. Les fringues ensanglantées, le jean de marque fauché sur la corde à linge, le cadavre traîné au quinzième étage. Personne ne s'était présenté pour identifier le corps. La victime n'avait pas de casier judiciaire. Qui était cet homme ? Et pourquoi l'avait-on tué ? L'enquête commençait à peine, mais Lewis n'arrivait pas à croire que c'était juste un meurtre lié au trafic de drogue. Alors que tout le monde en était convaincu.

Sa mère n'en avait pas fini avec lui.

— Comme ça, mon fils, la chair de ma chair, le sang de mon sang, n'a pas encore éclairci ce mystère, déclara-t-elle en projetant un nuage de vapeur sur le pantalon de son uniforme. Si tu veux mon avis, tu n'interroges pas les personnes qu'il faut.

Et Lewis repensa une nouvelle fois à Gaby McGurk. S'il pouvait la convaincre de lui dire où elle avait déjà vu la victime, il aurait un train d'avance sur ses collègues.

Il fallait que je quitte cette ville, mais comment ? J'aurais pu faire du stop, mais maintenant que ma description figurait en première page du journal local, il y avait trop de risques que je sois reconnu. Et qu'on me conduise droit au commissariat le plus proche. Je pouvais toujours essayer de me cacher dans un camion. Mais lequel choisir ? Avec ma chance, je tomberais sur celui qui dessert la prison de la région. Je me faufilai sous le porche d'un vidéoclub et m'assis sur une marche, les genoux remontés sous le menton. Il devait forcément y avoir un moyen de partir d'ici. Je ne pouvais pas me risquer de nouveau dans les collines. On m'y avait pourchassé. À présent, je n'avais plus l'impression d'être suivi. Malgré tout, je jetai un coup d'œil dans la rue, à droite et à gauche, pour m'en assurer.

Soudain, une idée me frappa. Pourquoi est-ce qu'on me suivrait ? L'homme qui avait voulu me tuer me croyait mort. Je revis la silhouette massive au milieu de la lande, qui se découpait sur le ciel nocturne. Le Loup ? C'était lui ? Je n'avais peut-être plus à le craindre, à présent. Je l'espérais. Il pensait qu'il m'avait éliminé, que je gisais au fond du lac. Enfermé dans le coffre d'une voiture. Je m'imaginai les poissons nageant d'un air intrigué, entrant dans la voiture par les vitres brisées, je m'imaginai mon propre visage, blême, mes cheveux ondulant autour de mon visage. Je secouai la tête pour chasser cette vision. C'était trop horrible.

Au moins, *lui*, il n'était plus à mes trousses. Je souris malgré moi. L'ironie de la situation ne m'échappait pas. Si lui ne me cherchait pas, il était bien le seul. La moitié de la police du pays était toujours à ma poursuite. Mais plus cet homme mystérieux. Et ce dernier m'effrayait plus que la police. Il pensait que j'étais mort. Pour la première fois, j'avais l'avantage.

Tant mieux. Je comptais bien que cela dure.

Si seulement le type de l'ascenseur m'avait donné le nom de son assassin, j'aurais téléphoné à la police pour leur fournir une information anonyme. Et les flics m'auraient lâché les baskets. Mais je n'avais rien à leur dire. Rien du tout.

J'avais d'abord besoin d'une cachette. Mais où aller ? J'aperçus le collège au bout de la rue. Il semblait désert. Aucun signe de vie. Il se dressait là-bas, solitaire, entouré de terrains de sport, comme coupé du monde. C'était sans doute l'école dont parlait Razool. Celle qui était tout le temps vandalisée. À l'intérieur, il ferait bon. Et il y aurait sûrement de la nourriture, à la cantine. Soudain, ce bâtiment m'apparut comme le meilleur refuge au monde.

Je me levai en balayant la rue du regard. L'aube pointait à peine. Un jour nouveau. Je me dirigeai vers le collège à grands pas.

Malgré ce que m'avait dit Razool, je m'attendais à ce que l'alarme retentisse quand je franchis le muret. J'étais prêt à me tirer de là au plus vite, au cas où le système de surveillance avait été réparé. Le bâtiment, construit sur deux niveaux, était vieux et décrépit. L'une des vitres de l'étage était brisée. Je me contorsionnai le long d'une gouttière et, en un rien de temps, je me perchai sur le rebord de la fenêtre. J'élargis l'ouverture dans la vitre à coups de coude, attendis un instant au cas où le bruit alerterait quelqu'un. Rien ne se passa. Une seconde plus tard, j'étais à l'intérieur.

Je me retrouvai dans la bibliothèque. Des affiches avaient été accrochées au-dessus des rayonnages : des posters qui faisaient la publicité d'auteurs et de livres, ou qui vous encourageaient à lire à tout prix.

« VOUS ÊTES DANS UNE ZONE DE PENSÉE POSITIVE », annonçait une des affiches. Je ne demandais pas mieux. Des pensées positives. C'était exactement ce dont j'avais besoin. Il y avait aussi des cartes. Des montagnes, des déserts et des océans. J'inspectai la pièce, mes sens en éveil pour guetter le moindre signe d'activité dans l'immeuble – des dames de service, un gardien –, mais le silence était absolu. J'essayai de me rappeler si, par le passé, j'avais fréquenté une bibliothèque comme celle-ci. J'avais dû aller à l'école, quelque part. Je savais lire. Je ne me souvenais d'aucun livre en particulier, mais bon, j'étais un mec, peut-être que je n'aimais pas la lecture. Par contre, je reconnaissais les endroits dépeints par les cartes : la Grande-Bretagne, le Moyen-Orient, les contours de l'Australie. Comment pouvais-je me souvenir de cela ? Est-ce que j'y étais allé ? Où avais-je appris à les connaître ? Je n'en savais rien. J'avais beau me concentrer de toutes mes forces, rien ne venait. Pas même le plus petit fragment de souvenir.

Dans le fond de la pièce, je trouvai un cagibi. Long et étroit, il était presque aussi grand qu'une chambre à coucher. Il n'était pas fermé à clé. À l'intérieur, il n'y avait que des piles de livres et de papiers, mais, malheureusement, rien de comestible. Je regagnai la bibliothèque avant de m'effondrer sur l'un des sièges, comme si mon corps était désarticulé. Je ne m'étais pas rendu compte à quel point j'étais épuisé.

On avait gravé des initiales sur le dessus du bureau en formica où je m'étais assis. *RJ aime NW*, *SH est passé par là.* Certaines inscriptions étaient franchement vulgaires. J'ouvris le tiroir, avant de sourire. Une bonne âme y avait laissé un Mars. Je le pris, enlevai l'emballage. Je croquai dedans, et mesurai à quel point cet endroit pourrait faire une super cachette. J'y trouverais de la nourriture. Forcément. À la cantine ou dans la salle des profs. Et peut-être même des vêtements de rechange dans un casier. Et je serais toujours au chaud. Pour la première fois depuis des jours, le froid me quittait. Le chauffage central me réchauffait, et pas seulement à l'extérieur. C'était le genre de chaleur qui pénètre jusqu'aux os. Je me sentais de meilleure humeur. « Les êtres humains sont vraiment formidables », pensai-je. « Un peu de nourriture, de chaleur et l'espoir revient comme les bourgeons au printemps. Alléluia ! » Je devenais poète, avec l'âge. Mais chaque chose en son temps ; je devais d'abord trouver à manger. Ensuite, je chercherais un endroit sûr où dormir.

— Il est vraiment mort, cette fois-ci.

Ce n'était pas une question que formulait le Boss. C'était une exigence. Un constat. N'importe qui à part le Loup aurait eu peur. Mais le Loup avait l'habitude que ce soit les autres qui le craignent. Le Boss le savait. Il savait que même lui ne pouvait effrayer le Loup.

— Je l'ai vu couler. Il n'est pas remonté à la surface. Il n'a pas pu survivre. Personne ne le pourrait.

— Je te souhaite d'avoir raison, le Loup. J'espère que tu n'es pas en train de perdre la main.

Le Loup grogna de fureur.

— Ce n'est qu'un gamin, un gamin mort, d'ailleurs. Vous pouvez compter sur moi. Comme vous l'avez toujours fait.

Le Boss acquiesça. Jusqu'à présent, c'était vrai. Il espérait que ça l'était encore.

Il n'apprécierait pas de perdre le Loup. Mais s'il devait le remplacer, il le ferait. Personne n'était irremplaçable. Et il connaissait quelqu'un qui ne demandait qu'à prendre sa place.

18

— Ils veulent que je fasse quoi ? cria Gaby McGurk, bouche bée.

Lewis aurait préféré qu'on demande à quelqu'un d'autre de s'en charger. Il ne parvenait pas à comprendre pourquoi la crim' prêtait foi à la moindre des paroles de cette fille. Le problème avec les gars de la brigade criminelle, c'est qu'ils ne connaissaient pas les gens de la rue aussi bien que lui. Ils avaient lu le manuel, mais ils n'avaient jamais fréquenté de vraies gens. Gaby avait bel et bien vu l'adolescent que tout le monde cherchait, Lewis n'en doutait pas. Mais pour rien au monde il ne l'aurait crue capable de le décrire fidèlement. Le « visage du démon », ben voyons...

Bien sûr, c'était peut-être un drogué, mais pas ce pour quoi Gaby voulait le faire passer : un nouveau Jack l'Éventreur.

Elle se tenait dans son salon, le visage déformé par le choc.

— Vous voulez que je fasse son portrait-robot ? Mais je ne sais même pas dessiner !

« Décidément, se dit-il, Gaby McGurk n'est pas une lumière. »

— Nous fournissons le dessinateur, Gaby. Toi, tu lui décris ce garçon, c'est tout.

Gaby répondit de sa voix de starlette.

— Je ne suis pas sûre de vouloir être mêlée à ça. Je suis le seul témoin. Je veux être placée sous la protection de la police !

Lewis tenta de la rassurer.

— Je suis là pour ça. On va t'escorter jusqu'au poste, une de mes collègues et moi. Qu'est-ce que tu en dis ? Ta mère peut venir aussi.

— Ma mère ? Vous voulez rire ! Elle est toujours furieuse que j'aie parlé au journaliste.

Elle fit mine de se rebeller.

— Et si je refuse de venir ?

— On pourrait amener le dessinateur ici.

Il vit à son expression que cette idée ne l'enchantait guère.

— Tu as reçu d'autres appels ? lui demanda-t-il.

Elle fit la moue. Elle avait signalé les menaces téléphoniques à la police et il voyait maintenant qu'elle mourait d'envie de mentir, d'en inventer d'autres, mais elle n'en fit rien.

— Non, finit-elle par admettre. Mais ça pourrait recommencer si le journal publie une photo.

— Pas une photo, un portrait-robot.

— Peu importe. Il saura que c'est grâce à moi.

— Et sinon... à propos de l'homme dans l'ascenseur ?

Lewis l'avait déjà interrogée à ce sujet. Il tentait encore sa chance, mine de rien, pour la prendre par surprise.

Elle répondit vite – trop vite.

— Je l'ai jamais vu de ma vie, je vous l'ai déjà dit. Je sais pas pourquoi vous me posez toujours cette question.

Je n'aurais pas pu trouver une meilleure planque. Surtout le week-end. Je déambulais dans les couloirs déserts, essayant d'ouvrir toutes les portes des salles de classe au passage. La bibliothèque était restée ouverte, mais la plupart des autres salles étaient fermées à clé. Depuis mon arrivée, j'essayais de me rappeler ma propre école, en vain.

Monsieur Brady proviseur, annonçait une plaque murale. Devant le bureau de M. Brady, je découvris une drôle de tenue accrochée à un portemanteau : une cape noire, avec un masque blanc en forme de tête de mort fixé à une cagoule. Je pris le masque pour mieux l'étudier. Il me rappelait quelque chose. Quelque chose d'effrayant. Je n'aurais pas aimé tomber dessus en pleine nuit. Est-ce qu'il appartenait à M. Brady ? Je l'imaginais rôdant dans le collège pour faire peur aux élèves. Ce proviseur était-il un monstre ? Ou bien avait-il confisqué le déguisement à un élève farceur ? Ces idées me firent sourire.

À ma grande surprise, la salle des professeurs était elle aussi ouverte. Je n'allais pas m'en plaindre. C'était une vaste pièce carrée pourvue de fauteuils confortables encadrant une table basse. Un évier et un réfrigérateur occupaient un coin, ainsi qu'un four à micro-ondes. Le placard était rempli de paquets de thé et de café qui portaient tous des étiquettes.

Ce déca est à Mme Fisher. Pas touche.

Ces tisanes sont à M. Brown. Bas les pattes.

Ce café est à M. Hepburn. Servez-vous.

Comme M. Hepburn m'était sympathique, je lui obéis gentiment, et me servis. Je trouvai des biscuits au chocolat et une grosse boîte de caramels et m'assis à l'aise pour en dévorer une grande partie tout en me disant : « Dis donc, ils ne se refusent rien, les profs. » Puis je me préparai une tasse de thé et, pendant que mes mains se réchauffaient à son contact, j'allai inspecter mon refuge.

Dans les vestiaires près du gymnase, je tombai sur une paire de baskets presque à ma taille. Les miennes étaient gelées et rigides. Je les enlevai vite fait. Combien de temps s'était écoulé depuis que j'avais sombré dans le lac ? Une éternité, selon moi. Je plaçai mes chaussures dans le casier. Ce n'était pas du vol. Juste du troc. J'en déduisis que je devais être un mec plutôt honnête, avant. Voler les baskets ne m'aurait pas semblé correct. Des chaussettes de sport traînaient dans le fond du casier. Celles-là, je les dérobai bel et bien. En échange, je n'avais que des caramels. Le nom du propriétaire figurait sur la porte métallique : Akash. Je me demandai ce qu'Akash penserait en découvrant des bonbons à la place de ses chaussettes. Un pantalon de survêtement pendait derrière la porte du vestiaire, comme s'il n'appartenait à personne en particulier. J'étais décidé à me changer lorsque j'ouvris une autre porte. Des douches. Quelle chance ! Je pouvais prendre une douche. Une douche chaude. Un tel luxe me fit hurler de joie. Tant pis si on m'entendait. Après une bonne douche, des vêtements de rechange et un repas chaud (je trouverais sûrement quelque chose à la cantine que je pourrais réchauffer au micro-ondes), je serais capable d'affronter n'importe quoi. Je commençais à penser que je m'en tirais plutôt bien.

Quelques heures plus tôt, j'avais pour ainsi dire renoncé à vivre. J'étais prêt à mourir. Mais maintenant, et pour la première fois d'aussi loin que je me souvienne – ce qui ne faisait pas long –, j'étais optimiste. Tout allait bien se passer.

— Et là, c'est lui, tu en es certaine ?

Le portraitiste de la police semblait exaspéré. Lewis ne pouvait guère le lui reprocher. Gaby McGurk faisait cet effet à tout le monde. Voilà deux heures qu'elle était au poste pour décrire le garçon qui avait « *le visage du démon* ». Lewis commençait à croire qu'elle ne l'avait en fait jamais vu. Elle avait changé trois fois d'avis sur son nez. « Trop long. Trop petit. Trop crochu. » Et son menton : avec une fossette... ou bien sans, fuyant, proéminent.

Seuls les cheveux ne changeaient pas : une crinière noire en bataille, crasseuse. Ainsi que les yeux. Elle était sûre d'elle, pour le regard. L'artiste l'avait capté du premier coup. Des yeux sombres qui, même simplement dessinés, semblaient pénétrer l'âme de celui qui les contemplait.

— Ils étaient plus sournois, fut son seul commentaire.

Gaby étudia le croquis pendant un moment. C'était le visage d'un adolescent, se dit Lewis. D'un gamin. Pour lui, ce regard n'était en rien démoniaque. Plutôt effrayé, triste et perdu. Que s'était-il passé cette nuit-là dans la cage d'escalier ? Où était sa famille ? Il ne ressemblait pas du tout aux drogués qu'il avait appréhendés par le passé. Ces yeux-là, si Gaby les avait décrits fidèlement, étaient trop brillants, trop vifs.

La jeune fille finit par lever la tête vers Lewis. Son visage était pâle, comme si elle venait de voir un fantôme.

— C'est bien lui, promis, juré. Plus vrai que nature.

19

Cette nuit-là, j'eus pour la première fois l'occasion de dormir dans un vrai lit, à l'infirmerie. C'était une petite pièce étroite située au bout du couloir, près de la bibliothèque ; elle n'était pas fermée à clé. Elle était pourvue d'une cuvette de toilettes triangulaire dans un coin et d'un lit une place aux draps propres recouvert d'une couette. J'avais même de la lecture : un livre ramassé sur le bureau de la bibliothécaire. *Le Journal d'Anne Frank*. Le titre m'évoquait un peu trop un livre pour les filles, mais je n'avais pas osé allumer la lumière pour en choisir un autre. Je trouvai une lampe de poche dans un tiroir et, une fois sous la couette, je m'en servis pour lire.

« Je suis mort et me voilà au paradis », pensai-je alors. J'avais bien chaud, mon ventre était plein et j'avais de la lecture. « Quelle idée ridicule ! L'école et le paradis, ça ne peut pas aller ensemble. » Mais je me sentais en sécurité, là. Pour la première fois depuis trop longtemps, oui, je me sentais en sécurité. Personne ne savait où j'étais. Personne ne savait même que j'étais vivant.

Si seulement je pouvais rester là pour toujours...

Je me suis imaginé des années plus tard, en jeune homme avec une longue barbe (je ne prendrais pas le risque de me raser), sortant de ma cachette. Je pouvais me cacher là jusqu'à mes dix-huit ans, quelle qu'en soit la date. Une fois adulte, je pourrais sortir de l'ombre. La loi me protégerait. Et personne ne pourrait me faire du mal ou me forcer à y retourner.

Retourner où ça ? Pourquoi cette idée m'horrifiait-elle tant ? Pourquoi devais-je me cacher ?

« Ça me reviendra », me répétai-je. Forcément. Un jour, je me réveillerais et mon passé se déploierait devant mes yeux comme une carte bien tracée. Je pourrais alors remonter le fil de ma vie malgré les détours et les culs-de-sac, pour découvrir qui j'étais et d'où je venais. Un jour, je comprendrais tout.

Pour certains, n'étais-je pas déjà mort ? Piégé dans les eaux glaciales du lac, les yeux mangés par les poissons ?

Y penser me donna envie de vomir.

Pourquoi cet homme avait-il voulu me tuer ?

C'était sans doute lié au meurtre de l'ascenseur. Empêche. Chamade. Gars torse. Cela ne signifiait rien. À moins que « Chamade » soit le surnom de son assassin, un homme-tronc. Une fois que j'eus chassé de mon esprit l'image du visage gris de la victime, et tout son sang répandu, cette idée me fit sourire.

Je décidai de penser à autre chose et me dis « fini Anne Frank ». Cette histoire était trop triste. Trahis, ils se sont tous fait prendre. Et elle est morte. J'avais besoin de quelque chose pour me remonter le moral. Je me sentais plus courageux, alors je pris le risque de retourner à la bibliothèque, et, avec la lampe torche, je choisis un autre livre. Celui-là me tentait plus ! L'histoire géniale d'un enfant espion qui parcourait le monde et sauvait la planète grâce à des tas de super gadgets.

Si seulement la vraie vie pouvait être aussi palpitante...

Lewis avait raccompagné Gaby jusqu'à la cité, où une foule lui tomba dessus. Une foule prête à le lyncher.

Et il n'y avait que des femmes.

Son pire cauchemar.

— Bon, à cause du meurtre, vous avez réussi à faire déguerpir les drogués qui dorment là. Débrouillez-vous pour qu'ils ne reviennent pas, lui ordonna l'une d'entre elles.

Lewis parvint à sourire. On lui avait souvent dit que son sourire pourrait charmer un serpent. Mais il ne réussit à charmer aucune de ces vipères-là.

Et comme toutes les vipères, elles avaient la langue bien pendue.

— Nous faisons tout notre possible, mesdames. Nous maintenons une présence quotidienne sur les lieux. Comme vous pouvez le voir, un fourgon de policiers stationne en permanence près d'ici.

— Tout votre possible, mon œil ! Vous ne faites rien de rien !

Lewis regarda autour de lui, cherchant du soutien. Mais Guthrie était resté planqué dans la voiture. Et leur collègue était montée dans l'ascenseur avec Gaby.

— Nous travaillons sur l'affaire, madame, lui assura Lewis tout en essayant de se faufiler au travers de la foule qui lui barrait la route aussi sûrement qu'un mur de briques.

— Nous voulons des interphones, proclama quelqu'un.

— Ce n'est pas de notre ressort. Contactez plutôt la mairie.

— La mairie ne fait rien non plus.

Lewis commençait à se demander si quelqu'un trouvait grâce à leurs yeux.

— D'ailleurs, des interphones, on en avait, mais les junkies les ont cassés. Empêchez-les de revenir. C'est tout ce qu'on demande.

Une clameur vint soutenir cette injonction.

— Nous avons besoin d'une présence policière permanente, ici. Les agents viennent quelques jours, puis ils déguerpissent. Nous avons besoin d'eux à temps plein. Des patrouilles de flics. Et pas seulement cette semaine, mais tous les jours.

— J'en parlerai à mon supérieur, madame.

— Et c'est qui, la femme de ménage ?

Lewis soupira. Pas une once de respect pour l'uniforme.

— Avez-vous besoin d'autre chose ? demanda-t-il, décidant de se montrer aussi sarcastique qu'elles.

— D'un exorciste.

Là, il fut pris par surprise.

— Un exorciste ?

— Ben oui, pour tous ces fantômes.

Il s'attendait à ce que les autres la huent, mais elles se contentèrent d'acquiescer.

— Oh, pour sûr, y a des fantômes dans cet immeuble.

Manquait plus que ça. Lewis parvint à se faufiler entre elles. Il avait toujours pensé que seuls les ivrognes croyaient aux histoires de fantômes. Il devait y avoir quelque chose dans l'air, par ici, se dit-il, car elles semblaient toutes prises de folie. Des fantômes, ben voyons !

— Vous avez entendu ça ? s'enquit Gaby en retenant sa respiration, l'oreille tendue – le bruit évoquait la plainte d'un animal blessé, qui résonnait étrangement dans l'ascenseur. Les fantômes !

La policière sourit.

— Ce n'est que le vent. Les fantômes n'existent pas, Gaby.

Mais elle ne vivait pas là. Elle n'entendait pas tous les bruits que Gaby entendait, comme les autres résidants. Ce n'était pas le vent.

Elle fut soulagée de sortir de l'ascenseur... mais elle devait encore affronter sa mère. Celle-ci était furieuse que Gaby soit retournée au commissariat. Et elle ne se priva pas de le dire à la policière. Gaby ne savait plus où se mettre.

— Ils étaient prêts à faire venir le dessinateur à la maison, voulut expliquer la jeune fille. Mais je pensais que ce serait mieux si j'y allais.

— Nous n'avons jamais eu de problèmes avec la police. Jamais. Et Dan non plus. Et maintenant, à cause de toi, on a l'impression que les flics dorment dans notre salon.

— Ce n'est quand même pas ma faute si j'étais là au moment où le tueur a surgi de l'ascenseur, répliqua Gaby en s'asseyant.

Elle se souvint, trop tard, de la vérité.

— Mais si, c'est ta faute, lui rappela sa mère. Si tu étais rentrée à l'heure, tu ne te serais pas fourrée dans ce pétrin.

Big Dan choisit cet instant pour entrer dans la cuisine.

— Qu'est-ce que c'est que ce raffut ? voulut-il savoir.

Il se tourna vers la mère de Gaby.

— T'es encore sur le dos de la petite ?

Il parlait en souriant – sa bonne humeur ne l'avait pas quitté depuis qu'il était rentré.

— Bien sûr, toi, tu es de son côté, répondit-elle tendrement, avant de regarder sa fille. Dan prend toujours ta défense, tu sais.

— Elle a passé un sale moment. Ç'a dû être traumatisant, de voir ça. Et le junkie, il aurait pu l'attaquer elle aussi.

Gaby hochait la tête, contente qu'il la soutienne. Puis Dan poursuivit :

— Avec un peu de chance, les flics n'auront plus besoin de te voir. Tu n'as plus rien à leur dire, pas vrai ?

Le moment était-il venu de se confier ? Non. Elle secoua la tête.

— J’en ai fini, avec la police. Je n’ai rien d’autre à leur dire.

Pendant qu’elle parlait, une image tourbillonnait dans son esprit : le visage du mort lorsqu’elle l’avait vu la première fois, toujours en vie.

Mais effrayé.

20

Un bruit de verre brisé me réveilla, venant du couloir. Je ne dormais jamais d'un sommeil profond, sans cesse à l'affût du moindre bruit. Je m'assis, l'oreille aux aguets. J'entendis des voix. Des murmures d'une, deux, peut-être trois personnes. Quelqu'un était entré dans le bâtiment. Je remontai la couette jusqu'au menton. Je pouvais rester là, caché, en fermant le verrou, jusqu'à ce qu'ils s'en aillent.

Qui étaient-ils et que venaient-ils faire ici ?

Est-ce qu'ils me cherchaient ? En me voyant escalader la façade, quelqu'un avait pu appeler la police... Non. Pas la police. Pas avec les bris de glace et les murmures.

Des casseurs, alors. Ceux dont Razool m'avait parlé. Des mecs qui entraient par effraction en espérant que le système d'alarme serait toujours hors d'usage, pour dévaster les classes et mettre le bazar partout.

Qu'ils fassent ce qu'ils veulent.

Une porte claqua dans le couloir. Ils étaient dans la bibliothèque. Ils avaient dû entrer du même côté que moi. Tant qu'ils ne me trouvaient pas, qu'ils ne m'embêtaient pas, ils pouvaient bien faire ce qu'ils voulaient.

Je me glissai hors du lit. Je voulais fermer la porte à clé, puis coincer une chaise sous la poignée. Au cas où ils essaieraient d'ouvrir toutes les portes du collège ; comme moi, quand j'avais tourné chacune des poignées pour repérer les portes non verrouillées. Comme j'étais dans l'infirmerie, ils penseraient peut-être y trouver des médicaments. Certains junkies étaient prêts à ramasser n'importe quoi, même de l'aspirine, pour la revendre en faisant croire que c'étaient des cachets plus costauds.

C'est là que je me mis à réfléchir. Si ces casseurs détruisaient l'école et volaient des trucs, la police finirait par arriver. Je voyais déjà la scène : des flics partout dans les couloirs, cherchant des indices, relevant des empreintes. Dont les miennes. Ils les recouperaient avec celles trouvées dans l'ascenseur l'autre nuit. Mes empreintes. Je serais coincé. Il faudrait que je reparte en cavale.

D'autres murmures me parvinrent de la bibliothèque. Ou était-ce le vent ? Les bruits étranges se mêlaient et balayaient les couloirs silencieux.

Je me redressai. Déterminé. Je n'allais pas les laisser faire. C'était ma planque, mon refuge. Pour la première fois, je me sentais en sécurité. Je ne laisserais personne me gâcher cela. C'était mon territoire. À moi seul. Et je ne leur permettrais pas de me le reprendre.

Je devais trouver un moyen de me débarrasser d'eux. Mais comment ? Comment un gringalet tel que moi pouvait-il effrayer qui que ce soit ? Soudain, j'eus une idée, et je retrouvai le sourire. Il y avait peut-être une solution...

Les trois garçons étaient entrés dans le débarras où la bibliothécaire rangeait des piles de livres et de dossiers. Je les entendais farfouiller, espérant y trouver de l'argent. Je me glissai sans un bruit dans la bibliothèque avant de me cacher entre les rayonnages. Ils parlaient à voix basse, se demandant ce qu'ils allaient faire ensuite. Ils semblaient indécis. Leurs phrases étaient ponctuées de ricanements et de gros mots.

— C'qu'est sûr, c'est que je vais tout péter dans la classe du vieil Hepburn.

Celui-là parlait d'une voix méchante, rancunière. Le vieil Hepburn avait dû lui faire un truc qu'il n'avait pas digéré.

Le vieil Hepburn. Celui qui disait « Servez-vous ». Je l'aimais bien. Je ne pouvais pas les laisser détruire sa classe.

— Réfléchis un peu, Dev, rétorqua une autre voix, plus douce.

Je devinais que Dev était le petit tyran de service. Le chef de la bande.

— On arrivera jamais à entrer dans sa classe. Le vieil Hepburn la ferme toujours à clé.

— Il nous faut la clé 156, répondit Dev d'un ton mystérieux. Avec ça, on pourra aller où on veut.

J'imaginais que la clé 156 était une sorte de passe-partout qui pouvait ouvrir les portes de toutes les classes.

— Pfff, c'est nase, a coupé un troisième larron, d'une voix geignarde. Je veux me défouler sur quelque chose. T'aurais dû piquer la clé, Dev. Tu sais qu'un de ces imbéciles de profs la laisse toujours dans leur salle. Allez, on va la chercher.

La salle des profs ! Je n'allais sûrement pas leur permettre d'aller jusque-là. Ni même les laisser sortir de la bibliothèque.

— Si cette clé disparaît encore, ça va me retomber dessus. Ça me retombe toujours dessus, soupira Dev.

Les deux autres se mirent à rire.

— C'est parce que c'est toujours toi qui la piques.

Dev ne trouva pas ça drôle.

— O.K., je vais chercher la clé, et après, on fout en l'air toutes les classes. D'accord ?

Il marqua une pause inquiétante.

— On crame tout.

Caché dans l'obscurité, je pris soudain peur. Il y avait tellement de haine dans ses mots...

C'était à moi de jouer. Dissimulé entre les étagères, je n'étais plus qu'une ombre, un courant d'air. J'émis juste un léger bruissement en me déplaçant. L'un d'eux retint sa respiration.

— C'était quoi, ça ?

Mes pieds foulèrent le sol en silence. Les seuls bruits venaient du frottement de mes vêtements, puis de mes ongles que je fis crisser sur le dos des livres.

— Il y a quelqu'un.

— J'ai vu quelque chose.

Je savais qu'ils m'observaient. Ils s'étaient avancés à la porte du débarras pour jeter un œil dans la pièce. Ils avaient aperçu un léger mouvement dans le noir.

— Le concierge, chuchota l'un d'eux.

Dev lui cloua le bec :

— Tu parles, il nous serait déjà tombé dessus. Il resterait pas là.

Dev ne semblait pas aussi effrayé que les deux autres.

— Et il aurait d'abord appelé les flics.

Ensuite, je restai tranquille. Je savais qu'ils attendaient d'autres bruits. Alors je me tins immobile, en silence. J'avais tout mon temps.

— C'était rien, finit par lâcher Dev.

Il pouvait toujours essayer de faire le fier, sa voix trahissait son soulagement.

— Juste une souris ou un rat.

Ils se tenaient sur le seuil, dans l'ombre, en alerte.

— Ouais, rien du tout, répéta un autre.

Ils attendirent encore cinq minutes avant de retourner au fond du débarras.

— Cette idiote de bibliothécaire laisse toujours du fric là-dedans. Je vais bien finir par le trouver, dit Dev.

J'avais toute la nuit. Je voulais qu'ils pensent qu'ils s'étaient trompés. Je voulais qu'ils se séparent. Au bout d'un moment, l'un d'eux sortit et se dirigea vers moi. Il prenait des livres sur les étagères et les laissait tomber par terre à mesure qu'il avançait. Il s'arrêta devant le bureau de la bibliothécaire, cherchant quelque chose à voler. Je me dissimulai un peu plus derrière les rayonnages. Je l'entendais ouvrir des tiroirs et en vider le contenu par terre.

— Hé, regardez, j'ai trouvé une photo du bébé de la bibliothécaire, lança-t-il en ricanant, mais personne ne lui répondit. Du fond du débarras, les deux autres n'étaient plus à portée de voix.

— La vache, ce qu'il est moche ! Son père doit venir d'une autre planète. On dirait un extraterrestre.

Sans un bruit (mais où avais-je appris à être si silencieux ?), je m'avançai vers lui. J'avais l'impression de glisser sur le sol, dans mon déguisement. Le garçon me tournait le dos et farfouillait dans les tiroirs. Bien déterminé à trouver quelque chose à voler. Je me plaçai derrière lui. Il n'entendit rien, pas avant que je sois si près de lui que j'aurais pu le toucher en tendant la main. Soudain, il se retourna.

— Dev, c'est toi ?

Mais ses paroles moururent sur ses lèvres lorsqu'il vit la silhouette tapie dans l'ombre.

La peur lui fit écarquiller les yeux.

— Dis-moi que c'est toi, Dev. Tu veux me faire une blague ?

En guise de réponse, je penchai la tête sur le côté, comme un oiseau. Il n'en fallut pas davantage pour qu'il recule et trébuche.

J'avançai d'un autre pas. Le garçon fouillait la pièce du regard, cherchant une issue, avant d'apercevoir la fenêtre. Il partit comme une flèche. J'entendis le cri qu'il poussa dans sa chute.

Je me plaçai à la fenêtre pour regarder en bas. Le garçon levait la tête en l'air, tout en se massant la cheville. Dès qu'il me vit, il recula d'un bond. Mon petit numéro fonctionnait encore mieux que prévu. Quelqu'un arriva dans mon dos ; je me cachai derrière une étagère et, ni vu ni connu, je regardai le deuxième casseur s'approcher.

— C'est quoi, tout ce raffut, Sean ? demanda le garçon à la voix geignarde.

Seuls des éclats de lune éclairaient quelque peu la pièce sombre. Je l'observais à travers les espacements entre les livres. Il était plutôt maigrelet et portait un sweat à capuche et une casquette à l'envers.

Il renifla.

— T'es où, crétin ?

Il n'avait pas peur, déjà oublieux des bruits étranges. Pour le moment. Il regarda par la fenêtre ouverte. Son copain Sean était toujours en bas, assis par terre à se masser la cheville.

Là, je sortis de l'ombre pour me placer derrière lui.

Sean risqua un coup d'œil vers la fenêtre. Il vit son pote qui le regardait d'en haut.

— Sors de là, Bailey ! Grouille ! cria-t-il.

— C'est quoi, ton problème ? lança Bailey. Qu'est-ce que tu fous en bas ?

Il allait répondre lorsque la silhouette surgit derrière Bailey. La silhouette drapée dans la cape noire, portant le masque à tête de mort. C'était la tenue du tueur dans *Scream*. Et Bailey ne l'avait pas entendue venir.

Sean en resta bouche bée. Sa respiration était saccadée par la peur. Ce genre de truc n'arrivait que dans les films, non ? Il leva la main, tendit l'index. Il voulait crier : « Derrière toi, Bailey ! » Mais sa voix lui faisait défaut. Il agita la main vers la fenêtre. La silhouette se rapprochait de son ami.

Enfin, il retrouva son souffle.

— Derrière...

Le doigt toujours tendu, il ne parvint pas à en dire davantage. Comprenant qu'il y avait quelqu'un derrière lui, Bailey se tourna le plus lentement possible.

Il hurla en voyant la silhouette encapuchonnée, trébucha, recula vers la fenêtre. Il voulait fuir d'ici. Lorsque la créature masquée se rua vers lui, Bailey bascula par la fenêtre en poussant un cri de terreur.

Du fond du débarras, Dev entendit le hurlement en provenance de la bibliothèque. Ses potes étaient débiles, ou quoi ? Ils ne savaient donc pas qu'ils risquaient d'alerter quelqu'un ? Même si le concierge vivait de l'autre côté du collège, il entendrait sûrement tous ces cris. À quoi ils jouaient ? Il laissa tomber les livres qu'il tenait et regagna la bibliothèque. Tout était calme. Silencieux. Aucun signe de ses copains. Il grommela.

— Bailey ? Sean ? Vous êtes où, les mecs ?

Rien. Pas de réponse. Encore un de leurs jeux stupides. Ils essayaient de lui faire peur. Ils pouvaient toujours courir. Un bruit soudain retentit derrière l'une des étagères. Il s'y rendit d'un bond.

— Je t'ai trouvé ! fit-il.

Mais il n'y avait personne. Rien à voir, à part des livres dérangés, éparpillés par terre. Pourtant, il avait l'impression de sentir quelque chose.

— Je vais vous tuer tous les deux dès que je vous aurai attrapés.

Ils n'avaient pas pu sortir de la bibliothèque. À moins que... la fenêtre était ouverte. Pour la première fois, il se demanda s'ils s'étaient barrés sans lui. Il ne pouvait jamais leur faire confiance. Il traversa la pièce jusqu'à la vitre et regarda dehors. Personne. Ils étaient partis, maintenant, il en était certain.

Il entendit un autre bruit derrière lui, entrevit quelque chose bouger à la périphérie de sa vision. Il se tourna si vite qu'il faillit tomber.

— Qui est là ? C'est toi, Bailey ?

Quelque chose bougea dans les ténèbres, un mouvement si vif qu'il l'aperçut à peine. Il avança, furieux.

— Sean, c'est pas drôle du tout. On a pas le temps pour ces conneries.

Sa bouche était sèche, son souffle, court. Il surprit un autre mouvement sur sa gauche, quelque chose de noir, comme une cape. Dev recula dans les ombres de la pièce, fouillant l'obscurité du regard. La chose était à sa droite, maintenant, il avait cru apercevoir une esquisse de mouvement, tout silencieux. Dev recula vers la fenêtre. Il lança de nouveau :

— Qui est là ? Sean ?

Il attendit un instant une réponse, en vain.

— Bailey ?

Sa voix tremblait, maintenant, car le mouvement se rapprochait, toujours plus près. Il discernait quelque chose, entre les rayonnages, quelque chose de plus noir que les ombres, comme si une ombre même avait pris vie.

Des voix retentirent soudain dans la cour.

— Dev ! Sors de là !

Il regarda en bas, et vit Sean et Bailey. Ils semblaient tétanisés par la peur.

— Dépêche-toi ! Sors de là !

Quoi que ce soit, la chose en noir n'était pas un de ses potes.

D'habitude, Dev n'avait peur de rien. Tant qu'il pouvait se défendre à coups de poing et de pied. Mais ça, qu'est-ce que c'était ? Dev recula encore d'un pas. Il vit un éclair de lumière. La chose allait se jeter sur lui. Il repensa soudain au tueur en série qui rôdait dans les parages. Il était là, dans l'école !

Et lui devait partir à tout prix !

Dev bondit sur l'appui de la fenêtre en jetant un ultime regard derrière lui, peu enclin à s'enfuir. Ce n'était pas son genre. L'ombre bougea de nouveau : quoi que ce soit, cela prendrait une seconde avant qu'il fonde sur lui. Dev sauta, optant pour la sécurité. Ses copains passaient déjà les portes du collège. Une fois dans la cour, Dev leva la tête vers la fenêtre. Il faisait sombre à l'intérieur, pourtant quelque chose bougea. Ce n'était pas son imagination. Quelque chose se déplaçait dans les ombres. Une ombre parmi d'autres.

Dev se releva et prit ses jambes à son cou.

Le front collé à la fenêtre, je regardai Dev déguerpir pour rejoindre ses copains. Ils s'interrogeraient sur ce qui s'était passé, mais j'avais comme l'impression qu'ils ne diraient à personne que j'étais là. Ils étaient enfin partis. J'avais voulu leur faire un peu peur, juste assez pour qu'ils s'en aillent. Pas les pousser au bord de la crise cardiaque.

J'enlevai avec panache le masque que j'avais trouvé devant le bureau de M. Brady et je lui souris. La tête de mort déformée me rendit mon sourire. Je ne savais pas du tout pourquoi le masque les avait tellement effrayés. Moi, je lui trouvais plutôt l'air bête. Mais j'étais bien content de l'avoir.

— Merci, mon pote, dis-je.

Je balayai la bibliothèque du regard. Il y avait des bouquins partout par terre, des tiroirs ouverts et leur contenu répandu au sol. J'allais avoir du boulot pour tout remettre en ordre, mais je n'avais pas le choix, et ça valait le coup. Personne ne devait se douter que quelqu'un était entré par effraction. Comme ça, la police ne s'en mêlerait pas, et je pourrais dormir tranquille.

21

DIMANCHE

Le lendemain matin, les cloches de l'église me tirèrent du sommeil, sonnant haut et clair depuis le centre-ville. Combien de temps pourrais-je rester là ? Combien de temps durerait cette tranquillité ? Je me levai, puis allai me préparer une tasse du café emprunté à M. Hepburn tout en faisant réchauffer au micro-ondes des gaufres trouvées dans le frigo. Elles étaient périmées depuis deux jours, mais j'avais pris goût au risque. Ces trois casseurs avaient dit vrai, et je les en remerciai de tout cœur : j'avais découvert le passe, la clé 156, dans la poche d'une veste pendue derrière la porte de la salle des profs. Comme ils l'avaient dit. Je me baladais dans les couloirs, ma tasse de café à la main, pour explorer l'endroit tout en savourant le silence. Avec la 156, la clé magique, je pouvais passer de classe en classe.

C'était un vieux bâtiment. La peinture s'écaillait sur les murs et certains panneaux du faux plafond étaient brisés, ou manquaient carrément, révélant l'espace vide où couraient les fils électriques des éclairages. Aucun signe du concierge. Peut-être qu'il ne travaillait pas le dimanche. Les choses auraient été bien différentes si ces trois garçons avaient tout cassé.

Le lendemain, le lundi, les élèves afflueraient au collège. Je pourrais dire adieu à ma tranquillité, à ma cachette.

À moins que...

Je levai de nouveau les yeux vers le faux plafond et l'espace vide qu'il dissimulait. Un gringalet comme moi devait pouvoir s'y planquer. Je trouverais bien un moyen de grimper là-haut. Je pourrais m'y dissimuler le jour, et me balader dans les couloirs la nuit. Comme Anne Frank et sa famille. Pendant des années, ces gens s'étaient cachés dans un grenier pour échapper aux nazis. Pourquoi ne réussirais-je pas à faire de même ? Cette idée me plaisait bien. Après tout, cela valait la peine d'oser.

Je décidai de passer la journée à chercher un endroit pour accéder au faux plafond. Dès que je serais parvenu là, j'y emporterais de la nourriture, peut-être même une couverture, et un truc à boire – il y avait encore de quoi faire dans la salle des profs. J'aurais tout ce dont j'avais besoin : de la nourriture, un abri chauffé. Les conditions essentielles à la survie.

Mon moral était au beau fixe lorsque je me retrouvai dans le vestiaire des filles. Les filles étaient vraiment des créatures désordonnées, pensai-je. Des vêtements traînaient un peu partout sur les bancs et les portes de certains casiers avaient été laissées entrouvertes. L'un de ces casiers attira mon attention. Le nom sur la porte m'était familier : Gaby McGurk, il était rempli de blocs-notes et de cahiers. Une chaussure solitaire y avait été abandonnée. J'y trouvai également un tube de crème décolorante pour les cheveux. Elle devait essayer de changer son image. À mon avis, elle avait carrément besoin d'une transplantation de personnalité. Alors comme ça, elle était élève dans ce collège. C'était bien ma veine. Mon rêve de rester caché là vola en éclats. Si elle me voyait, moi et mon « visage du démon » (quelle blague !), elle retournerait chez les flics avant que j'aie le temps de dire ouf.

Mais après tout... pourquoi me verrait-elle ? Le jour, je resterais caché. Elle n'aurait pas l'occasion de m'apercevoir. Si seulement moi aussi je pouvais changer d'apparence... Devenir si différent qu'elle ne me reconnaîtrait pas. Je repensai à mon déguisement de la veille au soir. La cape noire, le masque. Je l'avais remis là où je l'avais trouvé, sur un portemanteau devant le bureau du proviseur. Évidemment, je ne pouvais pas me balader habillé comme ça. Je me ferais bien trop remarquer.

Mais l'idée ne voulait pas quitter mon esprit.

Un déguisement.

Tout le monde cherchait un garçon brun aux cheveux en bataille. Je pris le tube de crème dans le casier : *Blonde comme les blés*. Ça lui ferait les pieds si je lui volais ses affaires.

Je souris. Personne ne cherchait un garçon « blond comme les blés ».

21

LUNDI

— Alors, qui me l'a piquée ? lança furieusement Gaby en se tournant vers les autres filles du vestiaire.

— Qui a piqué quoi ?

La question venait de la terreur du collège. Elle se faisait appeler Big Mo, et n'aimait pas qu'on la traite de voleuse.

Gaby en avala son chewing-gum. Se mettre Big Mo à dos était bien la dernière chose qu'elle voulait.

— Je ne parlais pas de toi, ajouta-t-elle à la va-vite. Mais de quelqu'un d'autre.

Elle bégayait.

— J'ai laissé ma crème décolorante dans mon casier vendredi dernier... et elle n'y est plus.

Elle remarqua alors, mais trop tard, que Big Mo s'était décoloré les cheveux durant le week-end. Ils étaient blonds et hérissés en piques agressives, maintenant.

Mo s'avança vers Gaby, entourée de toutes ses copines. Toutes aussi baraquées que Mo elle-même.

— T'es en train de dire que c'est moi qui l'ai volée ?

Gaby recula d'un pas.

— Attends, ça y est, ça me revient. Je l'ai mis dans mon sac. J'ai ramené ce tube chez moi, en fait. J'avais oublié, c'est bête, hein ? répondit Gaby en réfléchissant à toute vitesse.

Big Mo vint se planter en face d'elle. Un peu trop près. Gaby se prépara à recevoir un coup de boule – la spécialité de Big Mo. On disait que c'était pour ça que son nez était aplati. Pourtant, au bout d'un moment, Mo se contenta de hausser les épaules.

— T'as de la chance que je sois de bonne humeur, dit-elle en riant, comme si c'était une blague hilarante.

Ses copines l'imitèrent, tout comme Gaby, trop contente que Big Mo se soit calmée.

La terreur du collège fit signe à sa clique.

— Venez, on se casse. Ça pue trop dans ce vestiaire.

Gaby ne retrouva son souffle que lorsqu'elles furent toutes parties. Puis elle remua le poing en direction de la porte. Alors comme ça, Big Mo prétendait qu'elle n'avait pas volé la teinture. C'était juste une coïncidence qu'elle soit devenue blonde... et ses racines étaient encore noires. Quant à Gaby, elle faisait semblant de la croire. Elle n'avait pas le choix, si elle tenait à la vie. Mais elle n'était pas dupe. Elle avait laissé la crème dans son casier le vendredi, et elle n'y était plus. Et aujourd'hui, Big Mo était blonde. Pas besoin d'avoir inventé l'eau chaude pour résoudre le mystère. Bien sûr que c'était Big Mo la voleuse. Qui d'autre, sinon ?

— Du nouveau à propos du meurtre ?

Zoé était arrivée si silencieusement dans son dos que Gaby sursauta.

— J'étais au commissariat samedi, répondit-elle fièrement, telle l'héroïne de cette sombre affaire. Pour faire un portrait-robot du tueur. Il paraîtra dans le journal de ce soir.

Zoé secoua la tête.

— Oh, Gaby, tu es la seule à l'avoir vu. J'espère qu'il ne va pas te traquer pour te faire taire.

Gaby la fusilla du regard.

— Merci de me rassurer, Zoé.

Lorsqu'elles sortirent du vestiaire, Akash passa en trombe devant elles.

— Qu'est-ce qui t'arrive, Akash ? T'as un train à prendre ? lança Gaby.

Sans trouver le temps de s'arrêter, il répondit dans un cri :

— Une espèce de... hum... m'a piqué mes affaires de sport ; les chaussures et le reste.

— T'as qu'à chercher une blonde, lança Gaby, parce qu'elle m'a aussi volé ma crème décolorante.

Allongé là-haut dans ma cachette, j'écoutais les bruits d'un collège le lundi matin. Étais-je jamais allé à une école comme celle-là ? J'avais trouvé l'endroit parfait pour pénétrer dans le faux plafond : un panneau descellé dans les toilettes des garçons, juste au-dessus des cabines. Un pied sur la cuvette, l'autre sur le distributeur de papier, et je pouvais grimper en haut de la cloison séparant les cabines. De là, malgré ma petite taille, je pouvais atteindre le panneau. Puis le faire coulisser et me faufiler entre le faux et le vrai plafond. J'avais fourré tout ce dont j'avais besoin dans un sac pour le hisser jusqu'à ma cachette. Une fois bien installé, j'attaquai une boîte de pêches au sirop en conserve subtilisée à la cantine. La nourriture, le lit chaud, l'impression d'être en sécurité, tout ça me donnait du courage. Ce serait peut-être de la folie de repartir maintenant. La police avait sûrement dressé des barrages autour de la ville ; elle me chercherait, me guetterait à chaque coin de rue. J'imaginais les agents fouillant tous les véhicules avant de les laisser quitter la ville, les voitures comme les camions. L'autre homme, celui que je redoutais vraiment, pensait que j'étais mort. Je ne risquais rien tant qu'il en était persuadé. Les gens ne recherchaient pas les morts, hein ? Je ferais mieux de rester ici, bien caché, le temps que la tension retombe.

« Que la tension retombe. » L'expression m'était venue toute seule. Je me demandai où je l'avais entendue.

Enfin, quelle importance ?

Soudain, une idée jaillit dans mon cerveau. Une idée audacieuse, palpitante. Je ne pouvais y résister. Je devais savoir ce qui se passait en ville. Et si j'arrivais à me fondre dans la masse des élèves pour quitter le collège en fin d'après-midi ? Un ado blond de plus ou de moins dans la cohue ne se ferait pas remarquer.

Comme ça, je pourrais aller en ville, apprendre les dernières nouvelles concernant l'enquête. Le véritable meurtrier avait peut-être déjà été arrêté... Ensuite, je retournerais à ma planque : maintenant, je savais comment entrer dans le bâtiment, ni vu ni connu. Et je savais aussi que le système d'alarme ne marchait pas. Pour finir, j'avais le passe dans ma poche.

Je me souris à moi-même et m'ébouriffai les cheveux.

« Allez, on y va ! »

— Tu crois que tu recevras une carte pour la Saint-Valentin ? demanda Gaby à Zoé.

En son for intérieur, Gaby savait que sa copine ne recevrait rien. Zoé n'avait pas été gâtée par la nature. Elle avait bien deux yeux, un nez, une bouche, comme toutes les autres filles, mais ils semblaient placés au mauvais endroit. Elle évoquait une peinture de ce type, là, Picasso. N'empêche, Zoé était l'amie idéale. Lorsqu'elles se trouvaient ensemble, les garçons ne remarquaient que Gaby. Ils jetaient un œil à Zoé, puis leur regard glissait chaque fois vers celle qui l'accompagnait. Et qui était forcément plus jolie que Zoé. Gaby n'était pas méchante. À l'en croire, elle n'avait pas une once de méchanceté en elle. Elle se montrait honnête, voilà. Zoé sourit jusqu'aux oreilles. En plus, ses dents étaient toutes tordues.

— Je rêve que Chas Munro m'en envoie une... Tu crois que c'est possible ?

Gaby sourit à son tour. Elle essaya d'avoir l'air sincère. Après tout, Zoé n'y pouvait rien si elle était laide.

— Pourquoi pas ? Bon, c'est le mec le plus mignon du collège, mais il peut très bien t'avoir remarquée.

En effet. Chas Munro avait parfaitement repéré Zoé. Gaby l'avait vu bousculer sa copine dans le couloir, et ses yeux avaient failli jaillir de leurs orbites. Comme s'ils étaient montés sur ressorts.

— Wahou ! avait-il dit.

Et la pauvre Zoé avait pris cela pour un compliment. Elle avait rougi, avant de s'écarter, et depuis elle ne parlait que de ça, certaine qu'après leur rencontre il lui enverrait une carte pour la Saint-Valentin. Mais Gaby se montrait plus clairvoyante. Elle avait remarqué la façon dont il était parti en riant avec ses potes. Plein de moqueries pour la pauvre petite Zoé. Gaby eut envie de lui courir après pour lui faire ravaler ses belles dents bien blanches. Personne n'avait le droit de se moquer de son amie.

— Toi aussi, tu recevras peut-être une carte, Gaby.

« Quel culot ! » se dit Gaby. Évidemment, qu'elle recevrait une carte. Au moins deux, même, comme tous les ans. L'un d'un garçon qui vivait dans la même tour qu'elle. Il lui courait après depuis qu'elle avait neuf ans. Hélas, en grandissant, il devenait franchement moche. Et son dernier petit copain en date lui en envoyait toujours une. Mais cette année, pas de petit copain. Personne ne s'était intéressé à elle. Enfin, jamais sérieusement.

Zoé répondit à sa propre question.

— Bien sûr que tu recevras une carte.

À son ton, on aurait pu croire qu'elle cherchait à consoler Gaby, ce qui contraria son amie encore plus. Puis Zoé se remit à rêver de Chas. Il était si canon, et elle venait juste de le voir sortir des toilettes des garçons...

— Regarde-le, Gaby. Regarde ses cheveux, ils sont trop beaux. J'adore ses cheveux.

Dev était assis devant le bureau du proviseur.

— C'est pas moi, m'sieur.

Il se faisait toujours accuser pour tout, dans ce collège, et il en avait ras le bol. Suspect numéro un dès qu'un objet disparaissait.

— Ce ne serait pas la première fois que tu volerais cette clé.

— Cette fois-ci, c'est pas moi qu'ai volé votre fichue clé, beugla Dev.

Le proviseur explosa :

— Comment oses-tu me parler ainsi ?

Mais Dev connaissait ses droits.

— Et vous, comment vous osez me parler comme ça ? Vous m'accusez sans preuve. C'est contre les droits de l'homme.

Le proviseur parvint à peine à contenir sa colère. Dev savait que l'homme le détestait, comme il avait détesté son frère et sa sœur avant lui.

— Tu as intérêt à ce qu'on retrouve très vite cette clé, Dev. Parce que, s'il arrivait quelque chose dans l'école, tu serais le premier interrogé.

Dev aurait voulu crier : « Il y a quelqu'un qui se cache dans le bâtiment ! »

Il savait que c'était la vérité. Quelqu'un qui les avait fait fuir l'autre soir, en leur flanquant la frousse avec le déguisement de Scream, son propre déguisement ! Brady le lui avait confisqué la semaine précédente lorsque Dev était entré dans le vestiaire des filles et avait fait mourir de peur toutes ces idiotes.

Et ses propres potes s'étaient laissé avoir ! Lorsqu'ils lui décrivirent le déguisement, ils avaient dû le retenir pour empêcher qu'il retourne au collège et règle son compte à celui qui se cachait là-bas.

— Mais Dev... avaient-ils gémi, il fichait vraiment la trouille dans ce déguisement de *Scream* !

Alors il leur cria :

— Moi je pensais que c'était un tueur en série qui nous attaquait, pas le personnage d'un film débile !

Quelqu'un s'était payé sa tête, et Dev n'était pas du genre à pardonner ça facilement. Mais il n'en parlerait pas au proviseur. Non. La vengeance est plus douce lorsqu'on agit soi-même. Il reviendrait, bien décidé à mettre une raclée à celui qui se cachait là.

23

Allongé dans ma planque au-dessus des toilettes des garçons, j'attendis que toutes les cabines soient vides, que le dernier élève sorte en claquant la porte. Celui-là, compris-je en le regardant s'examiner dans le miroir pendant dix minutes, était complètement taré. Il avait passé une éternité à s'arranger les cheveux, à les peigner, à faire tomber une mèche sur son front, soucieux qu'on la croie naturelle. Il lui fallut presque autant de temps pour inspecter ses dents. Puis il avait reculé d'un pas avant de s'admirer dans le miroir.

« T'es trop beau », avait-il déclaré.

J'avais dû me mordre la lèvre pour m'empêcher de glousser. J'attendis qu'il soit parti, et même quelques instants encore, pour être sûr qu'il ne reviendrait pas jeter un ultime coup d'œil amoureux à sa personne. Puis je fis glisser le panneau du faux plafond et me laissai tomber dans l'une des cabines. Je ne craignais plus rien. Si quelqu'un entrait maintenant, il me prendrait pour un autre élève. Je tirai la chasse avant de sortir.

Je restai un instant prostré, trop nerveux, avant de

m'élancer dans le couloir. J'aurais peut-être mieux fait de rester où j'étais. En sécurité, bien caché. Je m'apprêtais dans doute à entreprendre une chose stupide. Mais je me sentais de plus en plus confiant, et il fallait que j'apprenne où en était l'enquête. Si on avait attrapé le vrai tueur, je serais libre de quitter la ville dès que l'envie m'en prendrait.

Finalement, je n'eus pas le choix. La porte s'ouvrit soudain à la volée, manquant me renverser. Deux garçons se ruèrent à l'intérieur.

— Fais gaffe, mon pote, me lança l'un d'eux, comme si c'était ma faute.

Je ne répondis même pas. La tête basse, je sortis dans le couloir. Des élèves couraient encore vers la sortie, se bousculant les uns les autres, me poussant pour passer. Ils criaient, beuglaient, sautaient en l'air. C'était la fin des cours, ils pouvaient rentrer chez eux.

Je remontai ma capuche et m'engageai à leur suite. Les regards glissaient sur moi sans s'arrêter. J'aurais pu aussi bien être invisible. Dans la ruée, je me dirigeai vers les portes principales.

Soudain, quelqu'un m'attrapa par l'épaule. Je me figeai sur place. Une main puissante me força à me retourner, et je me retrouvai en face d'un mec boutonneux qui faisait deux têtes de plus que moi. Il me foudroya du regard avant de sourire.

— Désolé, mec. Je t'ai pris pour Rab.

Le boutonneux regardait tout autour de lui. De là-haut, il voyait tout le monde. Sa main n'avait pas quitté mon épaule.

— Tu l'as vu ?

Je réussis enfin à parler. Je n'en revenais pas d'avoir l'air si détendu.

— On me confond toujours avec Rab, répondis-je, plein de culot. Je crois qu'il est entré dans les toilettes.

Pustule Ier me sourit de plus belle et me relâcha enfin.

— Merci, mec.

J'inspirai profondément avant de me tourner et de poursuivre mon chemin. Mais je souriais, je prenais mon pied. Je me redressai. C'était plus amusant que prévu. En sortant à l'air libre, j'eus envie de sauter de joie.

Il faisait froid, dehors, et un ciel de plomb dominait la ville. J'emboîtai le pas à une bande de jeunes, courant avec eux comme si j'étais des leurs, avant de rejoindre un autre groupe. Si quelqu'un observait la scène d'une fenêtre, au loin, jamais il n'aurait deviné que j'étais seul. Je ressemblais aux autres élèves. Je courus pour les dépasser et pour atteindre le bus qui attendait au coin de la rue, puis je me mêlai au groupe de garçons qui tentaient de se ruer à l'intérieur. Le bus démarra, et je courus pour rattraper une autre bande. Personne ne m'accorda ne serait-ce qu'un regard. Je n'étais qu'un ado comme les autres, trop pressé de rentrer chez lui après l'école. « Je suis doué pour ça », pensai-je, de plus en plus confiant. Quel est le meilleur endroit pour cacher un arbre ? Une forêt. Et pour cacher un garçon ? Une école pleine de garçons.

Je devais me diriger vers le centre-ville. Le seul endroit que je voulais éviter, c'était la cité où j'avais découvert le corps. Le secteur serait sûrement bouclé et truffé de policiers.

Dans le centre-ville, je pouvais disparaître parmi la foule. Les mains au fond des poches, je ralentis l'allure pour marcher nonchalamment. Je passai devant une boulangerie, et l'odeur des pâtisseries et des tartes me fit comprendre à quel point j'avais faim. « Espérons que les professeurs ont laissé quelques bons trucs dans le frigo pour mon dîner de ce soir », pensai-je.

Un marchand de journaux jouxtait la boulangerie. Mon regard fut aussitôt attiré par la pancarte à l'extérieur reprenant les gros titres de la presse. *« EST-CE LE VISAGE DU TUEUR ? »*

Je m'arrêtai net, le cœur battant. Cela voulait-il dire que la police l'avait déjà attrapé ? Que je ne craignais plus rien ? Que j'étais libre de quitter la ville ? Il fallait que je lise ce journal. Je tirai la porte vers moi avant de me glisser à l'intérieur. Les journaux étaient rangés au fond de l'allée, dans un coin à l'abri des regards. D'un pas détendu, je franchis les quelques mètres qui m'en séparaient. La boutique était presque vide. Une femme payait ses achats à la caisse pendant qu'une autre étudiait les cartes d'anniversaire. Je cherchai l'édition du soir du journal local dans le présentoir.

Trouvée.

La première page me laissa sans voix.

« EST-CE LE VISAGE DU TUEUR ? »

Le visage du tueur dont ils parlaient, c'était le mien. Le portrait-robot qui soutenait mon regard depuis la première page, c'était le mien. Ce visage ne pouvait être que le mien. Plus vrai que nature. En première page, partout dans la ville. Et j'étais au cœur du centre-ville. Je sentis mes genoux faiblir, ma bouche s'assécher.

Je sortis le journal du présentoir. Le portrait avait été réalisé avec l'aide de Gaby McGurk.

J'aurais dû m'en douter. Encore elle. Et elle m'avait parfaitement décrit. Mes cheveux noirs, mon regard, même la fossette sur mon menton. Avais-je vraiment le visage du démon ? Sur ce dessin, j'avais davantage l'air dément que démoniaque.

Soudain, une main vint se poser sur mon épaule.

— Hé là, petit !

24

Quelqu'un d'autre, très au loin, étudiait ce portrait-robot. Quelqu'un qui cliquait sur les données du site Internet du journal pour suivre l'histoire de ce garçon en cavale.

Juste au cas où.

Et il n'en croyait pas ses yeux.

Il avait bien fait d'écouter son instinct et de s'informer sur cette affaire. Parce que ce garçon était forcément celui qu'il cherchait. Forcément. Pourtant, comment était-ce possible ?

Incroyable mais vrai.

Cette fois-ci, ce n'était pas une fausse piste. Ces yeux, c'étaient eux qui le trahissaient. Il ne pouvait pas se tromper. Ces yeux-là en avaient trop vu. Maintenant, il savait où se trouvait le gamin. Cette fois-ci, il le dénicherait. Il n'avait pas le choix.

Je crus que j'allais tomber dans les pommes. Des étoiles dansèrent devant mes yeux. J'étais coincé.

L'homme me fit pivoter vers lui pour mieux m'observer. Puis son regard glissa vers le journal que je tenais en main. Vers mon portrait. Je respirai un bon coup pour chasser la boule qui me nouait la gorge. J'avais l'impression que le monde se réduisait à cette première page.

— Tu comptes l'acheter, j'espère ? me demanda l'homme. Parce que t'es pas dans une bibliothèque. Ici, pas le droit de feuilleter.

Je voulus lui répondre, mais j'étais incapable de parler. Ma bouche ne faisait que s'ouvrir et se refermer en silence. Je devais ressembler à un poisson.

Le vendeur m'arracha le journal des mains.

— Je te jure ! Vous autres, les jeunes, vous manquez pas de culot !

Je n'arrivais pas à y croire. Ce type venait de voir la réplique exacte de mon visage dans le journal, et il ne m'avait pas reconnu. Je ne pouvais plus penser à autre chose. Les mots se répétaient en boucle dans ma tête : « Il ne m'a pas reconnu. » Même en voyant mon portrait sur la première page, il n'avait pas remarqué la ressemblance.

Je souris. Comment m'en empêcher ?

— Estime-toi heureux que je te dénonce pas aux flics, ajouta le vendeur avec un signe de tête vers le comptoir du magasin.

Mon cœur a fait un bond dans ma poitrine. Un jeune

policier, bâti comme un chêne, attendait du côté bar qu'on lui apporte des sandwichs. Il se tourna vers moi.

J'étais incapable de me détourner. J'avais beau essayer de toutes mes forces, mon regard restait collé à l'agent de police.

Puis il me fit un clin d'œil.

— Hé, monsieur Fisher, on veut gagner la confiance des jeunes, pas les terrifier.

— Bah, fit le vendeur en riant. Moi, je me méfie d'eux comme de la peste. Ils viennent toujours faucher de la marchandise, autant qu'ils peuvent en mettre dans leurs poches.

Il se tourna vers moi, m'enfonçant un index dans le bras.

— Toi, dégage de ma boutique.

J'avais des jambes de plomb. J'étais sûr que, d'un moment à l'autre, le policier comprendrait qui j'étais. Qu'il m'attraperait par l'épaule. « Au nom de la loi, je vous arrête. »

— Désolé, parvins-je enfin à marmonner. Désolé, répétai-je comme un demeuré.

Le policier sortit de la monnaie pour payer ses sandwichs. Si je ne partais pas tout de suite, j'allais me retrouver coincé avec lui devant la porte. M. Fisher remettait les journaux en place sur le présentoir. En m'observant du coin de l'œil d'un air méfiant.

Je filai vite fait.

M. Fisher retourna d'un pas traînant derrière le comptoir.

— Alors, Lewis, ça te plaît d'être policier ?

— Plus que tout.

— Avec ce meurtre, tu t'es retrouvé tout de suite dans le grand bain. Des indices ?

— Ce n'est pas à moi qu'il faut demander. Je ne suis qu'un bleu. La brigade criminelle a pris l'affaire en main, répondit Lewis en faisant de son mieux pour ne pas laisser paraître son dégoût.

— Bientôt, tu seras inspecteur, Lewis.

M. Fisher le connaissait depuis l'enfance et savait depuis des années qu'il voulait entrer dans la police et grimper les échelons.

— Si seulement je pouvais résoudre cette affaire, monsieur Fisher, mes supérieurs me remarqueraient. Je serais bien vu. Dans les films, ça arrive toujours. Mais jamais dans la vraie vie, semble-t-il.

M. Fisher voulut l'encourager.

— Les indices sont sûrement juste devant notre nez, mais nous ne les reconnaissons pas, c'est tout.

— Moi, je les reconnaîtrais. Je le sais.

Lewis devait se pencher pour parler au vieil homme. Jadis, il s'en souvenait très bien, M. Fisher lui semblait grand et imposant. C'était maintenant un petit homme au crâne dégarni. Lewis voyait parfaitement sa tonsure.

— Écoutez, monsieur Fisher, ouvrez grand vos yeux et vos oreilles. Vous me rendrez service. Nous savons tous les deux que les gens d'ici ne parlent pas aux flics. Mais les rumeurs circulent dans les boutiques comme la vôtre, c'est vrai. Si vous entendez quelque chose, prévenez-moi, d'accord ?

— Bien sûr ! Si j'entends quelque chose, je t'appelle pronto ! promit-il. Mais d'abord je vais vérifier mon stock, au cas où ce blondinet aurait piqué quelque chose. Il avait vraiment l'air louche.

Une fois dans la rue, je courus à toutes jambes. Je voulais mettre autant de distance que possible entre moi, M. Fisher, et cet idiot de policier, avant qu'ils ne devinent qui j'étais. Pourtant, tout en galopant, je me mis à rire. Je m'étais retrouvé coincé dans un magasin avec un flic. Mon portrait-robot, très fidèle, s'affichait juste à côté, et personne ne m'avait reconnu. J'aurais presque voulu y retourner pour tout lui dire, juste pour voir sa tête. Quel gros nul !

Mais je ne pouvais pas y retourner. La police était encore à ma recherche. Cette idée me fit aussitôt passer l'envie de rire. J'étais toujours le suspect numéro un.

Mais au moins, je savais qu'on ne me reconnaîtrait pas. Plus maintenant. Grâce à mes cheveux blonds. J'aurais parié que même cette cruche de Gaby McGruk ne pourrait m'identifier. Mieux encore, j'avais une bonne planque. Je décidai d'y rester sagement caché, au moins pour un moment. Fini les virées en ville, de toute façon.

J'appréciai la balade solitaire qui m'amena jusqu'au fleuve, loin des boutiques et des parkings. Là, près de la rive, il n'y avait que des bars, des boîtes de nuit et des restaurants. Il était trop tôt pour que les discothèques soient ouvertes, mais les restaurants accueillaient déjà des clients. Je m'arrêtai devant l'un d'eux pour regarder les garçons déposer des assiettes pleines de nourriture sur les tables et servir du vin. La lumière des lampes donnait à l'endroit un air chaleureux et attrayant. Quel luxe d'attendre que quelqu'un vous fasse à manger et vous dépose votre plat juste devant vous, tout chaud ! J'en avais l'eau à la bouche.

Près du restaurant italien, il y avait un restaurant de fruits de mer. Moules à Gogo. Quel nom stupide ! Spécialités de la maison : moules, crabe, aiglefin, langoustines.

Les restaurants se succédaient sans fin dans la rue. La rive était manifestement le site nocturne privilégié des habitants. Après les restaus venaient les clubs et les discothèques.

LA FÊTE DU SAMEDI SOIR À L'AL CAPONE

LE JOSHUA'S BAR

LA CHAMADE

RAVE PARTY

La Chamade ?

J'en eus le souffle coupé. La Chamade.

L'homme dans l'ascenseur.

Soudain, en un éclair, je vécus à nouveau ce moment cauchemardesque, revit l'homme à l'agonie qui baignait dans son propre sang.

« Chamade », avait-il dit dans son dernier souffle. « Chamade ».

Une coïncidence ?

Je restai un instant planté devant les portes fermées de la discothèque. La Chamade. Forcément une coïncidence. Sinon, qu'est-ce que cela pouvait signifier ?

Mais bon, encore une coïncidence ?

25

La mère de Gaby ne lâchait pas sa fille.

— Si ton père en entend encore parler, il va s'énerver, gémit-elle, faisant glisser le journal sur la table vers Gaby.

Ah, si sa mère voulait bien ne plus parler de Dan comme de « son père »... Elle ne s'habituerait jamais à lui. Elle ne le voulait pas, d'ailleurs. Elle souhaitait simplement que les choses redeviennent comme avant, juste elle et sa mère.

Mme McGurk savait très bien ce qu'elle en pensait.

— Tu ne lui donnes même pas une chance, Gaby. Bon sang, quoi, il est gentil, généreux avec toi, pas vrai ?

Gaby ne pouvait le nier. La générosité de Big Dan s'exprimait en billets de banque. Comme si lui glisser 20 livres[1] dans la main pouvait acheter sa loyauté.

— T'as de la chance qu'il soit de si bonne humeur, en ce moment. Il vient d'avoir une sacrée promotion.

1. Environ 22 euros. *(N.d.T.)*

Autant te le dire maintenant, on va peut-être tous déménager à Aberdeen. Qu'est-ce que t'en dis ?

Gaby se leva d'un bond.

— Non ! Je ne veux pas aller là-bas. Je me plais bien ici. Tous mes amis sont là. Zoé est là.

— Ce sera comme une grande aventure, poursuivit sa mère. Tu te feras d'autres amis.

Ce n'était pas juste. D'abord, Dan s'incrustait dans leur vie, et ensuite, il voulait les emmener loin de tout ce qu'elle connaissait. Elle avait envie de pleurer, mais ne voulait pas s'effondrer devant sa mère. Elle trouverait une excuse pour aller chez Tante Ellen plus tard et y pleurer un bon coup.

Sa mère émit un « pfff » sonore. Elle ne comprendrait jamais sa fille.

— Dan pense que la police est drôlement culottée d'avoir impliqué une jeune fille comme toi dans leur boulot.

« Et voilà, si c'est ce que Dan pense, c'est vrai, bien sûr ! » Mais qu'est-ce qu'elle aurait dû faire, lorsque les flics avaient insisté pour qu'elle les aide à établir le portrait-robot ? Elle ne pouvait quand même pas refuser d'aider la police !

— Ce garçon est parti depuis longtemps, dit Gaby. Je ne sais même pas pourquoi ils s'entêtent à le chercher. Ils ne le retrouveront jamais.

Sa mère soupira.

— Oh, Gaby, tu finiras par me rendre folle !

Gaby n'écoutait qu'à moitié. Que ça lui plaise ou non, elle demeurait au cœur de l'affaire. Était-ce sa faute si elle s'était trouvée au mauvais endroit au mauvais moment ? Chaque fois qu'elle repensait au visage du tueur, elle le voyait plus fou, plus glaçant : un assassin ravagé par la drogue.

Était-ce sa faute si elle attendait l'ascenseur juste au moment où il allait s'enfuir ?

Elle devait bien reconnaître que c'était le cas. Si elle était rentrée à l'heure, elle se serait trouvée en sécurité dans son lit lorsque tout cela avait eu lieu. Elle n'aurait pas vu le tueur.

Ni le mort.

Il n'avait toujours pas été identifié, ce qu'elle n'arrivait pas à comprendre. Pourquoi personne n'avait été voir la police ?

Rester en dehors de ça. C'était la règle, dans le quartier. Et si elle le disait à ce jeune et beau flic ? Il savait qu'elle avait reconnu la victime. Et si elle le lui disait, tout en lui demandant de ne pas mentionner encore son nom ? Et si elle lui disait où elle l'avait vu ? Mais alors, forcément, il saurait où elle était cette nuit-là, et ça causerait des tas de problèmes supplémentaires.

Pouvait-elle faire confiance à la police ? À Lewis Ferguson ?

Son instinct lui disait que non. Sa mère ne faisait pas confiance à la police. Big Dan non plus.

Big Dan, l'armoire à glace. Peut-être que s'il avait été à la maison à cet instant, là, tout de suite, elle se serait confiée à lui. Il prenait toujours sa défense, elle devait bien l'admettre. Peut-être que cette fois-ci, il serait encore de son côté. Il la protégerait. Mais le temps qu'il rentre à la maison, l'envie de se confier serait partie.

Non. Elle ne dirait rien. Que quelqu'un d'autre aille voir la police. Après tout, elle ne pouvait pas être la seule à l'avoir vu ce soir-là à La Chamade !

Je me faufilai sans problème dans le collège. Cette fois-ci, il y avait des gens dans le bâtiment. J'entendais les dames de service avec leurs seaux qui grinçaient sur le sol, leurs machines qui vrombissaient, leurs voix qui résonnaient tandis qu'elles œuvraient dans les couloirs lointains.

Je m'assurai que la voie était libre, puis je me hissai dans le faux plafond au-dessus des toilettes des garçons. Je mourais de faim, mais je devrais attendre que les femmes de service s'en aillent et que le collège soit désert pour aller chercher de la nourriture.

Il fallait que je prenne le temps de réfléchir.

La Chamade. La victime avait dit « chamade ». On ne gaspille pas son dernier souffle pour dire un truc insensé. Parlait-il de la discothèque près du fleuve ? De cette Chamade-là ? Mais pourquoi ? Et qui était ce « gars torse » ?

Il fallait que je le découvre – et ce n'était pas dans les journaux que j'apprendrais quoi que ce soit d'utile. Ils m'avaient déjà donné le rôle du meurtrier. On ne peut jamais croire ce que disent les journaux.

Je voulais découvrir la vérité moi-même.

Je décidai de retourner en ville. C'était risqué, mais tant pis. Je retournerais à La Chamade pour y chercher des indices reliant le mort à la discothèque. Je ne m'inquiétais pas. Personne ne me reconnaîtrait.

— Vous n'êtes qu'une bande de femmelettes.

Dev avait essayé de convaincre ses potes de retourner au collège cette nuit-là. Il était plus furieux encore que la nuit précédente, plus déterminé à faire payer cette colère à quelqu'un. Avant, il se contentait de tout casser dans les classes, mais ça ne suffisait plus. Pas après ce qui s'était passé. Il voulait y retourner pour se faire celui qui s'était payé leur tête. Ce n'était qu'un mec ordinaire, dans un déguisement de Scream. Il voulait arracher le masque pour découvrir qui se cachait derrière. Mais il n'avait pas réussi à convaincre les autres.

— Rappelle-toi, Dev, y a un tueur en série dans les environs.

— Arrêtez, vous savez bien que c'était pas le tueur. Mais quelqu'un du collège, qui m'en veut personnellement. C'est pour ça qu'il a piqué la clé. Pour que cette histoire me retombe dessus.

Ça aussi, ça le rendait furieux. Il avait passé toute la matinée dans le bureau du proviseur à essayer de le convaincre que ce n'était pas lui qui avait volé le passe. En tout cas, pas cette fois.

— Jamais ! Dev. J'y retournerai pas, déclara Sean.

Et Bailey fut d'accord avec lui.

Parfois, Dev se demandait pourquoi il se traînait ces deux boulets. Ils étaient vraiment limités.

— Ça vous met pas la rage que quelqu'un se soit payé votre tête ?

Bailey secoua la tête.

— Il s'est payé ma tête, et alors ? Je m'en fiche. J'y retournerai pas.

Sean lui apporta son soutien.

— Allez, laisse tomber, on peut bousiller autre chose. Et si on allait rayer des bagnoles ? On se marre toujours bien, non ?

Pourtant Dev était déterminé à y retourner... mais pas seul. Il ne faisait jamais rien tout seul. Non. Il finirait bien par les persuader ; il y arrivait toujours, d'ailleurs.

26

MARDI

Gaby restait silencieuse. Elle n'avait pas dit un mot depuis que Zoé l'avait rejointe devant le portail du collège. C'était si inhabituel que Zoé craignait que son amie soit malade.

— Tu veux aller à l'infirmerie ? Je t'accompagne, si tu veux.

Gaby y pensa un instant. Elle ne se sentait pas malade, juste préoccupée. Elle ne savait pas quoi faire, et c'était bien la première fois. Mais bon, si elle allait à l'infirmerie avec Zoé, l'infirmière la laisserait peut-être s'allonger, voire rentrer chez elle. Dans les deux cas, elle était gagnante.

— O.K., fit-elle en haussant les épaules.

Zoé la prit par le bras comme si sa copine risquait de s'évanouir d'un instant à l'autre. Elle protégea Gaby de son propre corps pour éviter que les autres la bousculent.

— Dégagez le passage, s'il vous plaît. Ma copine est malade.

Gaby se prit au jeu. Elle essaya d'avoir l'air souffrante.

— Bon, qu'est-ce qui ne va pas ? demanda Mme Molloy. C'était la seule prof qui avait un diplôme de secouriste. Les élèves l'appelaient toujours « l'infirmière ». Elle dévisagea Gaby d'un œil soupçonneux. Elle connaissait bien la jeune fille et chacun de ses trucs. Tous les professeurs de l'école connaissaient Gaby.

— Tu dis que tu es malade ?

Elle ne semblait guère convaincue.

Gaby prit une voix lasse et répondit dans un souffle :

— Je ne me sens pas bien du tout.

Zoé vint confirmer :

— Sérieux, elle a failli vomir partout dans le couloir.

Gaby se tourna vers son amie. Qui soutint son regard.

— On a dû s'arrêter deux fois en chemin.

Elle était si convaincante que Gaby la croyait presque.

Mme Molloy lui ouvrit la porte de l'infirmerie.

— Assieds-toi là un instant. Je vais te chercher un cachet.

Gaby se laissa doucement choir sur le lit, épaulée par Zoé. Elle garda son air patraque jusqu'à ce que la porte se referme et que les deux collégiennes se retrouvent seules.

— Tu crois qu'elle a gobé ton histoire ? demanda la jeune fille à Zoé.

— Qu'est-ce qui ne va pas, Gaby ?

Elle devait le dire à quelqu'un. Pourquoi pas à Zoé ?

— Jure-moi que tu ne répéteras rien. Jure-le sur la tête de ta mère.

Zoé plaça solennellement la main sur son cœur.

— Je le jure.

Puis elle poursuivit d'un ton animé par la curiosité.

— Qu'est-ce qui se passe ? Tu sais où se cache le mec qu'a poignardé l'homme de l'ascenseur ? Tu l'as revu ?

— Si seulement. Je ne serais pas aussi inquiète si on l'avait attrapé.

Zoé s'assit près d'elle sur le lit et passa son bras autour des épaules de son amie.

— Alors, qu'est-ce qui t'arrive ?

Gaby coula un regard tout autour d'elles comme si elle redoutait qu'on les écoute.

— J'ai reconnu la victime, Zoé. Je ne la connais pas, mais je l'avais déjà vue. Je pensais qu'on aurait découvert son identité, depuis le temps. Que quelqu'un l'aurait identifié. Mais personne ne l'a fait. Les flics le surnomment « l'homme mystérieux » et ont lancé un appel à témoin. Et moi, je l'ai reconnu.

— Tu dois le dire à la police, hoqueta son amie.

Zoé venait d'un autre quartier de la ville où l'on ne se méfiait pas tant des forces de l'ordre. Elle ne comprenait pas comment ça marchait là où vivait Gaby.

— J'ai assez de problèmes comme ça. J'ai vu le meurtrier. Je ferais mieux de garder le reste pour moi.

— Mais là, c'est différent. Tu ne risques pas de t'attirer des ennuis.

— J'ai failli le dire à un jeune officier... Ferguson, je crois qu'il s'appelait. Il patrouille dans notre quartier. C'est lui qui est venu la nuit du meurtre. Il sait que j'avais déjà vu la victime quelque part. Je n'ai pas pu le cacher.

Zoé ne comprenait pas où était le problème.

— Alors dis-le-lui, et demande-lui de ne pas révéler ses sources. J'ai vu ça dans un épisode des *Experts*. Tu pourrais être son indic.

— Je ne veux pas être son indic, répondit Gaby, même si cette idée ne lui déplaisait pas tant que ça. Est-ce que les flics ont vraiment le droit de garder le secret ?

Zoé en était sûre.

Gaby se rongea les ongles, le cerveau en ébullition.

— Non, finit-elle par dire. Je ne veux plus m'en mêler. Ma mère me tuerait si je retournais voir la police.

— Et où tu l'avais vu ? s'enquit Zoé, indiscrète.

Gaby inspecta la salle une nouvelle fois, certaine que les murs avaient des oreilles.

— À La Chamade, répondit-elle. La nuit où il a été tué. Je l'ai vu parler à l'un des employés, et il avait l'air apeuré, vraiment mort de trouille. Je pense qu'il savait que quelqu'un voulait le tuer.

Elle avait inventé cette dernière précision, comme elle inventait tant de choses, mais il avait alors vraiment l'air effrayé. Elle regrettait maintenant de ne pas avoir écouté la conversation de ces deux hommes, trop occupée qu'elle était à se cacher du videur. Il la cherchait pour la mettre dehors vu qu'elle n'avait pas l'âge d'entrer.

Mme Molloy revint à cet instant. Elle tenait un petit verre rempli d'une substance jaune épaisse. C'était immonde, on aurait dit du cérumen fondu.

Elle le tendit à Gaby.

— Bois ça, Gaby. Dans dix minutes, ça ira mieux, et tu pourras retourner en classe.

Sur ce point, elle avait raison. Dix minutes plus tard, Gaby était de retour en cours, juste après avoir vomi la mixture jaune dégoûtante partout sur le sol ciré de Mme Molloy.

J'avais failli trahir ma présence lorsqu'elle avait prononcé les mots « La chamade ». Tapi dans le faux plafond au-dessus de l'infirmerie, j'avais écouté la conversation des deux filles. Gaby McGurk avait vu la victime là-bas. Maintenant, plus question de croire à une coïncidence. Mais qu'est-ce que cela signifiait ?

Dans la salle commune, Mme Swankie, la professeur d'anglais, ouvrit le frigo.

— Oh, pour l'amour de Dieu ! Quelqu'un m'a pris mon poulet rôti ! C'était mon dîner. Je l'avais mis au frais hier !

Elle dévisagea un par un ses collègues d'un air accusateur.

— Ne me regarde pas comme ça, lança l'un d'eux. Je suis végétarien.

— Et ma mousse au chocolat a aussi disparu !

Voilà qui contrariait encore plus Mme Swankie.

— Et alors, tu ne voulais pas commencer un régime, de toute façon ?

Elle passa une nouvelle fois les profs en revue et leur trouva à tous un air coupable. Voilà pourquoi on lui avait pris ses provisions. Un petit malin estimait qu'elle devait perdre du poids.

Je n'arrivais pas à chasser de mon esprit les paroles de Gaby McGurk. En fin d'après-midi, je rampai dans le faux plafond, de l'infirmerie jusqu'à la sortie au-dessus des toilettes des garçons. De nouveau, je me retrouvai sans peine au milieu de la cohue. Je n'avais eu qu'à sauter dans la cabine vide et à sortir des toilettes comme n'importe quel élève. Ni vu ni connu. J'aperçus Gaby McGurk qui traînait près du portail et je m'arrangeai pour rester le plus loin possible d'elle. De toute façon, elle était trop occupée à parler à sa clique de copines pour me remarquer. Je reconnus un autre élève. Celui qui avait pénétré dans le collège lors de ma première nuit, Dev. Il ne souriait donc jamais ? Son visage était assombri par la colère tandis qu'il se frayait un passage dans la cohue à coups de coude, ses potes sur les talons. Pendant une fraction de seconde, son regard se posa sur moi et s'y arrêta – mon sang se figea dans mes veines. J'attendais qu'il hurle : « C'est lui ! », alertant toute l'école de ma présence. Mais le regard hostile de Dev glissa vers quelqu'un d'autre. Sans me reconnaître. Rien. J'avançai dans les rues et les allées d'un pas confiant jusqu'à la rive du fleuve, si sûr de moi que j'osais regarder les gens dans les yeux. Je pris même le temps d'aider un vieillard à traverser la route. Personne ne m'identifia.

En arrivant sur la rive du fleuve, je pensai à un détail : La Chamade serait fermée. Il était encore trop tôt pour que les discothèques ouvrent leurs portes. Mais j'y découvrirais peut-être quand même quelque chose. Un indice qui me permettrait de savoir ce dont parlait l'homme dans l'ascenseur. Sur les murs extérieurs de la boîte de nuit, des affiches annonçaient les événements à venir : une soirée spéciale Queen, une autre pour la Saint-Valentin et un bal masqué sur le thème de la mer : *Venez déguisés en sirène ou en pirate.* Le poster encourageait les gens à se ridiculiser. Caché dans une entrée d'immeuble de l'autre côté de la rue, je guettai des allées et venues suspectes, le moindre événement inhabituel.

En vain. Un camion tourna au coin de la rue et s'arrêta près d'une entrée annexe de La Chamade. Je jetai un coup d'œil à droite puis à gauche, avant de traverser. Le camion était venu pour une livraison de bière. En m'avançant, je remarquai qu'on avait ouvert une trappe métallique dans le sol, qui donnait sur une cave ; les fûts de bière y étaient aussitôt descendus. Je continuai ma route nonchalamment, les mains dans les poches et, en passant devant la trappe, je jetai un œil en contrebas comme l'aurait fait n'importe quel gamin curieux. Le conducteur du camion parlait en beuglant à quelqu'un dans la cave. Poussé par un culot monstre, comme si je n'avais rien à craindre, je ralentis l'allure pour mieux regarder dans la cave. Que pensais-je découvrir ?

Il y avait quelqu'un en bas, qui répondait au livreur, un jeune homme... qui leva la tête vers moi, et m'aperçut. Mon sang ne fit qu'un tour.

Le type dans la cave, c'était Eddie.

27

Eddie. Le jeune SDF qui avait fui la cité à mes côtés. Qui m'avait mené jusqu'à sa planque, le local du club de modélisme. Qui était parti chercher ses amis pour m'aider. Et qui n'était jamais revenu.

Eddie n'avait plus du tout l'air d'un SDF, maintenant. Les cheveux bien peignés, un pull chic de marque, donnant des ordres à droite et à gauche comme s'il avait fait ça toute sa vie.

Malgré mes efforts, je ne pouvais pas détourner les yeux. Si j'avais filé aussitôt, il ne m'aurait jamais reconnu. Mais j'étais incapable de bouger. Eddie soutint mon regard un instant, l'air perplexe. Son visage trahit bientôt l'incrédulité. Puis le choc. Il ne pouvait le dissimuler. À croire qu'il venait de voir un fantôme.

Et à certains égards, j'étais bien un fantôme. J'étais censé être mort. D'abord, dans un incendie, puis au plus profond des eaux d'un lac dans les collines.

J'avais trouvé la mort, et maintenant, j'étais ressuscité.

Je devais m'enfuir avant qu'Eddie ne jaillisse de la cave pour m'attraper par le col. Je reculai d'un pas.

Le visage d'Eddie disparut de ma vue, et le sort se brisa. Je fis demi-tour, courant à toutes jambes. Je galopais le plus vite possible. Vers le fleuve, à l'opposé du collège, certain que toute une bande d'Eddie était à mes trousses. Je n'avais craint qu'un seul homme, celui qui m'avait pourchassé, qui m'avait enfermé dans le coffre d'une voiture calcinée pour pouvoir mieux me noyer. Je comprenais maintenant qu'il n'était pas seul, cet homme qu'on appelait « le Loup ». Eddie avait été son comparse. Il ne s'était pas du tout enfui de la cité, mais était délibérément venu à ma rencontre. Pourquoi ? Pour découvrir ce que je savais. Ce que le mourant avait dit dans son dernier souffle. Et je le lui avais répété. « Chamade. » Cela avait suffi à signer mon arrêt de mort. Je m'arrêtai une seconde pour reprendre mon souffle et jeter un coup d'œil derrière moi.

Les ultimes paroles du mort. « Chamade. »

Tout y menait.

J'avais attrapé des points de côté à force de courir. Plié en deux pour atténuer la douleur, je pris des raccourcis à travers les jardins, les hautes haies, guettant sans cesse des signes de poursuite. « Je suis doué pour ça, pensai-je tout en galopant. Pour fuir, pour me cacher. Je suis doué pour ça, comme si j'avais l'habitude d'être pourchassé. » Une autre énigme, mon passé. Ma vie n'était qu'une suite d'énigmes.

Et si c'était Eddie qui avait mis le feu au local ? Ou alors le Loup ? J'aurais pu mourir dans les flammes. J'aurais *dû* mourir dans ces flammes. Mon cœur me semblait lourd comme un bloc de pierre, chargé de peur.

Pourquoi en avaient-ils après moi ? Je devais quitter cette ville, par tous les moyens. Maintenant qu'ils savaient que j'étais encore en vie, l'homme se lancerait de nouveau à ma recherche. Sans cesser de courir, mon cerveau tournait à cent à l'heure pour décider ce que j'allais faire ensuite. J'allais retourner au collège, ramasser toute la nourriture que je trouverais et quitter cet endroit pour toujours. Je me cacherais dans un camion, ou bien je suivrais la voie ferrée à pied. Je nagerais s'il le fallait. Mais je devais quitter cette ville. Une fois parti, je serais en sécurité. Sinon cette ville causerait ma mort.

Comment avais-je pu me conduire de façon aussi stupide ? J'étais en sécurité, jusque-là. Ils pensaient que j'étais mort ! Pourquoi avait-il fallu que je vienne à La Chamade ? « T'es trop confiant, mon vieux ! » me lamentai-je. Trop assuré que personne ne me reconnaîtrait. À cause de ça, je m'étais jeté dans la gueule du Loup.

J'avais perdu l'avantage.

Ces types pensaient jusque-là que je nourrissais les poissons au fond du lac. Maintenant, *il* serait de nouveau à mes trousses. Lui. Le Loup. Cette fois-ci, il n'abandonnerait pas jusqu'à ce qu'il m'ait eu.

J'avais peur. Non, « peur », le terme était bien trop faible pour ce que je ressentais. J'étais terrifié au-delà des mots. J'aurais tout donné pour trouver quelqu'un de confiance. Mais je n'avais personne. J'étais seul.

Pourquoi n'avais-je pas de maison ? De parents ? C'était trop injuste.

— Il est vivant, déclara Eddie.

La nervosité le faisait trembler de tous ses membres. Il avait hésité : suivre le gamin, le rattraper et le traîner jusqu'à la cave, ou courir avertir le Boss ? Il avait conclu que prévenir le Boss était plus important.

— Il s'est décoloré les cheveux.

— Tu ne l'as pas suivi ?

— Il était en haut, dans la rue. Le temps que je sorte de la cave, il avait filé depuis longtemps. Il est rapide, le petit.

— Il en sait trop. Il est venu à La Chamade. Ce gosse doit se douter de quelque chose.

— Qu'est-ce qu'on fait ?

— Appelle-moi le Loup. C'est lui qui était censé s'occuper de tout ça.

Eddie y vit une opportunité.

— Laissez-moi le boulot. Le Loup se fait vieux. Vous lui avez déjà donné trop de chances. J'aurais pu régler son compte à ce petit rat dans le local si vous l'aviez voulu. Et alors, on en serait pas là.

Il savait qu'il pouvait être meilleur que le Loup. Tout ce dont il avait besoin, c'était d'une occasion de le prouver.

Mais le Boss l'ignora.

— Va me chercher le Loup, répéta-t-il.

Le temps que je retourne au collège, le service de nettoyage était déjà passé. Les lumières étaient éteintes et, en passant devant la maison du concierge, dont les rideaux du salon étaient grands ouverts, je l'aperçus assis confortablement en train de dîner devant la télé.

Maintenant, je ne voulais plus qu'une chose : partir. Je me voyais déjà en train de faire un raid dans le réfrigérateur de la salle des profs, avant de rassembler les quelques habits chauds qui me restaient, et je me dis même que je trouverais peut-être de l'argent qui traînait ici ou là. J'étais trop désespéré pour me demander si c'était mal ou quoi. Il fallait que je m'en aille. Je claquais des dents tant j'avais peur en repensant à l'horreur éprouvée quand j'avais sombré dans le lac. Il recommencerait. Il ferait même pire.

Il me traquerait sans relâche.

Je devais m'en aller

J'atteignis le mur côté bibliothèque mais, au moment où j'allais grimper sur l'appui de la fenêtre en m'aidant de la gouttière, une voix souffla derrière moi.

— Je t'ai eu.

Je me retournai au ralenti. Je crus que mon cœur allait cesser de battre. Je tremblais de tous mes membres, jusqu'à la moelle de mes os. J'étais fait comme un rat.

— Je savais qu'on finirait par t'avoir.

Il faisait sombre, trop sombre pour voir les visages,

mais je reconnus la voix. Dev. C'était Dev. Son ton trahissait la colère.

— C'est lui qui s'est foutu de nous, l'autre fois. Hé, les mecs, qu'est-ce qu'on en fait, maintenant ?

Il éclata de rire, mais pas ses amis. Je les discernais dans l'obscurité. Ils étaient deux, les mêmes que l'autre fois : Sean et Bailey.

— Je vais te dire ce qu'on va te faire, poursuivit Dev. On va te tabasser à mort, mon pote. Mais d'abord, donne-moi la clé que t'as volée. C'est moi qu'on a accusé pour ça, tu sais.

Furieux, il me donna un coup de pied dans les tibias. J'eus tellement mal que je m'effondrai.

L'un des deux autres se mit à rire à son tour – Sean. L'idée de massacrer quelqu'un semblait lui plaire.

— Et moi, je peux, Dev ?

— Fais-toi plaisir, répondit-il en reculant d'un pas.

Sean me donna d'autres coups de pied. Mais moins forts, comme s'il n'avait pas l'habitude de frapper. Comme s'il essayait simplement d'impressionner son pote. La douleur qui me transperça les rotules me coupa le souffle. Je regardai partout, cherchant un moyen de m'enfuir.

Dev comprit ce que je voulais faire. Un sourire se fendit jusqu'à ses oreilles.

— On ne va nulle part, minus.

Il y avait forcément une solution. Je me jetai en avant, renversant au passage Bailey, le plus petit des trois, et je me précipitai dans la cour. Dev poussa une plainte qui ressemblait à un cri de joie, comme s'il se réjouissait de la poursuite, sachant que je ne pourrais me cacher nulle part. Qu'ils finiraient par m'attraper. Ils étaient sur mes talons, comme des chiens de chasse après un renard, riant et criant :

— T'es fait comme un rat !

Je courus jusqu'à un tournant, et vis aussitôt que j'étais coincé. J'étais tombé sur l'abri à vélos. Pris au piège. Je ne pouvais plus aller nulle part. Il n'y avait pas d'échappatoire. J'essayai de me fondre dans les ombres de l'abri, espérant qu'ils ne me verraient pas. Tu parles ! L'instant d'après, leurs silhouettes apparurent, se découpant sur la voûte nocturne. Ils s'approchèrent.

Qu'avais-je fait pour mériter ça ? Personne n'était là pour me protéger, pour me venir en aide. J'avais l'impression d'être transi de peur, et je me détestais pour cela. Ces mecs allaient m'attraper, et me tabasser. Je ne serais pas capable de me défendre. Et même si j'y arrivais, quelqu'un d'autre me trouverait. Le colosse... l'homme de la lande, le Loup, et c'était lui qui m'effrayait le plus.

Le mieux serait que je meure.

À cet instant, je compris que je ne pouvais plus lutter. Tout le monde était contre moi. La police, le colosse, et maintenant ces petites brutes. Si je me débarrassais de l'un des trois, un autre prendrait aussitôt sa place.

Je m'effondrai dans un coin, roulé en boule. J'entendis Dev lancer à ses complices :

— Je crois qu'il abandonne, les gars.

— C'est une petite lavette, ce mec, non ? fit l'un des deux autres. Sean, je crois.

— Une petite ? Une grosse, tu veux dire !

Dev rigola de plus belle, soutenu par ses comparses.

Ils avaient raison. Voilà ce que j'étais, une lavette. Je me fichais des insultes qu'ils pouvaient me lancer. De ce qu'ils pouvaient me préparer. Qu'ils fassent ce qu'ils veulent, qu'ils me tabassent à coups de poing, à coups de pied. Plus rien n'avait d'importance. Je ne me souvenais pas de mon passé et personne ne se souciait que j'aie un avenir ou pas. Personne ne viendrait m'aider. J'étais pris dans un engrenage que je ne comprenais pas.

Je reculai un peu plus dans le coin. Ils s'approchaient. Ils voulaient se battre. Mais moi, je n'avais plus la force de lutter.

28

Gaby aperçut l'homme avant que lui ne la voie. Elle en était certaine. Impossible de le rater. Un grand homme en noir sur le bord de la route, le visage levé vers les tours. Comme s'il comptait les étages, un par un, jusqu'à celui de Gaby. Depuis le soir du meurtre, Wellpark Court était devenu un genre de site touristique ; mais la cité attirait surtout des délinquants et des journalistes. L'homme était bien habillé : costume noir, cravate, cheveux noirs gominés. Il ressemblait à un homme d'affaires. On voyait au premier coup d'œil qu'il n'était pas du quartier.

Comme s'il avait senti le regard de la jeune fille, il s'arracha à sa contemplation pour poser les yeux sur elle. Elle essaya de soutenir son regard. Qu'est-ce que ça pouvait faire, qu'il la dévisage ? Il la reconnaissait peut-être d'après sa photo dans le journal. Mais quelque chose dans les prunelles de l'homme, d'un noir charbonneux, la fit se détourner vite fait. Il s'avança vers elle. Elle jeta un coup d'œil en arrière. Le fourgon de la police était toujours garé au coin de la rue ; elle ne risquait rien, même s'il venait lui parler.

— C'est là que le meurtre a eu lieu, n'est-ce pas ? lui demanda-t-il.

Gaby acquiesça. Elle dut se retenir de lui expliquer qu'elle avait failli trébucher elle-même sur le cadavre. C'était une si bonne histoire. Lorsqu'il reprit la parole, elle comprit qu'il le savait déjà.

— C'est toi, la fille qui a vu le tueur ?

— Comment vous le savez ?

— Je t'ai reconnue. Ta photo était dans le journal. Tu penses vraiment que le garçon que tu as vu était le tueur ?

Sa question la prit au dépourvu. Gaby regarda de nouveau derrière elle pour vérifier que le fourgon était toujours là. Si elle avait été seule, cet homme lui aurait fait peur. Et encore, même là, au beau milieu d'une rue passante, il lui faisait peur.

Il n'attendit pas sa réponse.

— J'ai aussi vu le portrait-robot. Il semble bien jeune pour être un criminel.

— On commence de bonne heure, par ici, répliqua-t-elle d'un ton qu'elle espérait assuré.

— Je ne crois pas qu'il soit un assassin. Pas si c'est le garçon que je cherche.

Gaby fit un pas vers lui.

— Vous savez qui il est ? Vous aussi, vous le cherchez ? Alors vous devez le dire à la police. Tout de suite.

L'homme secoua la tête, l'air soudain vulnérable.

— Je ne peux pas avertir la police. Je dois le trouver en premier. Moi et moi seul.

— Pourquoi ? voulut-elle savoir en s'avançant un peu plus sans s'en rendre compte.

— Est-ce que tu reconnais le garçon que tu as vu cette nuit-là ?

Il venait de sortir de sa poche intérieure une photographie. Sur le cliché, le garçon souriait, les yeux illuminés, pétillant de bonheur. La dernière fois que Gaby avait vu ce regard, elle n'y avait trouvé que méchanceté... non ? Là, c'était différent, et pourtant il s'agissait du même garçon.

Gaby fit de son mieux pour avoir l'air d'hésiter.

— Peut-être bien, se contenta-t-elle de dire. Qui c'est ?

Les yeux charbonneux de l'homme se remplirent de larmes lorsqu'il répondit :

— Mon fils.

29

Les trois caïds me tourmentaient comme si j'étais un renard pris au piège, en sautant tout autour de moi, en riant, en me donnant des coups de pied. Ils me provoquaient pour que je me défende. Je remontai mes genoux sous le menton, les bras repliés sur ma tête.

Cela ne fit que les exciter encore plus.

— Ce minus est un pauvre lâche, déclara Dev, soutenu par les deux autres.

Dev me tira par le sweat pour me forcer à me lever, mais je restai en boule, immobile comme une pierre.

— Allez, t'as pas envie de te battre ? railla Dev, pensant sûrement que c'était trop facile. Peut-être qu'il ne sait pas se battre.

Ce n'était pas juste. J'étais toujours tout seul. Pourquoi personne ne venait-il m'aider, ne serait-ce que le concierge ? Je voulais que quelqu'un vienne à mon secours, quelqu'un de mon côté, quelqu'un en qui je pourrais avoir confiance. Était-ce trop demander ? Je me forçai à me détacher de l'instant présent, à fuir en moi-même jusqu'à un lieu hors d'atteinte de ces trois brutes.

J'aurais donné n'importe quoi pour que quelqu'un vienne à mon secours.

Soudain, je me souvins du livre que j'avais lu, celui sur l'enfant espion. Pourquoi n'avais-je pas un gadget génial qui me sauverait la vie ? Pourquoi ne pouvais-je pas me rappeler mon entraînement d'agent spécial ? Ou même découvrir que j'avais en fait des superpouvoirs ? J'aurais pu transformer ces délinquants en grenouilles ou me rendre invisible. Ou bien sauter par-dessus les immeubles en un seul bond et partir d'ici. Ou m'enfuir en volant. Oh oui, si seulement je savais voler... Je m'imaginai prenant mon envol comme un aigle au-dessus de leurs têtes. J'imaginais leur expression ahurie, leurs grimaces rageuses. Si seulement...

Mais rien de tout ça n'arriverait. On était dans la réalité. Je n'avais aucun pouvoir particulier, aucun tour dans mon sac, aucun gadget perfectionné qui les immobiliserait le temps que je m'enfuie.

Je n'avais rien. Rien que moi-même. Et ma jugeote.

Personne sur qui compter. Le garçon sans souvenirs. Sans passé.

Mais je m'en étais bien sorti jusqu'à maintenant.

Sans l'aide de personne.

J'avais échappé à un incendie, à la noyade, à la police qui me cherchait depuis plusieurs jours.

Je n'avais besoin de personne.

Cette idée surgit en moi comme un raz-de-marée : *Je n'avais besoin de personne.* Si je ne pouvais compter que sur moi-même, alors je devais m'en contenter.

Allais-je laisser cette bande de ratés me mettre une raclée ? Allais-je laisser quiconque s'en prendre à moi sans me défendre ?

À cet instant, je sus que je ne me laisserais pas faire. J'allais me battre. Pour de vrai.

Une bribe de souvenir me revint. Elle s'était déjà insinuée tandis que je sombrais dans le lac. Cette fois-ci, elle s'accrocha, refusa de partir. Il *fallait* que je me batte. Je devais survivre. J'en ignorais la raison. Mais je le savais. Je me mis à trembler, comme si mon sang bouillonnait soudain dans mes veines. Comme si chacun de mes os, chacune de mes cellules prenaient soudain vie en frémissant. Je me relevai. Pourquoi laisserais-je quiconque me tabasser ? C'était hors de question. Je relevai la tête pour les regarder en face. Je refusais d'être la victime de qui que ce soit.

Dev éclata de rire. Il ne comprenait pas ce qui se passait. Il jugeait qu'il avait la situation bien en main. Mais moi, je savais qu'il n'en était rien. Je les ignorai, eux et leurs moqueries. Je sentais une puissance monter en moi comme l'arrivée d'une tempête.

Je tendis les mains et leur fis signe d'approcher.

— Venez me chercher, dis-je.

Cela les prit par surprise. Ils reculèrent d'un pas. Sauf Dev.

Fou de rage, il se mit à beugler :

— Je vais t'éclater la tronche !

Puis il lança le pied vers moi. Je l'attrapai par la chaussure et tirai aussi haut que possible ; Dev poussa un cri de douleur, flanqué par terre, sur le dos. Je me tournai ensuite vers les deux autres.

— Qu'est-ce qui lui prend ? Il a l'air super bizarre, déclara Sean, avant de se jeter sur moi.

Au même instant, je l'esquivai, tout en le saisissant par la jambe pour lui faire perdre l'équilibre. Il tomba juste au moment où Bailey se ruait vers moi. Je me penchai et lui donnai un coup de boule en pleine cage thoracique : le choc lui coupa le souffle et le projeta en arrière.

Sean s'était relevé. Il voulut m'agripper les jambes. Je l'évitai d'un bond, visai la tête et lui assenai un coup de pied de biais. Lorsqu'il porta ses mains à son crâne, j'en profitai pour l'attraper par le bras et le faire valser vers Bailey. Ce dernier se relevait, prêt à rejoindre la mêlée. Il n'eut pas le temps de voir Sean lui arriver dessus et ils retombèrent tous deux comme une masse. Une fois sur pieds, Dev se rua vers moi en zigzaguant. Il voulut me faucher, mais j'étais trop rapide pour lui. J'étais rapide parce que j'avais bien plus à perdre qu'eux trois réunis. Je sautai en l'air avant de retomber lourdement sur la main de Dev. Il hurla et se plia en deux, la main serrée contre son ventre. Les deux autres s'élancèrent une nouvelle fois vers moi, venant de deux directions opposées. Je n'eus qu'à faire un pas de côté au tout dernier moment et ils se rentrèrent dedans si violemment qu'ils faillirent s'assommer.

Assis par terre, Dev se tenait les doigts.

— Tu m'as pété la main ! Enfoiré !

Puis il leva la tête vers moi. J'étais le seul encore debout.

— T'es qui, d'abord ? demanda-t-il d'une voix rauque. Je vais te balancer aux flics pour ce que t'as fait.

À cet instant, le petit démon en moi surgit pour répondre. Je n'y résistai pas.

— Je suis ton pire cauchemar.

Sur ces mots, vif comme le vent, je sortis de l'abri à vélos. Sans savoir vraiment où j'allais. Mais convaincu que je ne serais plus jamais une victime. Jusqu'à présent, les événements m'étaient tombés dessus. Dorénavant, c'était moi qui allais les provoquer.

30

— C'est votre fils ?

Gaby ne s'en remettait pas.

— Il y a longtemps que je le cherche, poursuivit l'homme en noir à voix basse. Que j'épluche les journaux et les sites Internet au cas où on y parlerait d'un garçon sans foyer, en cavale. Lorsque j'ai vu le portrait-robot, j'ai été certain que c'était lui. Tu le reconnais, c'est le même garçon ?

Il tendit de nouveau la photographie. Il voulait qu'elle lui dise que c'était le même. Il l'implorait presque. C'était compréhensible. L'homme recherchait son fils, non ?

— Je n'en suis pas sûre, répondit-elle en essayant pour une fois d'être honnête. Il doit avoir le même âge, j'imagine, les mêmes cheveux noirs. Mais il était différent, comme si...

Elle essaya de décrire ce qui ne collait pas.

— Ben, déjà, il était couvert de sang.

Est-ce que l'homme pâlit à cette idée ? Elle en était sûre. Elle n'aurait peut-être pas dû faire mention du sang.

— Mais... ça pourrait être lui ? insista-t-il.

— Peut-être, fit-elle en haussant les épaules.

Sans savoir pourquoi, elle n'avait pas trop envie de lui dire que c'était bien le même garçon.

— Et pourquoi il a fugué ?

— Sa mère est morte. Il n'a pas réussi à y faire face. Moi non plus, d'ailleurs. J'imagine que je l'ai négligé. On s'est beaucoup disputés. J'ai fait plein de choses de travers. Je ne m'en étais pas rendu compte jusqu'au jour où... il est juste sorti, sans jamais revenir.

Il semblait sincèrement bouleversé.

— Depuis, je n'ai cessé de le chercher.

Gaby espérait de tout son cœur qu'il ne se mettrait pas à pleurer.

— Alors, tu comprends pourquoi je ne peux pas aller voir la police ? Je veux le trouver en premier. Je veux l'aider. Il a besoin de moi s'il a des problèmes. Ce n'est qu'un gamin.

Elle étudiait son visage, cherchant une ressemblance entre cet homme et son « fils ». Elle n'en trouva aucune, à part les cheveux bruns et les yeux noirs. Mais cela ne voulait rien dire : Gaby ne ressemblait pas du tout à sa mère. Chacun disait qu'elle tenait de son père. Peut-être que ce garçon tenait davantage de sa mère.

— Vous l'aideriez même s'il avait... tué quelqu'un ?

— Tu peux le comprendre, non ? Peut-être que c'était de la légitime défense. Peut-être que cet homme essayait de le tuer. Nous ne le saurons pas tant que je ne l'aurai pas retrouvé. Alors il pourra nous dire ce qui s'est passé. Il doit se sentir tellement seul, comme si personne ne s'inquiétait pour lui. Il faut que je le retrouve.

Gaby n'avait pas pensé à la légitime défense. Elle avait vu un garçon jaillir de l'ascenseur, prêt à tout pour qu'on ne le découvre pas près du cadavre. Il avait tué, point, cela avait semblé évident à la jeune fille. Pourquoi aurait-elle été chercher plus loin ?

— Je ne sais pas ce que je peux faire pour vous aider, dit-elle.

— Tu l'as déjà fait. Je pense que c'est mon fils que tu as vu cette nuit-là. Et qu'il est toujours en ville. Je dois le retrouver.

Il affichait un air déterminé.

— Il est tout seul. Il a besoin d'aide. De moi.

Il la regarda droit dans les yeux en souriant.

— Si tu entends parler de quelque chose, tu me préviendras ? Je suis descendu à cette adresse.

Il lui tendit une carte portant le nom d'un des hôtels de la ville.

— Chambre 114. La police pourrait te dire quelque chose que même les journaux ne savent pas.

Gaby prit la carte avant de se hâter vers l'entrée de l'immeuble. Elle jeta un regard en arrière pour s'assurer qu'il ne la suivait pas ; il était parti. Elle ne vit pas la moindre trace de son passage. Comme s'il avait disparu dans les airs. Elle se rendit alors compte qu'elle ne lui avait même pas demandé son nom.

Je ne pouvais plus prendre le risque de retourner au collège. Même si j'y avais trouvé nourriture, abri et chaleur. Tout ça, c'était fini. Dev et ses potes savaient que je me cachais là. Non, j'allais retourner en ville. C'était une nuit noire de février, une brume glaciale s'élevait au-dessus des maisons. Je me plantai sous un abribus pour réfléchir. Qu'est-ce que j'allais bien pouvoir faire ? Moins d'une heure plus tôt, je pensais avoir tout planifié. J'allais quitter la ville, laisser derrière moi ce colosse qui voulait me tuer – je ne pensais alors qu'à ça. Mais il s'était passé quelque chose là-bas, dans l'abri à vélos. J'en avais peut-être tout simplement marre d'être une victime. Non, c'était plus encore. Comme si j'avais entendu une voix au fond de moi, qui me pressait de lutter. Un souvenir. Je m'adossai au mur de plexiglas de l'abribus, le sourire aux lèvres.

J'étais rassuré. Un souvenir. Je finirais par retrouver la mémoire, j'en étais maintenant certain. Et le brouillard sur mon passé se dissiperait.

J'avais senti un autre changement. Quoi qu'il arrive, je survivrais. Il le fallait. Il y avait une raison pour que je lutte à tout prix, que je n'abandonne jamais. Je ne savais pas encore laquelle mais, désormais, je me fierais à ce pressentiment.

Survivre, cela ne signifiait pas fuir le danger. Je ne fuirais plus, tant que je ne serais pas prêt à partir. Tant que je n'aurais pas résolu cette énigme. Je n'étais pas responsable de la mort de cet homme, et j'allais le prouver. Je comprenais peu à peu qu'ils – quels que soient ces gens – avaient peur de ce que je savais. Ils avaient peur de moi. On avait envoyé Eddie auprès de moi pour découvrir ce que je savais, ensuite on avait essayé de se débarrasser de moi par le feu puis par l'eau. Pourtant, j'étais toujours là.

Tout me ramenait à La Chamade. La Chamade. L'ultime mot de l'homme à l'agonie. L'endroit où travaillait Eddie. Où Gaby McGurk avait vu la victime. Je devais en apprendre davantage sur cette discothèque.

Et je devais aussi me trouver un abri pour la nuit. Je me rendis compte que, ça non plus, ça ne me tracassait plus. Je trouverais un endroit. J'étais en vie, et je comptais bien le rester. Dorénavant, plus rien ne me tracasserait.

Sous l'abri à vélos, Dev, Sean et Bailey reprenaient leur souffle. Sean se tenait la tête entre les mains.

— Je crois que le cerveau est touché, gémit-il.

— Pour ça, faudrait d'abord que t'en aies un.

Dev ne ressentait aucune pitié pour lui, ni pour personne d'ailleurs. Il était trop furieux. En plus, il avait mal à la main.

— J'aurais jamais cru qu'il se battait si bien, déclara Bailey. T'as vu comme il nous a soudain foncé dessus. On aurait dit Batman.

Son ton ne trahissait pas seulement de la surprise, mais du respect mêlé de crainte. Ce qui rendit Dev plus fou de rage encore.

— T'es pas d'accord, Dev ? demanda Sean, qui essayait de convaincre son copain baraqué, en vain.

— Batman ? Et ta sœur ? Il pissait dans son froc. C'est tout. Et puis ferme-la ! J'essaye de réfléchir.

Dev tentait de penser à mille choses à la fois. Ce mec était plus petit que lui, il aurait dû le battre facilement. Il ne comprenait pas. Après s'être roulé en boule dans un coin, il leur avait sauté dessus ainsi qu'une bête sauvage. Et les avait battus, tous les trois. Tel un démon. Comme s'il était soudain devenu plus grand. Et son drôle de regard noir... comme si des flammes dansaient dans ses yeux. Dev avait déjà vu ce regard quelque part. Il en était certain. À la fin de la bagarre, quand ce gars s'était retrouvé seul debout et les avait regardés d'en haut, Dev s'était dit que ces yeux noirs lui étaient familiers. Comme s'il les avait aperçus récemment. Ce garçon dormait à la dure, quelque part dans le collège. Depuis combien de temps ? Un SDF. En cavale.

Le souvenir ressurgit en lui avec la force d'un éclair. Dev donna un coup de poing dans le mur, puis cria de douleur et serra sa main sur son torse.

Bailey fit un bond en arrière, craignant que ce coup n'ait été pour lui.

— Qu'est-ce qui t'arrive, mon pote ?

La colère de Dev avait fondu comme neige au soleil. Même la douleur lui était égale. Il souriait.

— Je sais qui est ce mec.

31

Gaby avait maintenant deux bonnes raisons de s'inquiéter. Non seulement elle avait reconnu la victime, mais le père du tueur s'était confié à elle. Devait-elle en parler à ce beau flic ? Mais si cet homme disait la vérité ? Et pourquoi mentirait-il ? Il voulait retrouver son fils avant la police. C'était logique, compréhensible. Que devait-elle faire ? Elle s'allongea sur son lit et tenta de se concentrer sur sa série télé préférée. D'habitude, elle arrivait à résoudre ses problèmes grâce aux séries. Malheureusement, elle avait beau chercher, aucune de ces intrigues ne ressemblait à ce qu'elle vivait à présent. Elle ne réussit pas à se concentrer. C'était impossible. Elle se leva d'un bond pour se placer à la fenêtre et regarder dans la rue. Quinze étages plus bas. Elle s'attendait presque à voir l'homme sous un réverbère, le visage illuminé, levé vers elle – exactement comme dans *L'Exorciste.* Oh pourquoi avait-elle autant d'imagination ? L'homme n'était pas là, bien sûr. Il était parti depuis longtemps et avait dû rejoindre son hôtel. Attendant une piste qui le mènerait à son fils.

Sa mère déboula dans sa chambre. Elle ne frappait jamais à la porte. La mère de Zoé le faisait toujours avant d'entrer dans la chambre de sa fille, mais Mme McGurk, jamais.

— Tu veux dîner ?

Elle avait déjà appelé Gaby trois fois. La jeune fille fit non de la tête.

— Peut-être plus tard. Je n'ai pas faim.

— Ne me dis pas que tu es encore au régime !

Elle s'assit sur le lit.

— Tu t'inquiètes toujours à cause de ce meurtre ? Tu sais comment est ton père... euh, Dan, corrigea-t-elle à voix basse. Il ne laissera jamais rien t'arriver. Ni à moi, d'ailleurs. Tu le sais. Tu n'as pas à avoir peur. Si quelque chose te tracasse, j'aimerais que tu lui en parles. Je suis certaine qu'il t'aidera.

Elle regagna la porte. Leur petit moment à cœur ouvert était fini – à croire que sa mère n'était capable de lui parler qu'à petites doses.

— Bon, je file à mon cours de yoga. Ça va aller maintenant ?

Sa mère radotait. *Donne une chance à Dan. Laisse-le devenir ton père.* Elle voulait toujours jouer à la famille heureuse. « Si seulement j'avais un père... » se lamenta Gaby. Peut-être qu'elle pourrait lui parler.

J'aperçus une pièce par terre sous l'abribus. Elle avait roulé dans un coin, sous un emballage de chips. Ce n'était pas grand-chose. Juste une petite pièce brillante. Pas assez pour m'acheter à manger. Ou pour me faire sortir de cette ville. Juste assez pour un coup de fil. C'est tout. J'imaginais un vieil ivrogne farfouillant dans son porte-monnaie en attendant le bus, se penchant afin de ramasser ce qui était tombé, oubliant cette petite pièce-là.

Si je pouvais téléphoner, qui appellerais-je ? Je ne connaissais personne dans cette ville. Je ne connaissais personne, point barre. La seule dont je connaissais le nom et l'adresse, c'était Gaby McGurk, qui habitait à Wellpark Court. Sur un coup de tête, je décidai de l'appeler.

Gaby McGurk. Je trouverais son numéro, et je lui téléphonerais. Pour lui dire la vérité. Lui dire que je n'étais pas un assassin. Que j'avais découvert le cadavre par hasard. Qu'une conspiration était à l'œuvre à La Chamade. Ensuite, elle pourrait le rapporter à la police, et son nom apparaîtrait de nouveau dans les journaux. Elle serait contente, comme ça. La police découvrirait la vérité, et je serais libre. « Libre de faire quoi ? » me demandai-je. Libre de tourner la page. Voilà. Je ramassai la pièce et la serrai dans ma main. Je n'avais rien à perdre. J'allais appeler Gaby McGurk.

Lewis aperçut une bande de jeunes qui couraient vers sa voiture. Enfin, pas vraiment une bande, juste trois adolescents qui dévalaient la rue comme s'ils avaient le diable aux trousses. Il sortit de voiture.

— O.K., les gars, c'est quoi le problème ?

Dev était à bout de souffle, mais il tenait à tout raconter lui-même.

— On a trouvé le tueur, m'sieur. Celui qui a poignardé un type dans l'ascenseur. On vient de le voir.

Lewis les passa en revue, notant l'œil au beurre noir de celui qui parlait et la bosse grosse comme un œuf sur le front de l'un des deux autres.

— C'est lui qui a fait ça ?

— C'est un vrai tueur, répondit Dev, comme si cela expliquait tout. On a essayé de le coincer, mais il était dangereux. Il avait un couteau.

Il venait juste d'inventer ce détail et jeta un regard vers ses copains pour qu'ils le couvrent.

Ils se mirent à parler en même temps, pleins d'enthousiasme.

— Un couteau énorme, ajouta Bailey.

— C'était peut-être même l'arme du crime, renchérit Sean.

Dev trouvait qu'ils en faisaient un peu trop, mais ne dit rien.

— On voulait l'attraper, puis appeler la police.

Lewis sentait que c'était loin d'être vrai. Il en connaissait un rayon, question racontars. Il avait eu leur âge... il n'y avait pas si longtemps.

— Et où avez-vous trouvé ce... (Il hésita un instant.) Ce tueur ?

— Dans notre collège. C'est moi qui ai découvert qu'il s'y planquait, expliqua Dev fièrement. Des choses disparaissaient un peu partout. Le passe qui ouvrait toutes les portes. Et c'est moi qu'on a accusé !

Lewis acquiesça. Dev avait la tête du suspect idéal.

— Il n'y est plus, j'imagine ?

— Non. Il s'est enfui, répondit Bailey, l'air déçu.

— On lui a fait peur, ricana Dev.

Lewis examina à nouveau les bleus et les bosses de chacun et eut comme l'impression que ce n'était pas l'autre gamin qui avait connu la plus grande frayeur. Il porta son émetteur radio à sa bouche. Une fois les renforts arrivés, il irait inspecter l'établissement.

32

J'étais de retour là où tout avait commencé. À Wellpark Court. Je restai au coin de la rue, derrière les boutiques, pour observer l'entrée de l'immeuble. La dernière fois que je m'étais trouvé là, un homme venait de se faire assassiner et l'endroit grouillait de policiers. Ils étaient sans doute toujours présents, d'ailleurs, et même plus nombreux encore bien que je ne les voie pas. Je remarquai une voiture avec deux hommes à l'intérieur, qui avaient l'air d'attendre quelqu'un. Des flics en civil. J'aurais été prêt à le parier si j'avais eu de l'argent. Un fourgon était toujours garé le long du trottoir. Pourquoi étais-je revenu ? Parce que Gaby McGurk vivait là. La fille qui m'avait accusé du crime.

J'avais trouvé son numéro dans un vieil annuaire en lambeaux qui puait tant qu'on avait dû pisser dessus. Le cœur battant, j'attendais qu'elle décroche. Soudain, trou noir dans ma tête. Qu'est-ce que j'allais lui dire ?

Gaby était seule chez elle lorsque le téléphone sonna. Sa mère était à son cours de yoga et Dan au pub. Elle décrocha, pensant que c'était Zoé. Gaby lui avait laissé un message un peu plus tôt, lui demandant de la rappeler dès que possible. Elle mourait d'impatience de lui parler de l'« Homme en Noir ».

— Zoé ? fit-elle aussitôt, prête à se lancer sans son histoire.

— C'est bien Gaby McGurk ?

Elle ne reconnut pas la voix – celle d'un adolescent. Sans doute un mec du collège. Qui s'intéressait peut-être à elle… Après tout, c'était bientôt la Saint-Valentin. Si ça se trouve, il allait lui demander de sortir avec lui.

— Oui, c'est moi, répondit-elle.

Le garçon au bout du fil poussa un long soupir.

— Je ne suis pas un tueur.

Incapable de répondre, elle attendit qu'il poursuive, en vain. Puis il finit par répéter :

— Je ne suis pas un tueur.

C'était lui. Le combiné se mit à trembler dans sa main. C'était lui. Il avait trouvé son numéro.

— Tu es toujours là ?

Il n'attendit pas qu'elle réponde.

— Écoute-moi ! Ce n'est pas moi qui l'ai tué et je n'ai pas le visage du démon. Où t'as été chercher ça ?

Enfin, elle retrouva la parole.

— Si, c'est toi ! s'exclama-t-elle.

Il était loin, à l'autre bout de la ligne téléphonique. Il ne pouvait pas lui faire de mal.

— T'étais dans l'ascenseur avec lui. Couvert de sang.

— Je l'ai trouvé dans l'ascenseur. Les portes se sont refermées et j'étais coincé avec lui à l'intérieur.

Est-ce qu'elle le croyait ? Et si c'était elle qui avait découvert le cadavre, aurait-elle été, elle aussi, le suspect numéro un ?

— Va le dire à la police, alors.

— Tu rigoles ? Les flics ne me croiraient jamais. Personne ne me croirait. Surtout après ton témoignage.

Elle essayait d'identifier son accent. Il n'était pas du coin, mais d'où alors ? Il roulait les « r » comme un Écossais, mais elle sentait autre chose, une intonation qu'elle ne situait pas. Il parlait toujours.

— Tout le monde est à ma recherche.

— Comment ça, « tout le monde » ?

— La police, et quelqu'un d'autre. Un homme essaye de me tuer. Je ne comprends pas ce qui se passe. Mais ce n'est pas un meurtre ordinaire. Il y a une espèce de conspiration...

— N'importe quoi !

Qui croyait-il berner ? Une conspiration ! Elle se demanda un instant si elle devait mentionner l'Homme en Noir. Elle aurait préféré ne pas lui parler du tout, mais elle ne put s'en empêcher.

— Je connais quelqu'un d'autre qui te cherche.

Le silence s'éternisa ; elle crut qu'il avait lâché le téléphone, ou qu'ils avaient été coupés, tant il tarda à lui répondre.

— Qui ça ?

Un instant dramatique. Gaby avait regardé trop de séries télé pour s'empêcher de faire durer le suspense.

— Ton père, lâcha-t-elle enfin.

En entendant sa réponse, je raccrochai violemment. Mes jambes se dérobèrent sous moi. *Mon père ?*

Quelque chose, comme un souvenir, miroita dans mon esprit. Puis disparut aussi vite qu'il était venu, sans me laisser le temps de le saisir, de le garder en moi. Mon père me cherchait. Il était là, dans cette ville. Enfin quelqu'un qui allait m'aider. Qui pourrait répondre à toutes mes questions. Mais où était-il ? À quoi ressemblait-il ?

Mon *père* ! Cette simple évocation me réconfortait. Comme si on avait jeté une couverture chaude sur mes épaules. Je reportai le combiné à mon oreille, espérant contre toute vraisemblance que Gaby était toujours à l'autre bout du fil. J'aurais dû l'interroger aussitôt, mais ces paroles m'avaient causé un trop grand choc.

Elle avait raccroché. Furieux, j'enfonçai les touches. Je voulais qu'elle revienne, qu'elle m'en dise plus. Comment le savait-elle ? Est-ce qu'elle avait pu le voir, lui parler ?

Mais j'avais coupé la communication. J'ouvris les portes de la cabine, la tête levée vers l'étage de Gaby comme pour l'obliger à venir à sa fenêtre par la seule force de ma volonté, pour qu'elle me voie là ici même, en bas. Je n'avais plus d'argent. Fini les coups de fil.

Pourtant je n'allais pas m'en tenir là. Il fallait que je parle à Gaby, face à face.

Il était évident que quelqu'un était venu dormir dans l'établissement. Les trois collégiens n'avaient pas menti. En tout cas, pas sur cette question. Avec l'aide de quelques collègues, Lewis avait inspecté les couloirs et découvert le panneau descellé du faux plafond dans les toilettes des garçons et, là-haut, ils avaient trouvé une couverture, des biscuits et une bouteille d'eau. C'étaient les preuves que quelqu'un s'était caché là, le jour du moins. Il y avait également un livre, emprunté à la bibliothèque du collège. Était-ce le repaire du tueur ? Lewis avait du mal à le croire. Il pouvait juste s'imaginer un garçon effrayé qui s'était caché là, s'efforçant de ne pas faire de bruit. Non un adolescent avec « le visage du démon ». Il ramassa le livre resté ouvert. Un gamin qui lisait *Le Faucon maltais* pouvait-il être un tueur ? Lui aussi avait adoré ce roman dans sa jeunesse.

Lewis redescendit. L'officier responsable de l'enquête l'attendait dans le couloir.

— Quelqu'un se cachait là, monsieur, annonça Lewis. Mais ce n'était qu'un gamin.

Le visage de son supérieur était grave.

— Agent Ferguson, répondit-il. Il n'y a pas de « ce n'était qu'un gamin » qui tienne. Si c'est lui qui a mis une raclée à ces trois jeunes délinquants, il est loin d'être inoffensif. Ne le sous-estimez pas.

Mais le garçon était peut-être poussé par l'énergie du désespoir, se dit Lewis. Était-ce une autre information qui disparaîtrait comme par magie et dont on ne parlerait plus jamais ? Comme perdue dans le triangle des Bermudes ? S'il n'avait pas été du genre confiant, Lewis aurait pensé qu'il y avait de la conspiration dans l'air.

Gaby fixait le téléphone, attendant qu'il sonne de nouveau. En vain. Elle se demanda pourquoi. Il avait raccroché dès qu'elle avait mentionné son père. Sûrement qu'il ne voulait pas l'affronter. Quel petit égoïste... Elle revit l'Homme en Noir, qui pleurait presque en parlant de son fils perdu. Elle traversa la pièce jusqu'à la fenêtre et regarda dans la rue en contrebas. Les trottoirs étaient bondés ; des femmes se rendaient à leur partie de bingo, des couples sortaient en amoureux. Un blondinet observait d'autres jeunes jouer au foot, malgré les panneaux qui indiquaient clairement : « *FOOTBALL INTERDIT* ». Pourquoi les mecs ne lisaient-ils jamais les pancartes ? Ils pensaient peut-être que la police ne les embêterait pas pour si peu, vu qu'elle devait déjà enquêter sur le meurtre. Mais cela ne marchait pas comme ça, selon sa mère. Les flics arrivaient à repérer un ticket de parcmètre périmé à cent mètres, mais les tueurs en série pouvaient dormir tranquilles.

Son regard se reporta sur le fourgon de la police. Il stationnait là justement au cas où un tel événement se produirait : « Que le meurtrier téléphone au seul témoin. »

Le garçon avait clamé son innocence. Pourquoi s'était-il senti obligé de le lui dire ? Lui, innocent ? Non, elle ne pouvait le croire. Il avait avoué, non ? Et elle l'avait vu de ses propres yeux, avec ses vêtements trempés de sang. Il s'était jeté sur elle, non ?

Et s'il venait de lui dire la vérité ? Devait-elle parler de cet appel à la police ? Non. Big Dan lui avait dit d'éviter les flics, tout comme sa mère. Dans le quartier, personne ne s'approchait du fourgon. Personne ne voulait se faire traiter de mouchard.

Elle se redressa d'un air résolu. Elle ne dirait rien à la police, mais elle allait appeler le père du garçon. Elle sortit de sa poche la carte qu'il lui avait donnée. Oui, c'était la chose à faire. Maintenant, elle connaissait un autre secret.

Ç'aurait été de la folie de rester là, avec tous les agents dans le quartier et le fourgon, pourtant, je n'arrivais pas à bouger.

Il fallait que je reparle à Gaby McGurk, mais comment ? Je ne pouvais pas aller sonner chez elle, ni prendre le risque de retourner au collège, je ne pouvais pas non plus attendre le lendemain. Mais je devais la voir. Je ne pouvais pas me contenter de ses paroles. Il fallait que j'en apprenne davantage.

Mon père.

Il était là, quelque part en ville, et il me cherchait. Cette idée me donna le tournis. Je n'étais peut-être plus si seul.

Gaby étudiait toujours la carte qu'elle tenait entre ses doigts lorsque le téléphone sonna de nouveau. Elle sursauta et laissa échapper le bout de carton. Elle fixa l'appareil, presque trop effrayée pour décrocher. Et si c'était encore LUI ? Le garçon ? Ça simplifierait les choses. Elle lui dirait comment contacter cet homme, là... son père. Elle décrocha d'un geste vif juste avant que le répondeur ne se déclenche et retint son souffle.

— Gaby, c'est toi ?

C'était Zoé.

Déçue, soulagée et excitée. Voilà comment elle se sentait. C'était Zoé !

— Zoé ! Tu devineras jamais ce qui m'est arrivé. Devine qui m'a appelée ?

Elle ne pouvait le garder pour elle. Elle lui parla à toute vitesse, du suspect qui lui avait téléphoné, de l'homme qui prétendait être son père à lui. Elle était à bout de souffle à la fin de son histoire.

— Il faut que tu le dises à la police.

Zoé n'avait que cette phrase à la bouche. Pourquoi ne voulait-elle pas comprendre que c'était plus compliqué ?

— Ma mère me tuerait, répondit-elle.

— Moi, je ne suis pas certaine que tu doives appeler

cet homme. Tu ferais confiance à un type qui vient t'accoster pour te dire qu'il est le père d'un tueur ?

— Mais tu aurais dû le voir, Zoé... Il était bouleversé.

— Cette histoire ne me plaît pas trop.

— Tu veux bien passer me voir, Zoé ? J'ai besoin de t'en parler avant de me décider.

Son amie accepta aussitôt.

— Je prendrai le bus de 19 h 30 et je te retrouverai à l'arrêt.

Gaby était contente de pouvoir parler à quelqu'un. De pouvoir partager son secret.

— Super, Zoé. Merci.

Lorsqu'elle raccrocha, elle se sentait déjà beaucoup mieux. Elle en discuterait avec Zoé. Elles pourraient peut-être aller voir l'Homme en Noir toutes les deux pour lui parler de son fils. Et peut-être même tout raconter au bel agent Ferguson.

33

Je faillis ne pas la voir. Elle sortit de l'immeuble en courant, les yeux papillonnant de tous côtés comme si elle s'attendait à ce qu'on la suive. « On » c'est-à-dire moi, sans doute. Je me cachai dans l'entrée d'un bâtiment. Il y faisait sombre, et je m'y fondis telle une ombre. Son regard glissa sur moi sans me voir. Elle s'engagea dans la rue à grands pas. Où allait-elle donc, avec cet air si méfiant ? À la police, pour leur dire que je l'avais appelée ? Mais elle fit une embardée en passant devant le fourgon, comme si elle craignait que le bras armé de la justice ne l'attrape au passage pour l'attirer à l'intérieur.

Allait-elle voir mon « père » ? Si je la suivais, elle me guiderait peut-être jusqu'à lui. Un coup d'œil vers son visage, et mes souvenirs rejailliraient sûrement. Mon père réglerait toute cette histoire, avec la police. Il me ramènerait à la maison, en lieu sûr.

Si c'était le cas, pourquoi n'avait-il pas contacté la police en premier ? Pourquoi parler d'abord à Gaby ?

C'était peut-être un piège. Gaby avait sans doute appelé les flics juste après mon coup de fil. Ils savaient que je la suivrais, et elle allait m'attirer droit dans la gueule du loup.

J'étais tellement plongé dans mes pensées que je faillis lui rentrer dedans lorsqu'elle s'arrêta devant un magasin de chaussures. Je mis un genou à terre, comme pour refaire mon lacet. Mais elle ne risquait pas de m'apercevoir. Son esprit était ailleurs. Elle était trop occupée à saliver devant les rangées de chaussures colorées de la vitrine. Si une brique lui était tombée sur la tête à cet instant, elle ne l'aurait même pas remarqué. En plus, j'avais l'impression qu'elle se parlait à elle-même...

Et j'avais raison. Elle marmonnait un truc du genre : « Il me les faut absolument. » C'était bien ma veine : la seule personne dont j'attendais de l'aide était à moitié débile. Elle finit par s'arracher à sa contemplation et, tout en jetant un œil à sa montre, elle poursuivit sa route à grandes enjambées.

Elle allait retrouver quelqu'un, en déduisis-je. Comme elle accéléra soudain, je compris qu'elle avait peur d'être en retard.

Avait-elle rendez-vous avec mon père ? L'avait-elle appelé après mon coup de fil ? J'étais tout aussi impatient qu'effrayé à l'idée de le voir... de lui parler.

Elle s'arrêta de nouveau. La route bifurquait. La voie principale tournait vers le centre-ville, l'autre n'était qu'une petite allée sombre qui desservait l'arrière de quelques boutiques et d'un pub. Elle semblait hésiter entre les deux. Elle s'engagea enfin dans l'allée.

Je lui laissai quelques secondes d'avance, avant de la suivre discrètement.

Elle allait arriver en retard à son rendez-vous avec Zoé. Comme d'habitude. Zoé s'y attendait. Mais ce soir-là, elle ne voulait pas perdre de temps en route. C'était la seule raison qui l'avait poussée à prendre ce raccourci. En temps normal, jamais elle ne serait passée par là. La ruelle était trop sombre, pas assez fréquentée, et les vitrines illuminées des boutiques s'y faisaient rares. Elle jeta de nouveau un coup d'œil en arrière, certaine qu'on la suivait. Elle avait cette impression depuis qu'elle avait quitté son immeuble. Elle se sentirait mieux dès qu'elle aurait tout raconté à Zoé.

Si elle arrivait jusqu'à elle.

Son imagination la poussait à revivre des scènes de films vus récemment. La belle héroïne qui se hâte dans une allée sombre, détenant des informations capitales sur le tueur. L'assassin est à ses trousses. Un couteau surgit. Du sang gicle. Celui de la belle héroïne. Et l'on retrouve son corps étalé avec grâce dans l'herbe. Ses yeux sont écarquillés, ses cheveux encadrent son visage... elle est toujours aussi belle, mais elle est morte.

Elle l'avait vu tellement de fois dans des films qu'elle était toujours la première à crier : « Non ! Ne va pas par là, pauvre idiote ! »

Et maintenant, c'était elle qui choisissait l'allée sombre ! Quelqu'un la suivait-il ? Elle retint son souffle, certaine d'avoir vu un mouvement du coin de l'œil. Elle se tourna une seule fois. Rien. Personne. Lorsqu'une voiture la dépassa pour rejoindre l'avenue, elle se sentit plus en sécurité. Elle n'était pas si loin de la civilisation, finalement. Elle entendait les bus sur l'artère principale. De la musique qui sortait d'un pub tout proche. « T'as trop d'imagination, ma vieille », se dit-elle, avant de se retourner. De voir un visage. Et de crier.

Son cri mourut lorsqu'une main se referma sur sa bouche. Tout ce qu'elle voyait, c'était une touffe de cheveux blonds en bataille. Un gamin qui n'avait pas l'air plus vieux qu'elle. Du coup, elle eut moins peur. Un gamin ! Comment osait-il ? Elle mordit de toutes ses forces dans la main qui la bâillonnait et, cette fois-ci, c'est lui qui cria. Lorsqu'il la lâcha, elle en profita pour partir en courant. Mais il était plus rapide qu'elle et il eut le temps de l'attraper par l'épaule.

— Je veux simplement te parler.

Elle n'écoutait pas. Se remit à crier en entendant cette voix. Cette voix qu'elle reconnut. Qu'elle venait d'entendre au téléphone. La voix du tueur. Cette fois-ci, il lui plaqua son bras sur les lèvres.

— La ferme ! Tais-toi et écoute-moi.

Elle essaya de se débattre, de lui donner des coups de pied dans les tibias. Il l'entraînait vers l'entrée sombre d'un immeuble. Un psychopathe armé d'un couteau la traînait dans les ombres ! Horreur ! Elle parvint à se tourner et lui flanqua un coup de boule digne de Big Mo. Il recula d'un pas avec un cri de douleur. Elle en profita pour le repousser de toutes ses forces, l'envoyant percuter le mur, où il glissa au sol, les mains contre son visage.

Gaby n'avait guère moins mal au crâne que lui, mais cela ne l'empêcherait pas de courir. Il lui saisit la cheville.

— Pitié.

Ce mot prit Gaby par surprise.

— Je t'en supplie, l'implora-t-il de nouveau. Tu dois m'en dire plus sur mon père.

La petite voix de la raison lui soufflait de déguerpir. Mais elle ne l'écoutait jamais. Le regard du garçon l'émut ; elle n'y vit rien de mauvais, cette fois-ci. Juste du chagrin. S'il s'était décoloré les cheveux en blond, son regard était le même. Elle voulut courir, mais ces yeux noirs la retinrent.

— Je t'en supplie... Je n'ai tué personne. Je le jure.

34

Cette fille, Gaby, me toisait de toute sa hauteur. Jamais je n'aurais cru qu'elle se battrait comme ça. Je voyais toujours double à cause de son coup de tête. Si elle avait été un garçon, je lui aurais rendu la pareille. Mais quand même, je ne pouvais pas donner un coup de boule à une fille, si ? De nouveau, je me dis que je devais être un mec bien, puisque j'étais incapable de frapper une fille. Pourtant, si elle s'enfuyait sans m'écouter, je n'arriverais jamais à la rattraper. Elle irait trouver la police, à coup sûr.

— Je t'en supplie, répétai-je.

Cette fois-ci, elle me répondit de sa voix d'insolente.

— Et pourquoi je t'écouterais ?

Je voulais trouver les bons mots pour la convaincre, mais que lui dire ?

— Mon père. Tu m'as affirmé que tu lui avais parlé.

Elle recula d'un pas comme si elle craignait que j'essaye de l'attraper de nouveau.

— Il a dit qu'il s'inquiétait beaucoup pour toi. Il veut te retrouver avant la police, pour que vous alliez ensemble au commissariat régler toute cette histoire.

— Tu l'as cru ? À quoi il ressemble ?

Ma question l'intrigua.

— Tu ne sais pas à quoi ressemble ton propre père ? me demanda-t-elle, l'air incrédule.

Je décidai d'être franc.

— Je ne me rappelle rien. Je ne sais même pas qui je suis. Ni d'où je viens.

Je ne l'avais jamais dit à personne et maintenant que j'avais une occasion de me confier, d'un coup je déballai tout. Tout, depuis la découverte du cadavre dans l'ascenseur jusqu'à mon plongeon dans le lac en passant par l'incendie du local. Puis mes journées passées au collège, planqué, et la bagarre avec Dev et ses potes. Qui datait de quelques heures, pas plus. Ça me semblait une éternité.

— C'était Sammy Devlin, m'apprit-elle. Tout le monde l'appelle Dev. Si tu veux mon avis, y a pas plus méchant que lui.

Elle m'écoutait maintenant avec attention, accroupie près de moi.

— Et tu leur as fichu la frousse, à lui et ses potes, avec un déguisement de Scream ? Le sien, en plus ? C'est trop fort !

Je ne voyais pas de quoi elle parlait.

— C'est quoi, un déguisement *d'euscrime* ?

— Toi, t'as vraiment tout oublié, on dirait.

— Tu sais où se trouve mon père ?

« Mon père. » Ces mots me semblaient étranges.

Gaby acquiesça, avant de me montrer la carte de l'hôtel. Je me levai d'un bond.

— On y va. Il faut que je le voie.

Gaby se leva à son tour et prit ses distances.

— Je ne vais pas te tuer, je t'assure, lui assurai-je. Je ne suis pas un tueur. Tu ne me crois pas ?

Elle n'en était pas complètement persuadée. Je le voyais à son expression. Mais au moins, elle n'avait plus peur de moi.

— Bon, d'accord. Je vais te montrer où c'est.

Tandis qu'on quittait l'allée, elle se tourna vers moi.

— Mais au moindre geste, mon pote, t'es mort.

Gaby marchait devant lui. Elle n'arrêtait pas de se retourner pour vérifier qu'il ne l'attaquait pas avec un couteau.

— Tu sais, t'as l'air vachement moins suspect quand tu marches près de moi.

Gaby était comme incapable de se taire. Les nerfs, sans doute. D'habitude, elle était très timide avec les garçons. Elle poursuivit :

— Les gens pensent sans doute que t'es mon mec.

Il fit semblant de vomir sur le trottoir.

— Je crois que je préférerais encore me faire prendre par la police.

« Quel culot ! » se dit-elle.

— Ça peut s'arranger. Je n'ai qu'à crier un bon coup.

En fait, après le court moment qu'ils avaient passé ensemble, Gaby n'avait plus du tout peur de Ram. (« Quel nom débile », pensa-t-elle.) Ce n'était qu'un collégien. Elle en avait conclu que, même s'il avait poignardé cet homme dans l'ascenseur – et elle n'avait guère de raison de croire le contraire –, ce devait être en légitime défense, ou bien par accident. De plus, elle aimait l'aura de mystère qui l'entourait : il était amnésique ! Elle se serait crue dans un épisode de sa série préférée.

Elle l'entraîna vers un hôtel quelconque près du fleuve. Là, au bord de l'eau, loin des horribles tours des cités, l'endroit était presque beau. La vue était parfaite : le fleuve noir à la surface lisse comme un miroir serpentait entre des collines pourpres couronnées de neige. L'atmosphère était si paisible, pensa-t-elle, qu'on avait du mal à croire aux drames qui se déroulaient non loin.

Une fois sur le parking, il la tira par le bras.

— Tu le fais descendre là, devant l'entrée. Je veux juste le voir. Dès que je l'aurai vu, je vous rejoindrai. Mais tu dois me le promettre : tu ne lui diras pas que je suis là. Promets-le-moi !

Elle se libéra d'un geste brusque. Le voilà qui se mettait à lui donner des ordres !

— Je sais ce que j'ai à faire, rétorqua-t-elle.

— Et ne va pas dans sa chambre.

Cette idée semblait vraiment l'inquiéter.

— Tu me prends pour une idiote ? Je suis assez grande pour être prudente. Évidemment que je n'irai pas dans sa chambre ! À la réception, je demanderai à l'appeler. Et je lui dirai de me retrouver dehors, sous le lampadaire pour que tu le voies bien. D'accord ? Je vais lui raconter que tu m'as téléphoné. Ça te va ?

Il semblait nerveux. Elle se dit que revoir cet homme – son père – serait peut-être le déclencheur qui ferait remonter ses souvenirs. Son passé rejaillirait dès qu'il verrait son visage. Et tout ça, grâce à elle. Cette simple idée la fit rougir de plaisir. Gaby pointa du doigt les buissons au pied du mur d'enceinte du parking.

— Cache-toi là.

Il se tapit près d'un énorme rhododendron. Franchement, il ne croyait quand même pas passer inaperçu là-dedans ? se demanda-t-elle. Comment il avait jusque-là réussi à rester en liberté sans son aide, elle ne le saurait jamais. Elle soupira.

— Essaye de ne pas avoir l'air si suspect, d'ac' ?

Je la regardai marcher jusqu'à l'hôtel. Elle trébucha sur un pavé et faillit tomber. Elle dut m'entendre ricaner (impossible de m'en empêcher) parce qu'elle se tourna pour me foudroyer du regard. Et ce regard me coupa l'envie de rire.

Pourquoi lui faisais-je donc confiance ? Se retrouver au cœur d'une affaire de meurtre, avoir sa photo en première page des journaux, tout cela la flattait. Peut-être qu'une fois entrée là-dedans, elle en ressortirait avec un bataillon de policiers. Et je serais coincé. J'avais sa parole, c'est tout, pour croire qu'elle avait parlé à cet homme qui prétendait être mon père. Ce n'était peut-être qu'un mensonge. Un mensonge pour me prendre au piège.

Alors pourquoi ne partais-je pas en courant ?

Parce que je ne courrais plus. Fini la cavale. Je devais voir le visage de cet homme. Le visage de mon père. Je devais savoir à quoi m'en tenir.

35

— Il s'est décoloré les cheveux, leur annonça le Boss après avoir raccroché. Et pendant tout ce temps, il dormait en douce dans le collège.

— On est sûr que c'est le même gamin ?

Le Loup faisait tout pour contenir sa colère. Il ne voulait pas que ce soit le même gamin. Il voulait que ce môme soit mort. Une fois pour toutes.

— Oui, c'est bien le même.

Le Boss marqua une pause pour laisser le Loup digérer l'information.

— S'il est encore là, c'est qu'il doit savoir quelque chose. Maintenant qu'il a vu Eddie, il a dû faire le rapprochement entre ce qu'il sait et La Chamade.

— Vous devriez peut-être faire une croix sur le plan, suggéra Eddie.

Lorsque le Boss se tourna vers lui, le jeune homme eut soudain l'air penaud.

— Faire une croix sur le plan ? Jamais de la vie. C'est pas un morveux qui va imposer sa loi. Non. On continue.

Eddie changea de sujet.

— Alors, laissez-moi me le faire. Je peux m'en charger. Je sais que j'en suis capable.

Le Boss l'ignora. Il lança vers le Loup un regard assassin.

— À toi de t'en charger. Et ce coup-ci, pas d'erreur.

Le Loup acquiesça.

— Retrouve-le. Et une fois que tu l'auras tué, assure-toi qu'il est bien mort.

Le Boss quitta la pièce. Le Loup se leva pour le suivre. C'était sa dernière chance. Il fallait qu'il élimine ce gamin. Pas seulement pour le Boss. Pour lui-même. Ce gosse commençait à l'obséder. Personne ne lui avait jamais échappé. Il ne pouvait pas laisser ce mioche s'en sortir. Il avait une réputation à soigner.

Il jeta un coup d'œil à Eddie, à son visage grisâtre, son corps frêle. Et pourtant, son regard était celui d'un prédateur. Il savait à quel point Eddie voulait le remplacer. Voulait être lui. Mais Eddie n'avait pas assez de tripes pour ça.

— Tu devras encore attendre, Eddie, lança-t-il avant de partir.

Il n'avait qu'une chose en tête : sa mission.

J'eus l'impression d'attendre une éternité avant que Gaby ressorte de l'hôtel. Elle était seule. Elle ne regarda même pas dans ma direction, alors qu'elle savait que j'étais là, tapi dans les buissons du parking. Elle contemplait ses ongles, mordillant de temps en temps les petites peaux de son auriculaire avant de les recracher par terre. Elle n'aurait pas pu avoir l'air plus naturelle. Soudain, alors que je commençais à croire que rien n'allait se produire, les portes de l'hôtel coulissèrent et un homme en sortit. Il la rejoignit à grands pas. Il portait un costume noir ; le premier bouton de sa chemise bleue était défait. Il était brun, comme moi. La distance m'empêchait de bien discerner son visage. Est-ce que je lui ressemblais ? Est-ce que j'avais la même démarche ? Il s'approcha de Gaby et me tourna le dos. Je ne verrais jamais son visage s'il restait dans cette position. Gaby dut se dire la même chose. Elle se mit à lui tourner autour, l'air de rien, pour l'obliger à pivoter.

Je pus enfin voir son visage.

Son visage.

Des images de mon passée surgirent en moi avec la violence d'un cyclone. Je connaissais ce visage. Ses traits sombres, l'inclinaison de sa tête. Je le revis en train de crier, puis de sourire. Il était furieux, me mettait en garde contre quelque chose. Puis il riait. Et je riais avec lui. Nous riions tous. Mais qui ça, « nous » ? L'image était si nette, je tombai à la renverse dans les buissons, comme sous le coup d'une claque. Ce visage m'effrayait... mais je ne me rappelais pas pourquoi. Le visage de mon père n'aurait pas dû me faire peur, hein ? En reculant encore un peu, je faillis buter contre des pierres. J'avais prévu de rejoindre cet homme pendant qu'il parlait avec Gaby, mais je me retrouvai incapable de m'approcher, de lui faire face. C'était trop risqué. J'avais trop peur de ce que le passé pouvait bien cacher. Je devais en savoir davantage.

36

De la fenêtre de sa chambre d'hôtel, il regarda la fille traverser la route et disparaître dans les ténèbres. Elle avait fouillé les buissons comme si elle y avait perdu quelque chose, puis avait scruté le parking, comme si elle cherchait... quelqu'un ? Attendait-elle quelqu'un ? Mais personne n'était venu. Une amie ? Ou le garçon lui-même ? Était-il de nouveau entré en contact avec elle ? Et était-il vraiment celui qu'il recherchait ? Trop beau pour être vrai. Pourtant, il devait tenter le coup. La fille était la clé. Le garçon l'avait appelée une fois, il recommencerait peut-être.

Et il était amnésique. Cela expliquait bien des choses. Si c'était vrai. Il était tout près du but. Il le savait. Cette fois-ci, il découvrirait la vérité.

Folle de rage, Gaby retourna chez elle. Elle avait fait tout cela... et Ram s'était défilé. Elle s'attendait à ce qu'il jaillisse des buissons pour se jeter dans les bras de son père. De merveilleuses retrouvailles. Alors, elle aurait été une vraie héroïne, elle, grâce à qui le père et le fils s'étaient retrouvés. Au lieu de ça, qu'est-ce qui s'était passé ? Rien. Nada. Elle avait fait parler l'homme aussi longtemps que possible et l'avait retenu en lui racontant tout et n'importe quoi. L'homme lui-même avait semblé embarrassé. Pire, il lui avait proposé une récompense. Ce qui avait blessé la jeune fille.

— Non, je ne veux pas de récompense !

— Excuse-moi, je pensais que c'est ce que tu attendais.

— Je suis juste désolée de ne pas pouvoir vous aider davantage.

À cet instant, elle avait bien failli lui dire que son fils se cachait dans les buissons. *Attrapez-le !*

Mais l'Homme en Noir lui avait tapoté l'épaule.

— Merci de m'avoir prévenu. Au moins, je sais qu'il est toujours ici... et il sait que son père est là aussi, à l'attendre.

Pourtant elle en voulait à Ram de l'avoir laissé tomber comme ça.

— Il ne sait rien du tout. Il dit qu'il ne se souvient pas de son passé. Ni de vous.

Cette information sembla le stupéfier.

— Il ne se rappelle rien ? Mais comment est-ce arrivé ?

Elle ne sut quoi lui répondre.

— S-s'il rappelle, je lui dirai où vous êtes, bégaya-t-elle.

— Il ne se rappelle rien... avait-il répété, pensif.

Il avait l'air vraiment désespéré en regagnant l'hôtel.

Tête basse, épaules tombantes. Il disait forcément la vérité. C'était bien son père. Il était bouleversé. Elle allait donner une bonne leçon à Ram. Elle détestait les gamins qui faisaient de la peine à leurs parents.

Mais il n'était plus là ! Elle avait même passé les buissons au peigne fin pour le retrouver, quitte à s'égratigner et à salir ses chaussures. Il n'était plus là. Elle s'était alors dirigée vers sa tour d'un pas traînant, de plus en plus furieuse. Pour ne rien arranger, il s'était mis à pleuvoir. Le temps qu'elle arrive chez elle, ses cheveux frisaient dans tous les sens. Et tout ça à cause de lui ! Elle le haïssait.

J'attendis dans l'allée menant à Wellpark Court, tapi bien loin du fourgon. En voyant Gaby presser le pas, je m'enfonçai dans l'entrée d'un immeuble. Je ne voulais pas qu'elle me voie. Lorsqu'elle passa devant moi, je l'attrapai et l'attirai près de moi à l'abri des regards. Évidemment, elle se mit aussitôt à crier. Qu'est-ce qu'elle avait, à crier tout le temps ? De nouveau, je dus plaquer mon bras sur sa bouche. En m'assurant que ses dents ne me menacent pas.

— Chh, ce n'est que moi, soufflai-je.

Elle tira sur mon bras pour se dégager.

— Où t'étais passé ? Ton père était quasiment en pleurs. Et regarde mes cheveux ! Je te déteste !

Elle siffla ces mots avec fureur.

Je reculai d'un pas pour la libérer.

— Je ne pouvais pas aller lui parler. Je ne me suis pas souvenu de lui. Mais je me suis rappelé quelque chose. Il me faisait peur. Son visage me faisait peur. Pourquoi est-ce que j'aurais eu peur de mon père ?

— Il m'a dit que ta mère était morte. Que tu n'as pas pu le supporter. Que toi et lui, vous vous disputiez tout le temps. C'est peut-être pour ça qu'il te faisait peur. Il m'a dit qu'il le regrettait, d'ailleurs.

Et maintenant, j'avais une mère ? Une mère décédée ?

— Ou alors, il n'est pas mon père. Si ça se trouve, c'est...

Mais je ne savais pas qui d'autre il aurait pu être. Ni quelles raisons il aurait eues de prétendre être mon père.

— Pourquoi serait-il venu te chercher, dans ce cas ? Et pourquoi mentir ?

Je ne connaissais pas la réponse à ces questions.

— Peut-être que j'ai hérité d'une fortune, et qu'il veut la récupérer. Il veut peut-être me kidnapper.

— Tu parles des trafiquants d'enfants ? Je n'y crois pas une seconde. Tu sais, il m'a dit que c'était normal qu'il me retrouve dehors. Et que je n'aurais pas dû venir à l'hôtel toute seule. Il m'a demandé si mes parents savaient où j'étais. Je ne crois pas que les trafiquants d'enfants s'inquiètent autant.

— Je dois prendre le temps de réfléchir à tout ça.

— Le problème, c'est que du temps, t'en as pas ! Les flics te cherchent partout.

La sirène de police qui retentit soudain dans le lointain vint renforcer sa réponse. Gaby se tourna vers moi.

— Alors, où tu vas dormir ce soir ?

— Je vais bien trouver un plan, répondis-je d'un air de défi.

Ne m'étais-je pas débrouillé comme un chef jusque-là ?

Gaby sembla réfléchir à quelque chose, comme si elle pesait le pour et le contre. Au bout d'un moment, elle sortit une clé de sa poche en me disant :

— Je crois que je connais un endroit.

37

— On peut savoir où tu étais passée, jeune fille ?

La mère de Gaby déboula dans le couloir dès que sa fille franchit la porte d'entrée. Comme toujours, Gaby avait une réponse toute trouvée.

— Chez Zoé. Tu peux lui téléphoner, si tu ne me crois pas.

Furieuse, sa mère pinça les lèvres. « Si elle se voyait dans le miroir... », songea Gaby. Avec cette grimace, on lui donnait dix ans de plus. Bien sûr, Gaby ne le lui dirait jamais en face.

— Oh, je n'ai pas besoin de lui téléphoner. Je peux lui demander directement. Ça fait une demi-heure qu'elle t'attend dans le salon.

Sur ces mots, elle ouvrit d'un grand geste la porte du séjour, où Zoé était assise sur le canapé, ses yeux lançant des éclairs.

« Zoé ! Oh non ! » Gaby avait complètement oublié qu'elle devait la retrouver. La colère qui se lisait sur le visage de Zoé fit place à une expression peinée.

— Je n'y crois pas, Gaby ! J'ai pris le bus et j'ai

attendu des plombes. Je pensais qu'il t'était arrivé malheur. Tu ne répondais même pas quand je t'appelais sur ton portable. Je me suis dit : « Gaby ne me poserait jamais un lapin. C'est elle qui voulait me voir. Qui m'a fait venir exprès. » Eh bien, merci beaucoup, Gaby !

Elle se leva d'un bond, prête à partir. Gaby n'eut pas le temps d'en placer une. Et sa mère en remit une couche.

— Tu avais rendez-vous avec un garçon, hein ? C'est ce que j'ai dit à Zoé. Tu te sers toujours d'elle pour aller retrouver des garçons. D'ailleurs, c'est sans doute ce que tu faisais, l'autre nuit, pas vrai ? T'avais un rendez-vous ! Tu ne penses qu'aux garçons, toi !

— En tout cas, elle n'était pas chez moi ce soir-là, madame McGurk. Et je peux vous dire précisément où elle était.

Alors ça, c'était un crime de haute trahison !

— Zoé ! hurla Gaby.

— Laisse la petite tranquille. Il n'est que neuf heures, elle est à peine en retard.

C'était Big Dan, qui sortait de la cuisine. En train de manger, comme toujours. Il s'essuya la bouche avec une serviette en papier comme s'il venait juste de finir son repas.

— Laisse-la tranquille, répéta-t-il d'un ton las.

Il semblait contrarié. Gaby ignorait si c'était à cause d'elle ou de sa mère.

Évidemment, le ton de sa mère changea aussitôt.

— C'est bien de toi, Dan. Tu as un faible pour cette gamine.

Elle lui adressa un sourire, avant de se tourner vers Gaby.

— C'est ce que je te dis toujours, non ? Il te passe vraiment tout.

Gaby elle-même réussit à remercier Dan d'un sourire. Mais celui-ci avait la mine grave. Il retourna dans la cuisine. Zoé fila devant elle vers la porte.

— Gaby, je ne t'adresserai plus jamais la parole, lança-t-elle au passage.

— Tu ferais mieux de la suivre, lui conseilla sa mère en la poussant dans le couloir. C'est ta seule véritable amie.

Gaby courut après Zoé. Elle la rattrapa devant l'ascenseur.

— Je suis désolée, c'est vrai, Zoé.

— Je ne te crois pas ! répondit l'autre en tournant le dos à son amie.

Gaby voulut la faire pivoter vers elle, mais elle ne se laissait pas faire.

— C'est pourtant vrai. J'ai oublié, c'est tout.

— C'est tout ? Et tu crois que c'est une excuse valable ? Je suis si importante à tes yeux que cinq minutes après m'avoir demandé, m'avoir suppliée de venir te voir, tu m'oublies complètement ! C'est très révélateur, Gaby. Je sais maintenant à quel point mon amitié compte pour toi.

— Mais Zoé, écoute-moi !

L'autre ne la laissait pas en placer une.

— Tu te sers toujours de moi. Tu recopies même mes devoirs quand tu ne fais pas les tiens. Et je te laisse faire ! C'est moi, l'idiote dans l'histoire. En tout cas, c'est fini. Trouve-toi un autre bouche-trou. Moi, j'en ai assez.

Elle n'avait jamais entendu Zoé parler comme ça. Et c'était si injuste. Elle ne s'était jamais servie de sa copine. Pas vrai ? L'ascenseur arriva. Zoé entra. Gaby la suivit dedans.

— Je ne sais pas où tu vas. Je n'ai pas besoin qu'on m'escorte. Je peux aller prendre le bus toute seule, merci, je connais le chemin !

Mais Gaby avait pris une décision. Elle voulait prouver à Zoé qu'elle était vraiment son amie. Qu'elle lui faisait confiance.

— Je vais te montrer ce qui m'a fait oublier notre rendez-vous. Alors tu comprendras.

Elle appuya sur le bouton du cinquième étage.

38

Allongé sur le canapé, je savourais ma tasse de thé. De nouveau, j'avais eu de la chance. Je ne pouvais pas allumer la lumière ni la télévision, mais j'étais au chaud. Et en sécurité. Pour cette nuit au moins. Je me sentais plutôt satisfait. J'aimais bien l'appartement de Tata Ellen. J'avais décidé de l'adopter. Elle était maintenant ma tante. Son appartement était encombré de meubles, comme dans un magasin d'antiquités, et les tapis ornés d'entrelacs et autres dessins compliqués me donnaient le tournis. Mais pour moi, c'était le paradis. Je me sentais même coupable de critiquer l'endroit parce que, ce soir, grâce à Tata Ellen, j'allais dormir tranquille (enfin, je l'espérais), et demain, après une bonne nuit de sommeil et un bon repas (selon Gaby, il y avait des briques de soupe dans le congélateur que je pouvais réchauffer au micro-ondes), je pourrais réfléchir calmement.

À propos de mon père.

Si c'était bien mon père.

Mais pourquoi mentirait-il ?

Il s'était passé trop de choses lors des derniers jours pour que j'accorde ma confiance à quiconque.

Je dérivais vers un sommeil profond lorsque j'entendis une clé tourner dans la serrure.

Gaby ? Ou Tata Ellen revenue plus tôt de ses vacances aux Baléares ? Je ne pouvais me cacher nulle part, ni sauter de la fenêtre du cinquième. Je filai dans la cuisine, cherchant un placard assez grand pour moi.

Puis j'entendis les voix.

— À quoi tu joues, Gaby ? Tu te fiches encore de moi ?

— Non, promis, Zoé. Attends de le rencontrer.

J'aurais dû savoir que je ne pouvais pas lui faire confiance, à elle non plus ! Elle ne savait pas tenir sa langue. Elle avait amené quelqu'un pour m'exhiber. Comme un animal dans un zoo. Si j'avais été du genre à taper les filles, je ne me serais pas gêné.

— Il n'y a personne là-dedans, déclara l'autre fille, Zoé.

Gaby soupira comme si elle m'en voulait. Quel culot ! Elle cria par la porte de la cuisine :

— Sors de là, Ram. J'ai tout raconté à Zoé. C'est mon amie. Tu peux lui faire confiance.

Puis elle marmonna à cette Zoé :

— Ne me demande pas où il a déniché un nom pareil : Ram !

J'étais cuit. Plus besoin de se cacher. Je bondis hors du placard sans me soucier du bruit que je faisais. Les deux filles attendaient dans le salon. Elles sursautèrent, comme si je les avais effrayées. Tant mieux.

— T'es gonflée ! lançai-je. C'était censé rester top secret. Je suis l'ennemi public numéro un, et toi tu ramènes tes copines pour qu'elles puissent me mater.

Gaby passa son bras autour des épaules de son amie.

— On peut faire confiance à Zoé.

— Je croyais qu'il avait les cheveux noirs en pétard..., se contenta de dire l'autre fille.

— Il les a décolorés. Il se planquait dans notre collège. Dans le faux plafond. Tu y crois, toi ? Et il s'est décoloré les cheveux dans les toilettes du bahut.

Elle se tourna vers moi.

— Au fait, où t'as trouvé le produit ?

— Soudain, son visage s'allongea : elle venait de recoller les pièces du puzzle.

— Dans mon casier ! Tu t'es servi de ma crème !

Elle regarda Zoé.

— C'est lui qui l'a volée !

Zoé éclata de rire.

— Dire que t'as failli te faire tabasser par Big Mo quand elle s'est crue accusée !

J'abandonnai la partie. Me laissai tomber sur le canapé. Elles parlaient de moi comme si je n'étais pas là.

— Mais c'est un tueur, Gaby !

Zoé me dévisageait comme si je risquais à tout moment de me changer en psychopathe.

— C'est toi-même qui le disais.

Est-ce qu'elle scrutait mes traits pour vérifier que

j'avais le « visage du démon » ? J'ai soutenu son regard sans faiblir.

Gaby fit un vague geste de la main comme si cette histoire de meurtre était sans importance.

— Bof, ça devait être de la légitime défense ou un accident. C'est vrai, quoi, j'ai failli l'assommer en lui donnant un coup de boule.

De nouveau, j'avais bondi sur mes pieds.

— Je n'ai tué personne. Ce type était mourant lorsque je l'ai découvert.

— Mais tu as avoué à Gaby : « Je l'ai tué. » Tu lui as dit ça, non ?

J'étais stupéfait.

— J'ai dit ça... moi ?

— Zoé, il n'a jamais dit ça, voyons, répondit Gaby en secouant la tête.

— Évidemment ! m'exclamai-je.

— Il a dit : « C'est moi qui ai fait ça. »

Gaby se tourna vers moi.

— Pas vrai ?

J'ai failli m'évanouir.

— Je n'ai jamais dit une chose pareille ! J'ai dit...

J'essayais de me souvenir.

— J'ai dit : « Ne crois pas que c'est moi... »

Gaby se plaqua la main sur la bouche en pouffant.

— C'est vrai. Je m'en souviens, maintenant.

— Dis donc, tu t'es emmêlé les pinceaux, et pas qu'à moitié, déclara Zoé. On se croirait dans le jeu du téléphone arabe.

— Le téléphone arabe ? C'est quoi ? ai-je demandé.

Gaby m'expliqua le principe :

— Pour jouer au téléphone arabe, on fait une ronde. Le premier joueur raconte un truc à son voisin, qui comprend tout de travers et le répète à son propre voisin, et ainsi de suite. Au bout du compte, l'histoire n'a plus rien à voir avec le début. On y joue des fois dans la cour.

— Je n'arrive pas à croire que tu pensais que j'avais avoué ! m'emportai-je.

Gaby plaça un doigt devant sa bouche.

— Chh ! Cet appartement est censé être inhabité. De toute façon, je ne l'ai dit qu'à Zoé. C'est ma meilleure amie.

Elle a souri comme une abrutie en disant « ma meilleure amie ».

— Et pourquoi tu l'as amenée ici ? Personne ne doit savoir que je suis là !

— Parce qu'on réfléchit mieux à trois que tout seul, répondit-elle. En plus, Zoé est peut-être pas super mignonne, mais elle en a dans le crâne.

Zoé se décomposa. De son côté, Gaby semblait persuadée de lui avoir fait un compliment.

— Je vais faire du thé, ensuite on réfléchira à un moyen de t'aider, annonça-t-elle en se dandinant vers la cuisine.

— Elle est toujours comme ça ? demandai-je à Zoé.

Elle hocha la tête avant d'ajouter :

— Et encore, elle n'est pas toujours aussi gentille.

Pendant qu'on buvait le thé, j'avais l'impression d'être une espèce de célébrité : les deux filles s'extasiaient chaque fois que j'ouvrais la bouche.

— Parle-nous de toi, lança Gaby.

— Ça ne prendra pas plus de deux minutes. Je ne connais rien de ma vie.

Zoé trouva cette information palpitante.

— Il y a forcément un moyen de te faire retrouver la mémoire.

— Peut-être que si on te frappait la tête... suggéra Gaby. Un coup soudain, ça ferait l'affaire, non ?

Je m'écartai d'elle, juste au cas où elle aurait voulu me cogner par surprise.

— Je ne pense pas que ça marcherait, rétorquai-je. Je me suis pris des coups de poing et de pied, on a essayé de me noyer, de me brûler vif, et pourtant, je ne me rappelle toujours rien.

— Tu crois que tu retiendrais mon numéro de portable ?

Elle me le dit une fois, et je le répétai juste après.

— Ma mémoire marche parfaitement maintenant.

— Appelle-moi en cas d'urgence. Mais seulement en cas d'urgence. Ma tante me tuerait si elle voyait un numéro de portable apparaître sur sa facture.

— Et si c'est toi qui as besoin de me joindre ?

Zoé se joignit à la conversation.

— Sers-toi d'un code. J'adore les codes. Gaby, tu peux téléphoner ici. Laisse sonner deux fois, puis raccroche, avant d'appeler de nouveau. Comme ça, Ram saura que c'est toi.

Les yeux de Gaby lançaient des éclairs.

— J'allais le dire ! J'allais proposer un code ! J'y avais pensé en premier.

Zoé haussa les épaules et je lui fis un grand sourire. Je crois que, là encore, Gaby le prit mal.

39

MERCREDI

Gaby se portait mieux depuis qu'elle avait tout dit à Zoé. Elle se sentait moins seule. En allant au collège le lendemain matin, elle se réjouit de savoir que Zoé l'attendrait au portail. Elle passa devant Dev, qui racontait sa mésaventure à qui voulait l'entendre et se faisait passer pour le héros de l'histoire. Comme s'il avait risqué sa vie pour aider la justice à arrêter un criminel !

— Il était plus fort que moi, expliquait-il. Il avait un couteau. Heureusement que mes potes se sont ramenés. Et là, c'est lui qui s'est enfui en courant !

« N'importe quoi ! » avait-elle envie de crier. Rien que des bobards. Qu'auraient dit les élèves s'ils avaient su que le « tueur » faisait la moitié de la taille de Dev ? Et qu'il n'avait jamais eu de couteau ? Elle se retenait de leur hurler, de leur crier qu'elle savait où se trouvait le tueur, que c'était elle qui lui avait fourni une planque. C'était horrible de savoir un tel secret sans pouvoir le dire à quiconque. Gaby s'arrêta un instant pour écouter les mensonges de Dev.

— Je t'interdis d'y songer ! lui lança Zoé semblant lire dans ses pensées.

Comme surgie de nulle part, elle lui avait agrippé le bras.

— Tu crèves d'envie de tout raconter, pas vrai ?

Gaby fit mine d'être choquée.

— Moi ? Jamais de la vie. Je sais très bien quand il faut que je me taise.

Elle se libéra de l'étreinte de Zoé et la dépassa à grandes enjambées, un peu contrariée par son attitude.

— Ram compte sur nous pour l'aider, lui rappela Zoé en la rattrapant.

— Oh, alors maintenant, tu veux l'aider ?

— Après tout ce qu'il nous a raconté, je ne peux pas croire qu'il soit un tueur. Franchement, réfléchis un peu, Gaby.

— Tu ne penses pas qu'on devrait prévenir son père ? lui demanda Gaby en repensant au visage triste, aux yeux charbonneux bordés de larmes.

— Moi, je suis d'accord avec Ram. Cet homme n'est peut-être pas son père. Ram ne se rappelle rien. Ce type pourrait être n'importe qui. Mais tu devrais dire à la police que tu as vu la victime à La Chamade. Tu pourrais leur donner une information à titre anonyme.

— Non. Je te l'ai déjà dit, Zoé, je ne veux pas m'en mêler.

— Mais tu y es déjà mêlée ! Tu caches le suspect numéro un chez ta tante !

Elle gloussa si fort que Gaby ne put que l'imiter.

— Ouais, mais il ne peut pas y rester éternellement. Elle revient de vacances la semaine prochaine.

Zoé adressa un grand sourire à son amie. « Elle ne devrait pas montrer ses dents », se dit cette dernière, sans vouloir être méchante. Gaby n'avait pas une once de méchanceté en elle. Mais les dents tordues de Zoé n'étaient vraiment pas belles.

— J'y ai pensé, figure-toi, dit Zoé. Grâce à Dev, maintenant toute la ville sait que le « tueur » est blond. Et s'il a changé une fois de couleur de cheveux, pourquoi ne pas recommencer ?

Elle sortit une boîte de teinture de son sac.

— On pourrait en faire un petit rouquin. Et le déguiser. J'ai apporté des affaires de mon frère.

Elle montra le col bleu d'une chemise.

Gaby commençait à être agacée. Ram était sa découverte à elle. Elle avait l'impression que Zoé voulait se l'approprier.

— On ira directement chez ta tante après les cours. On s'occupera de lui.

Cette nuit-là, je dormis comme un bébé. À peine allongé dans le lit une place de Tata Ellen, je m'effondrai. Le lendemain matin, je me préparai du café, avec du lait en poudre à défaut de lait frais, et je partis à la recherche d'un livre pour accompagner mon petit déjeuner. Je me sentais complètement chez moi !

Tante Ellen avait vraiment des goûts pourris en matière de lecture. Des romans à l'eau de rose, encore et toujours des romans à l'eau de rose. *L'Homme dans la Ferrari. Quand l'amour frappe à la porte...*

De la crotte. Jusqu'au dernier. Comment pouvait-on lire des trucs aussi nuls ? Il y avait forcément autre chose, quelque part. Dans un des placards de l'entrée, je trouvai une pile d'anciens numéros du journal de la ville. Tata Ellen les mettait sans doute de côté pour les recycler plus tard.

Je m'installai à la table avec mon café et deux gaufres que j'avais fait réchauffer, et je commençai à lire.

C'était une ville étrange, en conclus-je assez vite. On y trouvait le pire : des meurtriers dans les cités, comme le meilleur : des vieilles dame décorées pour services rendus à la communauté. Certains procès étaient ridicules : un ivrogne avait été accusé d'avoir lancé sur sa femme le chien de celle-ci. La police avait hésité entre une garde à vue pour coups et blessures ou pour cruauté envers les animaux, rapportait le journal. D'autres étaient franchement horribles : un jeune homme avait perdu la vie après avoir été tabassé à coups de pied et de matraque, puis poignardé par une bande de jeunes voyous. Par ailleurs, les habitants essayaient d'empêcher la fermeture de l'hôpital de la ville en organisant des manifestations, des signatures de pétitions et des réunions de travail. Certaines histoires revenaient de façon courante. Comme celle des locataires furieux de Wellpark Court qui crachaient leur venin nuit après nuit à propos des junkies qui se servaient de la cage d'escalier pour vendre et acheter de la drogue, et même pour dormir. La nuit passée, j'avais tendu l'oreille sans rien entendre de louche dans l'escalier. Apparemment, la police avait réglé ce problème-ci. Je lus aussi plusieurs articles sur les prétendus fantômes qui hantaient Wellpark Court. Les témoins étaient souvent des ivrognes ou de vieilles folles. Personne ne semblait les prendre au sérieux. Le journal rapportait en outre des nouvelles du monde. Un attentat à la bombe dans un ministère avait failli coûter la vie au Premier ministre britannique ; c'était l'œuvre d'un fonctionnaire mécontent, non d'un terroriste, assurait-on au grand public. Un tremblement de terre dévastateur avait frappé la Turquie. L'information à l'échelle mondiale était reléguée aux dernières pages du journal. Ce qui se passait dans le monde n'était en rien aussi important que ce qui arrivait dans cette petite ville.

Les mêmes noms revenaient souvent, les mêmes familles avaient toujours des problèmes. Des petits criminels, des voyous, des barons de la drogue. Des gangsters qui débarquaient en ville pour tenter d'agrandir leur territoire.

La meilleure des villes, et la pire des villes, me dis-je. C'était comme ça, la vie.

Puis je pris le numéro suivant sur la pile et le titre de la une me frappa comme une brique :

« ENCORE DES PROBLÈMES À LA CHAMADE »

Avec une photo du propriétaire. Billy Taggart.

« Ce week-end, une émeute a éclaté à la discothèque du centre-ville, La Chamade. La police a dû intervenir et

procéder à plusieurs arrestations. M. Billy Taggart, le propriétaire, a été mis en garde : en cas de nouveaux troubles, son établissement pourrait être fermé.

« Deux autres établissements appartenant à M. Taggart ont été contraints de fermer. Son restaurant a été signalé aux services sanitaires de la ville pour des problèmes d'hygiène et sa salle de billard a dû fermer car, selon les informateurs de la police, on y vendait de la drogue. M. Taggart a affirmé aujourd'hui qu'il était un homme d'affaires honnête victime d'une conspiration. »

J'étudiai la photo de ce Billy Taggart. Il m'avait l'air d'un dur. Son nez avait été cassé dans une bagarre. Et sa bouche était déformée par un rictus. Le photographe l'avait immortalisé en pleine colère. Homme d'affaires honnête, mon œil. C'était un gangster, à l'évidence. La Chamade lui appartenait. Eddie travaillait pour lui. Et dans son dernier souffle, l'homme de l'ascenseur avait prononcé ce mot : Chamade. Tout remontait à cet homme, Billy Taggart. C'était lui qui voulait ma mort. Forcément. Je ne savais toujours pas pourquoi, mais j'allais le découvrir.

40

Gaby et Zoé déboulèrent juste après les cours, comme elles l'avaient promis.

— Ça n'a rien de suspect, m'avait expliqué Gaby. Je viens souvent faire un tour pour ramasser le courrier de ma tante et arroser ses plantes.

Elle n'avait pas dû venir si souvent que ça... Les fleurs de l'appartement avaient toutes fané.

— Regarde-moi ce bazar !

Voilà la première chose qu'elle dit en voyant les journaux éparpillés au sol. Elle se mit à les ramasser.

— T'es bien un mec, toi.

Je mourais d'impatience de leur apprendre la nouvelle.

— Je crois que je sais qui essaye de me tuer.

Devant leur peu de réaction, on aurait pu croire qu'avoir un tueur aux trousses était la chose la plus naturelle qui soit. Gaby ne sourcilla même pas.

— Tout le monde te cherche. La ville entière traque un garçon blond. Dev et ses potes ont été voir la police. Ils t'ont balancé.

D'un geste de la main, j'ébouriffai ma tignasse.

— Je porterai une casquette. Une perruque, s'il le faut. Mais je dois sortir en ville. Je sais qui essaye de me tuer.

Toujours aucune réaction.

— Pas besoin de porter une casquette. J'ai eu une meilleure idée. Avec l'aide de Zoé.

Vu l'expression de Zoé, je devinai que l'idée n'était qu'à elle.

— On va encore changer ta couleur de cheveux.

— Sûrement pas, rétorquai-je en reculant d'un pas.

— Mais c'est une bonne idée !

— Non, pas du tout. Vous me prenez pour quoi ? Une poupée ? Un Ken grandeur nature ? Ça va pas, non ?

Gaby me jeta le dernier numéro du journal à la figure.

— Regarde donc la une.

Je l'attrapai au vol et le dépliai pour bien voir la première page.

« LE SUSPECT EST TOUJOURS PARMI NOUS. »

« Des adolescents l'ont affronté dans une bagarre au collège de la ville. »

— Voilà, t'as pas le choix, insista Gaby. Fais-nous confiance, et tout ira bien.

L'Homme en Noir observait l'immeuble depuis la rue, assis dans sa voiture, et dissimulé par les camions garés devant lui. On aurait pu le prendre pour un homme ordinaire qui attendait patiemment quelqu'un en lisant le journal. Mais jamais il ne relâchait son attention. Il avait vu la fille, Gaby, entrer dans la tour, une de ses copines sur les talons. Gaby semblait surexcitée. Il les avait suivies discrètement, mais elles n'étaient pas montées jusqu'au quinzième. Il avait regardé les boutons s'allumer à mesure que l'ascenseur montait : il s'était arrêté à plusieurs autres étages, mais pas au quinzième. Allait-elle rendre visite à un voisin ? En savait-elle plus qu'elle ne voulait bien le dire ? Il avait tout son temps pour l'apprendre.

Il savait qu'attendre était la meilleure option. Si le garçon lui avait téléphoné une fois, il pourrait recommencer. Il pourrait même essayer de la voir. Oui, il attendrait, serein, sans la quitter des yeux. Il avait encore du temps devant lui.

Je me regardai longuement dans la glace avant de hurler :

— Et c'est censé être quoi, comme couleur ?

Pourquoi leur avais-je fait confiance ?

— C'est roux : *Rouge Passion.*

Zoé lisait l'étiquette sur la boîte.

— Séduisez votre homme avec des cheveux de flammes.

— Mais je ne veux séduire personne !

Je ne pouvais pas m'empêcher de crier. Je vivais un cauchemar.

— Je trouve ça plutôt joli, déclara Zoé.

— On dirait que j'ai le crâne en feu.

— Au moins, ils ne sont plus blonds. Tout le monde cherche un blond.

— Peut-être, mais « tout le monde », comme tu dis, me remarquera avec cette tête. Je ne risque pas de me fondre dans la foule, maintenant.

Zoé me fit un grand sourire.

— Écoute, avec tes cheveux rouges et ces fringues, tu ressembleras à n'importe quel mec de la ville.

Elle tendit à bout de bras les vêtements qu'elle avait apportés : une veste bleu marine, une chemise bleue et un pantalon de couleur sombre.

— Je les ai piqués à mon frère. C'était son uniforme, mais il a quitté l'école, expliqua-t-elle.

Je jetai un autre coup d'œil à mes cheveux. Je persistais à croire que je ne passerais pas inaperçu, avec ou sans uniforme.

Après la séance de coiffeur, elles s'installèrent dans le salon et me dévisagèrent comme une bête curieuse.

— Tu ne te souviens vraiment de rien ?

Cette histoire d'amnésie semblait fasciner Zoé.

— D'où tu viens, ton nom, vraiment rien du tout ?

Gaby tint à ajouter son grain de sel.

— Je trouve ça trop cool ! J'ai toujours rêvé d'apprendre que ma mère m'avait découverte sur le pas de la porte. Que j'étais en fait une belle princesse. L'héritière du trône et tout ça.

Si Gaby avait été abandonnée devant une porte, j'étais certain que, cinq minutes plus tard, elle se serait retrouvée sur le paillasson suivant. Comme on refile une patate chaude au voisin.

— Imagine un peu, tu pourrais être n'importe qui.

Zoé me scrutait, m'étudiait sous toutes les coutures.

— Un prince étranger, qui sait ?

— Si tu veux mon avis, t'as une tête d'Égyptien, renchérit Gaby.

Égyptien ! Je me regardai dans la glace en essayant d'écarter les cheveux rouges de mon visage. Mes yeux étaient sombres, ma peau, mate, du genre qui bronze facilement. Mais de là à croire que j'étais égyptien... Cette fille était tarée.

Elle s'accrochait toujours à sa théorie.

— Ram, ça pourrait être le diminutif de Ramsès. C'était un pharaon. J'aurais adoré être égyptienne. Comme Cléopâtre. Elle avait tous les hommes à ses pieds.

— Il pourrait aussi être italien.

Zoé m'observait toujours de près.

— T'as aussi un petit air rital. Ram, ça pourrait venir de Ramon. Attends, c'est pas espagnol, plutôt ?

— On dirait que vous avez oublié que j'ai inventé mon prénom.

— Peut-être que non. Si ça se trouve, il était resté tapi dans ton inconscient pour une bonne raison. Ce nom a peut-être un lien avec ton passé. J'ai vu ça, une fois, dans un film.

Gaby s'approcha si près de moi que j'aurais pu lui donner un coup de tête. D'ailleurs, c'était tentant.

— En fait, je dirais plutôt qu'il ressemble à un Irlandais, ajouta-t-elle. Selon ma mère, beaucoup d'Irlandais descendent de marins espagnols naufragés après la défaite de l'Invincible Armada.

J'étais franchement impressionné. Je ne pensais pas qu'une fille comme Gaby pouvait absorber autant de connaissances.

— Les Irlandais ressemblent parfois à des Espagnols, conclut-elle.

— Décidez-vous, soupirai-je. Irlandais, Italien, Égyptien ou Espagnol ? C'est pas vous qui disiez que je roulais les « r » comme les Écossais ?

Gaby me prit de haut.

— Purée, Ram ! Nous vivons dans une société multiculturelle. Tu pourrais avoir la voix de Sean Connery tout en ayant du sang égyptien dans les veines.

— À ce propos, j'aimerais bien qu'il y reste, dans mes veines, mon sang.

J'eus enfin l'occasion de leur parler de ma découverte. Et cette fois-ci, j'allais m'assurer qu'elles m'écoutent. Elles n'avaient pas du tout fait attention à ce que je disais pendant qu'elles jouaient à la coiffeuse.

— Je sais qui essaye de me tuer ; qui est derrière tout ça.

Je brandis le journal.

— Billy Taggart.

Je m'attendais à ce que leurs yeux s'écarquillent, qu'elles le décrivent comme le pire criminel de la ville, que j'accusais à bon droit. Mais non. Au lieu de ça, elles éclatèrent de rire comme si je venais de raconter la blague du siècle. Mon regard alla de Gaby à Zoé.

— Qu'est-ce qu'il y a ? demandai-je.

— Billy Taggart ? répéta Gaby. Ce type ne ferait pas de mal à une mouche !

41

— Je ne vois pas ce qu'il y a de drôle !

Leur fou rire semblait sans fin, elles n'arrêtaient pas de glousser d'une façon énervante comme toutes les filles.

— Je suis sérieux. L'homme dans l'ascenseur a dit « Chamade » avant de mourir. Gaby, tu l'as vu à La Chamade quelques heures à peine avant sa mort. Eddie m'a suivi, et il travaille à la discothèque, et Billy Taggart en est le propriétaire. Tout nous ramène à La Chamade et à cet homme.

Je leur jetai le journal à la figure. Qu'elles en jugent par elles-mêmes.

— Tous ses établissements ont été fermés. C'est un aimant à problèmes, ce type. Il a une tête de gangster. Et un air méchant.

Gaby s'empara du journal.

— Toi aussi, tu te rappelles ? T'as le visage du démon !

Elle pointa du doigt la suite de l'article.

— Si tu avais lu jusqu'au bout, tu aurais compris pourquoi il attire les problèmes. C'est à cause de cet homme, là.

Elle désigna une autre petite photo plus bas sur la page.

— Il envoie ses gros bras créer des embrouilles chez Billy. Il l'a fait pour tous les restaurants et les discothèques que Billy Taggart possédait en ville.

Je lui repris le journal.

— Et c'est qui, celui-là ?

Apparemment, l'autre gros bonnet de la ville s'appelait Barry McKay. Il semblait toujours trop occupé pour répondre aux journalistes. Et depuis la fermeture des autres affaires de Billy Taggart, ce Barry semblait posséder la ville entière. Tout le monde lui avait revendu sa boutique. À l'exception de Billy Taggart et de La Chamade.

— Barry McKay est le plus grand criminel de la région. Il veut s'approprier toute la ville. Il rackette les commerçants en échange de sa « protection », leur fait payer des « assurances » pour que ses gros bras les épargnent. C'est aussi un trafiquant de drogue. Ses hommes de main provoquent des problèmes dans les discothèques de Billy. Ensuite, la police débarque et ferme l'endroit. On dit même que Barry McKay a fait assassiner des gens.

— Par le Loup, murmura Zoé, comme si ce Loup risquait de l'entendre.

Le Loup. Mon sang se figea dans mes veines.

— C'est une espèce de tueur mystérieux, m'expliqua Gaby. Il n'existe pas, comme le Père Fouettard. C'est un personnage inventé. Une légende urbaine.

Zoé n'en semblait pas si sûre.

— Oui mais... Mon père me dit que les gens ont toujours parlé du Loup.

— Moi, je crois qu'il existe, déclarai-je doucement. Quelqu'un me poursuivait. Toujours le même homme. Je pense que c'était le Loup.

L'homme qui avait essayé de me noyer, de me brûler vif. Le Loup.

— Alors pourquoi ce Barry McKay n'a-t-il jamais été arrêté ? voulus-je savoir.

— Parce qu'il a une partie de la police dans sa poche, tiens ! Chacun le sait. Les policiers réglos ne peuvent jamais rien prouver contre lui. Alors il s'en tire, à tous les coups. Billy Taggart voulait juste que les gens viennent s'amuser chez lui. La Chamade, c'est tout ce qui lui reste.

Zoé avait elle aussi son mot à dire.

— Ce n'est pas une guerre entre discothèques, Ram. Billy Taggart, c'est la Pologne, et Barry McKay, Hitler. Et Hitler veut annexer la Pologne.

Je voyais bien qu'elle étalait sa science, et que cela énervait Gaby.

— Tu vois, reprit Gaby en essayant de sembler aussi intelligente que Zoé, cette ville est aussi pourrie que Chicago dans les années 1920, et Barry McKay est notre Al Capone.

— Qui sont ces types, Hitler et Al Capone ? demandai-je. D'autres criminels de Glasgow ?

À les voir rire comme des baleines, on aurait cru que je venais d'en raconter une bien bonne.

— Toi, t'as vraiment perdu la mémoire ! s'exclama

Gaby. Al Capone. Le gangster le plus célèbre de tous les temps. Il régnait sur Chicago dans les années 1920. Et Hitler... le dictateur le plus monstrueux de la planète.

J'en conclus que Gaby n'était pas si idiote qu'elle voulait le faire croire.

Je m'assis un instant.

— Je pensais avoir tout compris. Maintenant, je suis de nouveau perdu, dis-je.

— Peut-être pas, répondit Gaby. Je pense que La Chamade est la clé du mystère. C'est là que j'ai vu la victime.

— Et Eddie y travaille. Mais peut-être que son vrai patron, c'est Barry McKay.

Cette idée me semblait logique.

— À mon avis, vous devriez tout raconter à la police, insista Zoé.

Gaby et moi avons secoué la tête en même temps.

— Je n'irai pas voir la police, répondis-je. On ne me croirait jamais.

— Et je n'irai pas non plus, Zoé, soupira Gaby comme si elle en avait marre de se répéter. Ma mère et Big Dan me tueraient.

« Laisse tomber la police », pensai-je. J'allais retourner à La Chamade pour découvrir moi-même la vérité.

L'appel arriva alors que Lewis était au commissariat. On lui tendit le combiné dans un haussement d'épaules :

— Elle ne veut pas dire qui elle est.

— Agent Ferguson, dit-il.

La voix au bout du fil était étouffée et haletante.

— J'ai des informations pour vous.

— Qui est à l'appareil ?

La respiration se calma un peu.

— Je ne peux pas vous le dire. C'est un appel anonyme. D'accord ?

C'était une gamine. Elle faisait tout pour déguiser sa voix, en vain. Était-ce un canular ?

— Des informations sur quoi ?

— La victime. L'homme poignardé dans l'ascenseur. Il a été vu peu avant sa mort à La Chamade. Il y a quelque chose de louche qui se passe là-bas. Mais ce n'est pas la faute de Billy Taggart. Je crois que vous feriez mieux d'aller y faire un tour. C'est tout.

La ligne fut coupée avant qu'il ait le temps de poser la moindre question. Était-ce Gaby ? Dans ce cas, elle avait drôlement bien réussi à changer sa voix. Ou était-ce son amie ? Peu importait. Maintenant, il savait pourquoi elle s'était tue. Elle avait passé la soirée dans une discothèque, jusqu'à trois heures du matin. La Chamade. Et elle y avait vu l'homme assassiné. La Chamade. Les problèmes se succédaient, là-bas. Surtout ces derniers temps.

Il raccrocha et aperçut Guthrie qui l'avait rejoint.

— C'était qui ?

— Je viens de recevoir une info, répondit-il avant d'avoir le temps d'y réfléchir. Apparemment, quelqu'un a vu la victime à La Chamade.

Guthrie leva les yeux au ciel.

— Encore La Chamade, hein ? Allez, fiston, Warren doit en être averti.

Lewis regrettait de l'avoir dit à son coéquipier. Encore Warren. Une fois qu'il l'aurait dit à son supérieur, cette information tomberait aux oubliettes avec les autres. Mais qu'y pouvait-il ?

Zoé raccrocha. Elle espérait qu'elle avait bien agi. Gaby refusait de le faire et Ram était déterminé à se rendre seul à La Chamade. Elle s'inquiétait pour eux deux. Elle avait appelé elle-même le commissariat, avait tout dit à ce bel agent en qui Gaby avait confiance. La police mènerait l'enquête à La Chamade et découvrirait toute l'histoire. Oui, elle était certaine d'avoir bien agi.

42

Il se passait quelque chose de louche. Lewis aurait donné n'importe quoi pour mettre le doigt dessus. Il avait l'impression de se taper la tête contre un mur de brique. Et il commençait à en avoir assez que personne ne l'écoute.

On venait pour ainsi dire de lui offrir un boulot dans la brigade criminelle.

Guthrie et lui avaient été voir Warren pour lui rapporter la dernière information. Quelques heures plus tard, il y pensait encore. Warren l'avait écouté patiemment. Puis il lui avait demandé :

— Selon vous, qui était à l'autre bout du fil ?

— Je ne sais pas, monsieur, avait-il menti. La voix était déguisée.

— Homme ou femme ?

— Un garçon, je dirais, peut-être un adolescent, avait-il répondu avec calme.

Il n'aimait pas mentir à son supérieur, mais s'il avait admis que la voix était féminine, toute l'enquête se serait de nouveau portée sur Gaby.

— Pas une femme, en tout cas, avait-il ajouté.

— Bon travail, agent Ferguson.

Lewis avait décidé de faire preuve d'audace.

— Je pourrais tenter un tour à La Chamade, monsieur. J'y découvrirais peut-être quelque chose.

Warren avait souri.

— Non, Ferguson. Cela est notre enquête. Mais vous avez bien travaillé. J'ai beaucoup pensé à vous, ces derniers temps. Vous êtes exactement le genre d'élément dont la crim' à besoin. Seriez-vous intéressé ?

S'il était intéressé ? Il ne désirait rien d'autre au monde !

— Un jour, monsieur, j'y compte bien. D'ici là, ne m'oubliez pas, monsieur.

Warren avait une nouvelle fois souri.

— Oh, mais je pensais à une échéance bien plus brève, Ferguson.

Lewis avait été pris de court. Il n'était qu'un bleu. Il n'avait pas fini sa période d'essai. On devait respecter certaines règles avant d'intégrer la brigade criminelle. Pourtant, Warren semblait insinuer que ces règles pouvaient être enfreintes. Essayait-il de lui dire qu'il lui serait donné de travailler pour la crim' dès qu'il le voudrait ?

— Prenez le temps d'y réfléchir, avait ajouté Warren. Mais laissez-nous nous occuper de La Chamade.

— Tu crois qu'ils sont sérieux ? avait-il demandé à Guthrie un peu plus tard.

— Si tu veux mon avis, oui. Je connais Warren. C'est un homme de parole. Il sait sûrement comment contourner le règlement. Je sauterais sur l'occasion, si j'étais toi.

Lewis s'était surpris lui-même en répondant :

— Non, je ne crois pas que j'en aie envie, Guthrie.

Son coéquipier l'avait regardé avec une surprise non feinte.

— Tu sais bien qu'on ne dit pas non à Warren. C'est quoi, ton problème ?

Lewis répondit comme s'il réfléchissait tout haut :

— Pourquoi ai-je toujours l'impression qu'il se passe quelque chose d'étrange ici ? Je devrais peut-être parler à quelqu'un d'autre que Warren à la crim'.

— Qu'est-ce que tu veux dire, Lewis ?

— Ça va te sembler dingue, mais je crois qu'il y a une sorte de conspiration chez nous.

Après cela, Guthrie n'avait rien dit, comme s'il approuvait.

Sa mère elle-même n'avait pu dissimuler sa surprise.

— Toi, dans la crim' ? Mais tu viens à peine de t'engager !

Pour une fois, Lewis dut reconnaître qu'il était d'accord avec elle.

— Je sais, c'est incroyable ! On m'a dit que j'étais le genre de jeune recrue brillante dont ils avaient besoin.

Ce qui la fit mourir de rire.

— Si on m'avait dit qu'un jour on te considérerait comme « brillant », jamais je ne l'aurais cru !

— Tu as le chic pour flatter mon ego, Maman. Ce n'est peut-être pas si étrange.

— Oh, arrête, Lewis. Tu viens à peine d'arriver dans

la police. Tu n'es qu'un bleu ! Et soudain, on t'offre un poste à la crim'. T'es pas Hercule Poirot. Tout ça, c'est bien louche.

Lui aussi trouvait ça louche, même s'il lui répugnait de l'avouer à sa mère. On lui avait proposé de devenir inspecteur. Sa seule et unique ambition. Sans le moindre problème. Sans avoir à lutter pour y arriver. Cela devait-il être si simple ?

— Et si ce n'est pas parce que je suis « brillant », pourquoi me faire une proposition pareille ?

Il pensait à voix haute, mais sa mère lui répondit néanmoins.

— Peut-être qu'on veut te faire taire.

La chemise et le pantalon que Zoé m'avait rapportés étaient bien trop grands pour moi. Dès que je desserrais la ceinture, le pantalon me tombait sur les chevilles. Entre ça et ma couleur de cheveux, je me sentais comme un crétin. Pour ne rien arranger, Gaby pensait que je ferais mieux de rester tranquille. Pour ce soir-là, du moins.

— Je ne peux pas te laisser entrer et sortir de chez ma tante tous les soirs. Les voisins finiraient par remarquer quelque chose. Et tu mets un tel bazar...

Elle ramassa la serviette que j'avais laissé tomber au sol. Elle était constellée de petites taches rougeâtres venant de la teinture. Comment Gaby allait l'expliquer à sa tante, ça...

Gaby se mit à glousser.

— Attends jusqu'à demain. C'est mon anniversaire. Il y a une soirée spéciale mineurs à La Chamade.

Elle se tourna vers Zoé.

On ira tous ensemble. Tu ne feras pas tache, comme ça. Tu pourras fouiner autant que tu voudras.

Je dus admettre que c'était raisonnable et me forçai à patienter. Ce qui n'était pas simple.

Pas étonnant que les locataires se plaignent. Des junkies qui dormaient dans les escaliers, laissant leurs seringues derrière eux au risque que les enfants les trouvent. Le meurtre avait mis le feu aux poudres. Je comprenais maintenant pourquoi la police n'avait pas été chercher plus loin. Tout était la faute des drogués. La nuit précédente, j'avais cru que la police avait définitivement réglé le problème de leur occupation des cages d'escalier, mais ce soir-là, ils semblaient de retour. Allongé dans mon lit, j'entendais du tapage, comme s'ils s'installaient pour la nuit. Des raclements sur les murs me parvenaient des escaliers, ainsi que le sifflement d'un courant d'air étrange gémissant dans la cage de l'ascenseur.

À moins que ce ne soient pas les junkies. Mais les fantômes dont j'entendais parler partout. Je les imaginais flottant dans l'escalier, traversant la cloison de l'ascenseur, filant comme de la brume, droit sur moi.

J'aurais été mort de trouille si j'avais dû dormir là-dedans.

Je me souvins alors que, à peine quelques jours plus tôt, c'était précisément ce que j'avais fait. Et j'étais alors bien content d'être au chaud.

Espèce d'hypocrite.

« Laisse-les donc où ils sont, pensai-je. Laisse-les dormir en paix. »

Couché sur le dos, j'essayais de lire mon livre à la lueur de la lampe torche : *Plus fort que le glaive.* Je m'étais dit qu'il y aurait sans doute des combats dans celui-là. Raté. Encore un roman à l'eau de rose. Tout en lisant, je gardais l'oreille tendue. Guettant des bruits étranges. Des bruits qui pourraient signifier que quelqu'un m'avait retrouvé.

43

Lewis était dans la voiture lorsque l'appel était arrivé. Il y avait du grabuge à Wellpark Court, et Guthrie et lui devaient aller voir ça de plus près. « Au beau milieu de la nuit, pensa Lewis, des gens sont encore en train de se battre, de s'entre-tuer, de mourir. » Il sortit de voiture et leva la tête vers l'immeuble. Il aurait passé son tour avec joie, sur ce coup-là.

— Je pensais qu'on avait fait le ménage, ici, soupira-t-il.

— Ouais, fit Guthrie comme s'il y allait lui aussi à contrecœur. J'aurais préféré éviter ça...

— Reste dans la voiture. Je m'en charge.

— Non. Prends les escaliers. Moi, j'irai tout en haut par l'ascenseur, avant de redescendre par les marches.

— Et on se retrouve à mi-chemin, poursuivit Lewis en riant. Enfin, si l'on ne rencontre pas de problème avant.

Cette remarque sembla rendre Guthrie plus nerveux encore. Lewis voulut le rassurer.

— T'inquiète, ce n'est sûrement qu'une bande de gamins jouant aux durs. Je te protégerai.

La retraite de son coéquipier approchait à grands pas. Lewis ne voulait pas qu'il lui arrive quelque chose maintenant. On voyait toujours ça dans les films. Le vieux coéquipier abattu à quelques jours à peine de la retraite.

Guthrie le dévisagea un moment.

— T'es un bon gars, Lewis. Un bon gars.

Puis il partit en courant et entra en premier dans l'immeuble.

Lewis grimpa les marches deux par deux, à l'affût de bruits suspects venant des étages supérieurs. En vain. Il n'entendait que le sifflement du vent dans la cage d'ascenseur. Au troisième étage, il appela Guthrie par radio.

— Tu trouves quelque chose, là-haut ?

Il attendit un instant avant que Guthrie réponde :

— Au quatorzième : rien à signaler.

Lewis ferma sa radio et s'arrêta un instant, certain d'avoir entendu quelque chose au-dessus de lui. Fausse alerte. Il soupira et reprit son ascension.

Un bruit me réveilla. Une portière claquée. Je me levai, allai à la fenêtre. Une voiture de police stationnait dans la rue. Y avait-il des flics dans l'immeuble ? Venus pour m'arrêter ? Pourquoi est-ce que je m'inquiétais ? J'étais en sécurité, là, chez Tata Ellen. Sur la pointe des pieds, je gagnai l'entrée de l'appartement pour coller l'oreille à la porte. Quelqu'un montait l'escalier en béton. Mais il y avait un autre bruit. Plus près. Une personne sur le palier, qui respirait doucement – à l'affût. Presque devant ma porte. Je jetai un coup d'œil dans le judas.

Un homme se tenait là. Au début, je crus qu'il attendait l'ascenseur. Je discernais la courbe d'une épaule, d'un bras. Puis il avança furtivement vers la porte menant à l'escalier.

Un autre détail me fit soudain reculer. Un éclair d'acier. Voilà ce que j'avais vu. L'homme attendait celui ou celle qui montait les escaliers. Le couteau prêt à frapper. Prêt à... tuer.

C'est alors que je reconnus la silhouette de l'homme, et la menace qu'il incarnait.

J'avais devant moi celui qui avait cherché à me tuer.

Le Loup.

À ce spectacle, je tremblai comme une feuille.

« Ce n'est pas mon problème, me dis-je. Là, je ne crains rien. Il n'en a pas après moi. Pas ce coup-ci. Le Loup ne sait même pas que je suis là. »

Je me souvins de la voiture de police garée en bas. Était-ce un flic qui montait les marches ? Il ne savait pas ce qui l'attendait. Il ne se doutait de rien. Encore un meurtre qu'on mettrait sur le dos des drogués qui dormaient là. Sur mon dos, à moi. « Non. Reste là, pensai-je. Ce n'est pas tes affaires. » Pourtant, mon œil ne quittait pas le judas. La silhouette se dressait, colossale et sombre. Sans un bruit, le Loup ouvrit la porte donnant sur la cage d'escalier. Les pas se rapprochaient.

Ceux d'un homme qui ne verrait rien venir. Qui ne verrait pas l'éclair du couteau qui le transpercerait.

Je reculai d'un pas. Je ne voulais plus y penser. Je devais d'abord me protéger moi-même. « Ce n'est pas ton problème ! »

44

« Fichus néons ! » pensa Lewis en tournant au cinquième étage, enténébré. Pas étonnant que les locataires se plaignent. Des ascenseurs qui marchaient quand bon leur semblait. Des ampoules grillées sur les paliers. Lewis n'aimait pas l'obscurité. Ce n'était guère le genre de trucs qu'un policier confirmé, ni même un bleu, pouvait admettre. Mais bon, au moins, quand on peut voir ce qui nous attend, on peut s'y préparer, alors que dans le noir, c'est impossible.

Il n'était pas prêt.

Il ne vit que l'éclair de l'acier. Il chancela, trébucha contre une marche. Au même instant, la porte de l'appartement sur le palier s'ouvrit à la volée. Un rayon de lumière lui permit de voir un gamin, silhouette aux cheveux rouge brique. Il fonça droit sur l'homme au couteau au moment même où la lame atteignait la gorge de Lewis. L'homme bascula, tout comme Lewis, qui dévala les marches cul par-dessus tête en se tenant la gorge.

Il entendait les bruits de la lutte qui continuait au cinquième, mais ne parvint qu'à se serrer le cou et à prier.

Allait-il mourir ?

« Non. Pitié. Je ne veux pas mourir. Je veux devenir inspecteur. Je ne veux pas finir mes jours dans cet escalier sombre. » Il essaya de crier pour appeler son coéquipier à l'aide, mais sa voix l'avait quitté. Il voulut se servir de sa radio, mais il n'obtint que des grésillements.

— Au secours.

Parvint-il à le dire ? Ou juste à le penser ?

— Au secours.

« Encore ce gamin ! » Le Loup en fut persuadé dès que la lumière tomba sur ce regard de braise. Le môme pouvait toujours changer de couleur de cheveux, jamais il ne parviendrait à déguiser ses yeux. Encore lui. Sa fureur était telle que le Loup se mit à trembler. Qui était ce gamin ? Un fantôme, un genre de Némésis envoyée pour l'éliminer ? Le mioche se cramponnait si fort que le Loup n'arrivait pas à l'attraper. L'homme se jeta de dos contre le mur, mais le gamin ne lâcha pas prise. Le flic était tombé dans l'escalier. Il l'avait eu, il en était certain. Mais dans le cas contraire ? Encore une bourde. Tout ça à cause de ce morveux. Il tenta de s'en débarrasser d'une secousse, et l'autre lâcha enfin prise et tomba par terre. Le Loup visa son bras. Lorsque le garçon hurla, le tueur sut que la lame l'avait touché. Il essaya de l'attraper, mais le garçon recula jusqu'à la porte, regagna le palier et lui referma la porte au nez. Ténèbres. Il était plongé dans les ténèbres. Il devait se faire ce mioche. Sa haine était telle qu'elle coulait en lui comme le sang dans ses veines. Il entendit alors une faible plainte à l'étage du dessous. Le flic... pas mort. Il ne l'avait pas achevé. Le môme avait fait dévier le coup fatal. C'était la faute de ce gamin. Tout était sa faute. Il n'avait pas le temps de s'occuper du policier. Il ne pensait qu'au mioche. Maintenant qu'il était si près, il devait le rattraper. Il poussa la porte, passa sur le palier. Des gouttes de sang souillaient le sol carrelé. Un sourire mauvais déforma le visage du Loup. Il était cuit. Les traces de sang le guideraient jusqu'à lui, et alors il l'éliminerait. Fini, le morveux. Tous ses problèmes avaient commencé avec l'apparition du gamin. Ils disparaîtraient en même temps que le môme. Cette fois-ci, il comptait en finir avec lui pour de bon.

J'étais blessé. Une douleur lancinante me transperçait le bras, et ma chemise bleue était trempée de sang. Pas le temps d'avoir mal. Je devais m'enfuir. L'homme, le Loup, allait me poursuivre. Je n'avais pas fermé à clé la porte de l'appartement de Tata Ellen, mais c'était bien le dernier endroit où je voulais aller. J'y serais pris au piège s'il me suivait. Ce qu'il ne manquerait pas de faire. Cette fois-ci, il ne me laisserait aucune chance. Pendant le quart de seconde où nos regards s'étaient croisés, j'avais vu dans ses yeux une haine incompréhensible. « Combien de vie as-tu, Ram ? » me suis-je demandé tout en détalant.

Le Loup m'avait reconnu. Même dans le noir. Avec à peine un rayon de lumière pour m'éclairer, il m'avait reconnu. De mon côté, j'avais compris aussitôt que j'avais devant moi l'homme qui avait tenté de me tuer par deux fois.

Et qui avait échoué. Et qui échouerait encore. Je n'avais aucune intention de mourir. Je n'étais plus le gamin qu'il avait voulu brûler vif, ni la victime qu'il avait enfermée dans le coffre d'une voiture et poussée au fond d'un lac. Non. Bien des choses avaient changé. J'étais maintenant déterminé à survivre.

Je me ruai vers la deuxième cage d'escalier et commençai à monter. Là, la lumière fonctionnait normalement, alors qu'il avait fait noir dans l'autre escalier. Était-ce délibéré ? Prévu d'avance ? Mais pourquoi ? Je n'avais pas le temps d'y réfléchir. Je devais avant tout m'enfuir. J'entendis une porte s'ouvrir à l'étage du dessous : il était tout près. Je n'arriverais jamais à le semer. Je grimpai les marches quatre à quatre jusqu'à l'étage suivant, et poussai la porte menant aux appartements. Et maintenant, que faire ? Marteler les portes, implorer l'aide des gens ? Qui viendrait à mon secours ? Qui me ferait confiance ? Personne. Comme pour répondre à mes prières, les portes de l'ascenseur étaient restées ouvertes. Sans prendre le temps d'y penser, je m'engouffrai à l'intérieur avant d'appuyer sur le bouton du dernier étage. J'aviserais, une fois arrivé là-haut.

L'ascenseur mettait trop de temps à se refermer ! La porte du palier s'ouvrit d'un coup, des pas résonnèrent dans le couloir en L menant à l'ascenseur. Il approchait.

Enfin, les portes commencèrent à coulisser. Et se refermèrent dans un claquement, juste à temps. J'entr'aperçus une ombre glisser sur le sol. Mais il était arrivé trop tard. Tandis que la cabine commençait à monter, il donna un coup de poing sur les portes. Comme s'il se moquait qu'on l'entende. Comme si l'important, c'était de me capturer. Comme s'il n'avait rien d'autre en tête. Je l'imaginais se ruant dans l'escalier pour atteindre plus vite que moi l'étage suivant. Appuyant sur le bouton d'appel. La cabine s'arrêterait, les portes s'ouvriraient... et le Loup m'y attendrait.

Le Loup.

Cette fois-ci, je ne pourrais plus fuir.

45

Lewis voulut se relever. Il était couvert de sang. Il ne pensait qu'à sa mère et à ses lamentations lorsqu'elle verrait tout ce sang. Elle n'arriverait jamais à récupérer sa chemise. Il s'inquiétait aussi pour Guthrie. Avait-il été attaqué en premier ? Où était-il maintenant ? Et qui était ce gamin qui lui avait sauvé la vie ? Lewis descendit les marches tant bien que mal. Il devait arriver à la voiture. Appeler des renforts. Son agresseur s'en prenait maintenant au gamin. Le petit avait besoin d'aide. Qui était-il ? Il avait sa petite idée sur la question, elle restait tapie dans un coin de sa tête, comme un tigre prêt à bondir. Mais il n'avait pas le temps d'y penser. Il avait besoin de toutes ses forces, de toute sa concentration pour sortir de là et atteindre la voiture.

Je tremblais de tous mes membres. La cabine commençait à vibrer ; elle allait bientôt s'arrêter. Quelqu'un avait appelé l'ascenseur. Et je savais qui. Il n'y avait pas d'échappatoire. Pourquoi avais-je pris l'ascenseur ? J'étais coincé à l'intérieur, maintenant. Sans nulle part où me cacher. Comment avais-je pu faire une erreur aussi stupide ? Trop tard pour se lamenter. Il fallait faire avec. J'essayerais de l'esquiver dès que les portes s'ouvriraient. C'était inutile, mais je ne me laisserais pas avoir sans me défendre. Je me redressai, mâchoires et poings serrés, prêt à lui foncer dessus à la première occasion, à le prendre par surprise, peut-être, pour le faire tomber.

Je refusais de jouer les victimes. Plus jamais.

Tout à coup, je sentis des mains m'attraper par les épaules et me tirer vers le haut. Je voulus me libérer en agitant les bras et les jambes, mais les mains me hissèrent jusqu'à la trappe dans le toit de la cabine.

Lorsque les portes s'ouvrirent, il attendait, lame à la main, prêt à se jeter sur lui, à plonger son couteau au plus profond de sa chair. Le morveux était à sa merci.

Sauf qu'il n'était pas là.

La cabine était vide.

Le Loup entra dans l'ascenseur et regarda partout. Impossible de s'échapper de là. Il martela les murs, leva la tête vers la trappe pourvue d'une petite grille d'aération, y donna des coups de poing, mais elle était bien fermée. Même lui ne parvenait pas à l'ouvrir. De toute façon, elle était trop haute pour que le môme ait pu l'atteindre. L'ascenseur n'offrait aucun appui. Mais alors, où se trouvait-il ? Où était-il passé ? Une goutte de sang sur le sol prouvait qu'il était réfugié peu avant... mais où avait-il disparu ? Qui donc était ce garçon ?

Le Loup eut peur. Sensation inédite pour lui. Il avait peur de perdre tout ce à quoi il tenait, et ce à cause de ce gamin. Il l'avait eu à sa portée, et l'avait manqué. Encore une fois. Mais comment ?

L'ascenseur avait dû s'arrêter à un autre étage. C'était la seule explication.

Tout en poussant un juron, il sortit de l'ascenseur au pas de course et reprit l'escalier. Il allait retrouver le flic. Au moins, celui-là, il pouvait l'achever. Histoire de faire son travail dans les règles, cette fois-ci.

Il dévala lourdement les marches jusqu'au palier où il avait laissé le policier, mais ne trouva que du sang. Des gouttes de sang. Sa rage fut telle qu'il en trembla de tous ses membres. Le flic s'était fait la malle. Lui non plus, il n'était pas mort. Le Loup chancela. Rien ne marchait. Maintenant, le policier allait appeler des renforts. Plus le temps d'agir. Il devait s'éclipser. Il finirait par l'avoir, ce gamin. Il découvrirait comment il lui avait échappé. Ce môme l'obsédait. Les choses redeviendraient comme avant dès qu'il serait mort. Il finirait par l'avoir. Et alors, il lui ferait regretter d'être né.

Je donnais des coups de pied. Je me débattais comme un beau diable. J'étais prêt à me battre, à mourir au combat, certain que le Loup venait de m'attraper. En voyant qui m'avait remonté en réalité, j'écarquillai tant les yeux qu'ils faillirent tomber de leurs orbites. C'étaient deux gamins, plus vieux que moi, mais encore des adolescents. Leur poigne était toujours ferme sur mes épaules lorsqu'ils me déposèrent sur le toit de la cabine. L'un d'eux plaqua sa main sur ma bouche pour me faire taire. L'autre replaça la trappe et la revissa à fond. Puis il se tourna vers moi : son visage était noir de suie, mais ses dents, blanches comme l'ivoire, semblaient illuminer ses traits sombres. Il plaça un doigt sur ses lèvres pour me signifier que je devais garder le silence. Je hochai la tête, et l'autre enleva sa main de ma bouche. J'entendis les portes de l'ascenseur s'ouvrir. Le Loup entra à l'intérieur. Le Loup. Je tentai de l'apercevoir à travers la petite grille de la trappe, mais je ne voyais que sa silhouette massive. Puis ses poings se sont abattus rageusement sur la trappe et le bruit de ses coups résonna dans la cage d'ascenseur. Je retins mon souffle, certain qu'il allait comprendre où j'étais, que je ne pouvais être nulle part ailleurs que tout en haut. Mais non. Après un silence, je l'entendis jurer, puis se ruer dehors.

Le garçon aux dents d'ivoire attendit un moment avant de murmurer :

— Jake Hope, à ton service.

Il se présenta comme si on venait de se rencontrer lors d'une fête foraine ou d'un concert pop. Comme si tout ça, c'était pour rire. Jake Hope portait un manteau kaki, avec des boutons de cuivre, qui ressemblait à un pardessus de l'armée.

— T'as de la chance qu'on ait été là.

Il baissa les yeux vers ma chemise sanguinolente.

— On t'a vu à travers la grille. On a vite compris que t'avais des problèmes.

Sur ces mots, il m'adressa un grand sourire.

Mon regard passait de lui à l'autre garçon. Il était maintenant debout, s'agrippant au câble pour garder l'équilibre.

— Lui, c'est mon pote McBride, déclara Jake.

— Vous êtes qui ? leur demandai-je en les regardant l'un après l'autre.

Le sourire de Jake était contagieux. Malgré tout ce que je venais de vivre, je souriais, moi aussi.

— Nous sommes les fantômes, dit-il.

Parlait-il sérieusement ?

— Vous êtes les... quoi ?

McBride éclata de rire avant de répondre :

— T'as dû entendre parler des fantômes de l'immeuble, non ? Eh bien, ils sont devant toi, en chair et en os. On passe notre temps là-dedans. À surfer sur les ascenseurs.

Même dans l'obscurité, je voyais bien qu'ils n'avaient rien de junkies. Ils étaient trop vifs, leurs yeux, trop pétillants. Qui étaient-ils ? « Surfer sur les ascenseurs ? » Je n'y comprenais rien.

Jake se leva et désigna du menton la cage de l'ascenseur. Des câbles pendaient partout comme les tentacules d'un monstre sorti des ténèbres. On se serait cru sur une autre planète. Il y avait aussi un courant d'air, qui sifflait en traversant ce conduit vertical.

— Y a rien de plus palpitant, expliqua Jake. On

monte et on descend, en sautant du toit d'une cabine sur le toit d'une autre.

À cet instant, je pris conscience pour la première fois que j'étais assis sur la cabine d'un ascenseur, à huit étages au-dessus du sol. À tâtons, j'allai me placer au milieu du toit et attrapai le câble. Pour moi, surfer sur les ascenseurs n'avait rien de palpitant. C'était trop effrayant.

— Vous vivez ici ?

Jake me fit de nouveau signe de me taire : ma voix se répercuta sur les murs et résonna au plus profond de la cage d'ascenseur.

— Vous vivez ici ? répétai-je à voix basse.

— Juste quand la vie de famille me gonfle.

Jake enfonça son index dans le bras de McBride.

— Quant à lui, là, son père boit... et dans ces cas-là, il sait plus trop comment occuper ses poings. McBride disparaît pendant quelques nuits, jusqu'à ce qu'il dessaoule.

McBride s'inclina comme un dandy à un bal.

— On vient là pour être tranquilles. Pour s'éclater, aussi. Après, on rentre.

— Et personne ne vous a jamais découverts ?

— Personne, répondit Jake. Au début, on pensait que quelqu'un finirait par comprendre qu'il y avait du monde dans les conduits. Que le gardien nous trouverait. Mais ce n'est jamais arrivé. Et on connaît des entrées et des sorties dont personne ne soupçonne l'existence.

McBride s'assit en face de moi pour poursuivre son récit. J'avais l'impression que nous étions installés autour d'un feu de camp, par une sombre nuit, et qu'on me racontait l'une de ces légendes urbaines dont parlait Gaby.

— Puis un soir, un vieil ivrogne nous a entendus faire du bruit.

Il lança un regard complice à Jake.

— On lui a filé une sacrée frousse. En murmurant à travers la grille sur le toit de l'ascenseur, en tapant sur la trappe. C'est lui qui a lancé la rumeur à propos des fantômes qui hantent la tour, et nous avons fait en sorte de l'entretenir. De la confirmer aussi vite que possible.

— C'est trop drôle, d'être un fantôme, ajouta Jake. Ils parlent même de faire venir un exorciste !

Ce qui les rendit tous deux hilares.

— Un policier s'est fait attaquer. Poignarder, leur appris-je. Les flics vont bientôt rappliquer. Ils fouilleront partout, même ici. Ils vous trouveront.

— C'est déjà arrivé la nuit du premier meurtre. Ils ne nous ont pas trouvés, alors.

Jake me dévisagea.

— C'est toi, le mec qu'ils cherchent ?

Je m'abstins de répondre. Pas besoin. Mon visage me trahissait.

— Vous avez vu quelque chose, cette nuit-là ?

— Rien du tout, dit Jake. On a juste déguerpi en même temps que les drogués.

— Et maintenant ? Qu'est-ce que vous allez faire ?

— Pareil, souffla-t-il avec un grand sourire. On connaît un chemin.

L'autre ascenseur, arrêté au onzième étage, au-dessus

de nous, s'ébranla. Il commença à descendre. Jake me tendit la main, me fit signe de me lever.

— Viens, dit-il. Viens surfer avec nous. Jusqu'en bas.

J'eus un mouvement de recul. Je venais de comprendre ce que « surfer sur les ascenseurs » signifiait, ce qu'il voulait que je fasse. Sauter du toit de celui-là sur l'autre. Sauter au moment où il nous dépassait. Pas question.

— Allez, mec. C'est le seul moyen de descendre, à moins que t'aies un parachute.

Je m'en savais incapable. Non. Je me levai, les jambes coupées, les doigts crispés sur le câble. Jake voulut me prendre la main.

Je tremblais si violemment que, je le savais, je tomberais si j'essayais de sauter. Je me sentais idiot d'avoir si peur, mais je n'y pouvais rien. L'ascenseur allait nous dépasser.

— Il y a LE moment parfait pour sauter, mec. L'autre toit ne doit pas être trop haut, ni trop bas. « L'instant du saut », c'est comme ça qu'on l'appelle.

Il leva la tête vers la cabine qui approchait.

— L'instant du saut arrive.

Mais je ne pouvais pas sauter. L'idée des huit étages de vide en dessous m'obsédait.

— Regarde-moi.

McBride sauta. Il sembla voler dans les airs. Je retins mon souffle, m'attendant à ce qu'il chute, qu'il glisse. Mais non. Il atterrit sur la cabine comme un acrobate. Bien stable sur ses pieds. Sans le moindre bruit, le moindre « boum ». Il saisit le câble pour se stabiliser.

— Allez ! me lança-t-il en me faisant signe de le rejoindre.

Je voulais leur faire plaisir. Je ne les connaissais que depuis quelques minutes, pourtant je voulais absolument leur faire plaisir. Mais j'étais incapable d'un tel saut. Immobile comme un bloc de pierre. Jake finit par renoncer. L'instant du saut était passé. L'autre ascenseur était maintenant trop bas. Jake souffla à McBride :

— Je le ferai descendre sur celui-là.

McBride sourit en lui adressant un salut militaire.

Jake pivota vers moi, le sourire aux lèvres. Son long manteau voletait autour de lui. Soudain, notre cabine s'ébranla.

— Voilà, murmura Jake. On n'a pas attendu longtemps.

— Je suis désolé, gémis-je en me cramponnant au câble. J'ai le vertige.

Je n'étais pas gêné de l'admettre. Pas à lui. Je m'étais prouvé à moi-même que, mort de peur, je pouvais pourtant tout affronter. Tout sauf ça.

Mais le sourire de Jake ne faiblit pas un seul instant.

— On va te faire sortir de là, avant que la police arrive.

Il ne me demanda pas si j'étais coupable. Et je ne lui demandai pas comment il me ferait sortir. Je lui accordais ma confiance. Et, une fois de plus, j'avais échappé au Loup.

46

Lewis avait réussi à atteindre la voiture. Il s'écroula à l'intérieur. Parvint enfin à appeler des renforts. Il était sous le choc ; il commençait seulement à comprendre ce qui lui était arrivé. Quelqu'un avait essayé de le tuer. Et l'aurait tué sans l'intervention de ce gamin. Lewis revoyait cet homme, cette large silhouette à peine visible dans l'obscurité, se jeter sur lui, l'éclair d'un couteau luisant dans sa main. Et ensuite le gamin l'avait sauvé. En déviant le coup qui aurait dû lui trancher la jugulaire. Ils ne pourraient pas le nier. Il ne les laisserait pas faire. Sans ce gamin, il serait mort, vidé de son sang. Rien ni personne n'aurait pu le sauver alors.

Quelqu'un l'avait attendu dans les ténèbres. L'avait attendu, lui et personne d'autre. Lewis Ferguson. Mais pourquoi voulait-on le tuer ?

Et que devenait Guthrie ? Gisait-il dans une flaque de son propre sang à l'un des étages en hauteur ? Lewis priait pour qu'il aille bien. Il était maintenant convaincu qu'on les avait attirés dans un piège. Un faux appel à l'aide. Il en était persuadé.

Rien ne pourrait l'empêcher de parler après cela.

Lewis se renversa dans le fauteuil et attendit les renforts.

Gaby s'assit dans son lit, se demandant ce qui se passait. Il y avait du raffut dans l'escalier. Ce qui était courant, mais, depuis le meurtre, les nuits avaient été calmes. La police avait réussi à nettoyer l'endroit. Elle entendait pourtant les ascenseurs fonctionner et des bruits de pas sur les marches. Elle se leva d'un bond pour gagner la fenêtre. Une voiture de police était garée devant l'entrée, le gyrophare allumé. La police était là. Mais pourquoi ?

Ram !

Elle crut tout d'abord qu'on l'avait découvert, et chez sa tante en plus. Cette dernière allait la tuer pour l'avoir laissé entrer là, et dormir dans son lit, manger sa nourriture ! Et Ram... est-ce qu'il l'impliquerait ? (« Impliquer », c'est un bon mot, se dit-elle, espérant qu'elle se le rappellerait pour sa prochaine dissertation.) Elle plissa les yeux, redoutant à tout instant de voir Ram se faire traîner hors de l'immeuble, mains menottées derrière le dos, et jeter peut-être un ultime regard vers la fenêtre de Gaby – un regard accusateur. Elle s'écarta au cas où, pour ne pas qu'il la voie. Oh, pourquoi avait-il fallu qu'elle s'en mêle ? Pourquoi l'avait-elle aidé ?

Malgré tout, elle pensait à lui : il devait être effrayé par ces bruits de pas dans les escaliers, attendant qu'on vienne l'arrêter, qu'on l'emmène de force. Il penserait qu'elle l'avait trahi. Ou que c'était Zoé. Oui... Zoé. L'avait-elle dit à quelqu'un ? Gaby avait l'impression qu'elle cachait quelque chose. Ce serait bien son genre, d'ailleurs, par pure méchanceté, de téléphoner aux flics pour leur dire où trouver le garçon qu'ils cherchaient depuis des jours. Mille possibilités tourbillonnaient dans sa tête. Elle aurait voulu avoir le courage d'aller chez Tante Ellen pour vérifier que Ram allait bien. Mais la simple idée de descendre toutes ces marches, au beau milieu de la nuit, l'effrayait bien trop. Non. Elle en serait incapable.

Elle entendit la porte d'entrée de l'appartement s'ouvrir. Son cœur fit un bond dans sa poitrine. Elle sortit de sa chambre et jeta un œil dehors.

— C'est toi, Maman ?

Pas de réponse. Elle vit soudain Dan surgir au coin du couloir qui desservait les ascenseurs. Il mit son doigt devant sa bouche.

— Chut. Il ne faut pas réveiller ta mère. Il se passe quelque chose de louche, ici. Je ne sais pas quoi. Reste à l'intérieur. Mieux vaut ne pas s'en mêler.

Gaby referma la porte et retourna se coucher. Il lui répugnait de l'admettre mais, pour une fois, elle était contente que Dan soit là. Il dégageait une impression de solidité. Peu importe ce qui se passait dans l'immeuble, Dan ne laisserait personne leur faire du mal.

Les renforts arrivèrent au moment où Guthrie sortait de l'immeuble au pas de course.

— Où étais-tu ? hoqueta Lewis. Je m'inquiétais.

— Y avait des drogués au treizième. Je n'arrivais pas à te joindre par radio. Qu'est-ce qui s'est passé ?

Il s'agenouilla devant Lewis pour examiner sa gorge.

— Ça t'a pas raté de beaucoup, on dirait.

— Un homme a essayé de me tuer. Un gamin m'a sauvé, fit le jeune policier, toujours sous le choc.

Guthrie se releva.

— Nan. Ça devait être une bagarre entre junkies. Tu t'es retrouvé pris au milieu. Dans le noir, comment savoir ?

C'était peut-être vrai, se dit Lewis. L'homme devait attendre le gamin dans le noir, le couteau tiré pour lui voler de la drogue. Prenant Lewis pour le gamin, il l'avait attaqué, et le môme lui avait sauté dessus en renversant la situation. Ça semblait logique. Peut-être qu'on ne l'avait pas délibérément attaqué. Peut-être que le gamin ne l'avait pas sauvé.

— T'as reconnu l'un ou l'autre ? voulut savoir Guthrie.

Lewis se rappela le rayon de lumière, les cheveux rouge brique et l'impression qu'il voyait devant lui le gamin que toute la ville recherchait. Il faillit le répéter à Guthrie. Mais un autre agent courait déjà vers sa voiture. Un bleu, comme lui, avec qui il avait fait l'école de police. Fabio.

— Ça va, Lewis ?

En voyant son collègue ensanglanté, Fabio pâlit. Le pire cauchemar d'un bleu.

Guthrie répondit à sa place.

— Deux drogués l'ont agressé. L'un des deux a un couteau.

Il tapota l'épaule de Lewis.

— Tu restes là, vieux. Une ambulance est en route.

Lewis se laissa aller dans son siège. Son coéquipier avait trouvé une explication. Et il avait sûrement raison. Tout s'était passé si vite qu'il crut avoir rêvé. Il voyait des mystères et des conspirations partout.

Deux drogués l'avaient agressé dans le noir. Un point, c'est tout.

Soudain, Lewis se redressa, les idées claires.

Comment Guthrie savait-il qu'il faisait noir ?

47

De ma main valide, je serrai le câble. Sans quitter Jake des yeux. Je ne pouvais pas regarder en bas, je pouvais juste le regarder, lui. L'ascenseur plongea. Il plongea bel et bien dans le vide, créant un courant d'air qui rugit dans le conduit. J'étais émerveillé par le courage de Jake. Moi, j'étais accroupi sur le toit, je me cramponnais, presque enroulé autour du câble, trop effrayé pour regarder où que ce soit, et lui, il se tenait debout, les jambes écartées, son long manteau gonflé par le vent. Il ressemblait presque à un pirate.

— Ça, c'est de la sensation forte, dit-il. Génial, pas vrai ?

— Terrifiant, tu veux dire.

Ma réponse franche ne fit qu'élargir son sourire.

On descendit encore et encore, plus bas même que le rez-de-chaussée ; je crus qu'on allait droit en enfer. L'ascenseur finit par s'arrêter après une série de secousses. On était arrivés au sous-sol.

— Comment ça se fait que le gardien ne vous ait jamais trouvés ? lui demandai-je.

Jake secoua la tête.

— On sait où se cacher. On est trop rapides pour lui. Et, soyons francs, lui aussi, il croit à ces histoires de fantômes.

Afin d'illustrer ses paroles, il fit glisser ses doigts sur le plafond en acier ondulé. Le bruit étrange résonna dans le conduit.

— On peut filer une peur bleue aux vieilles dames dans l'ascenseur, en tapotant le plafond, en laissant crisser nos ongles sur le métal. En murmurant dans le conduit.

Je ne pus m'empêcher de rire.

— C'est cruel. Elles pourraient avoir une crise cardiaque.

Les fantômes. Ils étaient là, les spectres de l'immeuble. Si seulement les locataires savaient...

— Alors, comment on sort d'ici ? demandai-je à Jake pendant que nous sautions au sol. Un sol... bien solide. Je me sentais beaucoup mieux.

— Je vais te montrer.

Le sous-sol de la cage d'ascenseur était l'endroit le plus glauque que j'avais jamais vu. Les entrailles de l'enfer. Des murs en béton, un tunnel qui s'élevait dans les ténèbres. Je m'attendais à tout instant à ce que les câbles prennent vie, rampent dans ma direction et s'enroulent autour de moi. À aucun prix je n'aurais voulu m'attarder.

McBride nous attendait.

— Venez, lança-t-il à voix basse. Les flics seront là d'un instant à l'autre.

Je ne voyais pas où ils comptaient aller. Ce gouffre semblait sans issue. Mais je les suivis en silence. Je crois que j'aurais suivi Jake n'importe où. Il s'arrêta devant ce que je pris pour un mur ordinaire. Il s'agenouilla, ouvrit une petite trappe qui était invisible au pied du mur et se tourna vers moi en souriant.

— La voilà, notre porte de sortie, dit-il.

Il se faufila à plat ventre dans l'ouverture pendant que McBride et moi, on attendait. Je retenais mon souffle ; peut-être la police était-elle déjà là, avec ses torches pour nous repérer dès notre sortie. Et des bergers allemands flairant le sol pour nous retrouver...

La tête de Jake réapparut dans la trappe.

— La voie est libre, déclara-t-il.

McBride posa ses mains sur mes épaules pour que je m'accroupisse.

— À ton tour, dit-il.

Cette fois-ci, je n'hésitai pas un seul instant. Je rampai dans le noir jusqu'à sentir l'air glacial de la nuit sur mon visage. Il n'y avait personne dans les environs. On ne risquait pas de nous apercevoir d'une fenêtre, car la trappe était dissimulée par des buissons volumineux où fleurissaient des sacs plastique et autres détritus. L'endroit parfait pour entrer et sortir sans se faire remarquer.

Le ciel était dégagé. Là-haut, la lune semblait de givre. Je frissonnai tellement j'avais froid. Je tenais mon bras touché.

Jake m'attrapa par la manche pour regarder ma blessure.

— Il faut te faire recoudre.

— Pas le temps, répondis-je en secouant la tête.

Il me regarda un long moment.

— T'as des choses à faire, petit gars ? me demanda-t-il finalement.

Sans répondre, je hochai la tête.

— Tu n'as rien d'autre à te mettre ?

Je ne portais que la chemise bleue, déchirée, pleine de sang, et le pantalon trop grand pour moi. Je ne m'étais pas habillé contre le froid. J'étais sorti de chez Tata Ellen en comptant bien y retourner plus tard.

— Ça va aller, répondis-je, mais mes dents claquaient autant à cause du stress que du froid.

Jake ôta son pardessus et me le tendit.

— Prends-le. Il y a un peu d'argent dans les poches. Il est à toi.

— Je ne peux pas accepter, allais-je protester.

Mais je le pris quand même, enfilai les manches et le serrai contre moi. La chaleur de Jake l'imprégnait. C'était un manteau génial.

— Il te va bien, dit-il dans un sourire.

Un gars chouette, ce Jake. Dès que je l'avais vu, je l'avais deviné.

— Tu sais où aller ? me demanda-t-il.

— Oui, je sais parfaitement où aller, répondis-je.

Notre rencontre m'avait donné un coup de fouet. J'étais plus déterminé que jamais. Je l'avais vaincu de nouveau. J'avais vaincu le Loup ! Je lui avais échappé, encore une fois. Je savais que l'homme n'abandonnerait pas avant de m'avoir fait la peau. Eh bien, moi, je n'abandonnerais pas non plus.

— Fais attention à toi, petit gars, dit Jake.

McBride et lui détalèrent. Je les regardai courir dans la nuit jusqu'à les voir disparaître.

Ils étaient peut-être bien des fantômes. Partis aussi vite qu'ils étaient venus. Mais c'était idiot de le penser. J'avais le manteau de Jake. Il me réchauffait plus que le corps. Il semblait imprégné de toute la malice de Jake. Son audace filtrait du vêtement à mon âme.

Pas de temps à perdre. Je devais filer, moi aussi. Je courus le long des ruelles et des jardins, de nouveau en route vers la ville. Vers La Chamade. J'allais enfin résoudre cette énigme.

48

Gaby n'arrivait pas à dormir. Elle observa le va-et-vient des forces de l'ordre depuis sa fenêtre, vit arriver l'ambulance où un policier blessé fut transféré sur une civière. Les cris des badauds lui parvenaient depuis la rue : ils voulaient savoir ce qui était arrivé.

Encore une attaque au couteau. Quand elle entendit cela, elle sauta dans son lit et tira les couvertures par-dessus sa tête. Que s'était-il donc passé ici cette nuit ?

Elle guetta le ronflement de sa mère dans la pièce contiguë, pour s'assurer qu'ils dormaient tous les deux, elle et Dan. Rien ne réveillerait sa mère, pas même un tremblement de terre. C'était l'âge, sûrement. Elle tapa le numéro de téléphone de sa tante sur son portable, laissa sonner deux fois, avant de rappeler. C'était le code pour que Ram sache que c'était elle.

Mais il ne décrocha pas. Il était parti ! Elle ne savait plus quoi penser. Elle décida finalement de téléphoner à Zoé. Elle battit du pied avec impatience en attendant qu'elle réponde. Lorsqu'elle prit enfin l'appel, sa voix était encore ensommeillée.

— Quoi ? C'est toi, Gaby ? Quelle idée de m'appeler à cette heure ! On est au beau milieu de la nuit !

— Tais-toi deux secondes, Zoé. Il est arrivé quelque chose ici, cette nuit. Une autre agression au couteau. Tu te rends compte, j'ai hébergé Jack l'Éventreur chez ma propre tante ! Et il est parti. Je l'ai appelé, mais il n'a pas répondu. Il a dû filer. C'était sûrement Ram. J'ai aidé un tueur à se planquer. J'avais vu juste, la première fois. Il avait le visage du démon, c'est sûr.

Zoé fut aussitôt parfaitement réveillée.

— Mais non, voyons. Il doit y avoir une autre explication. Je me demande où il est allé.

— Qu'est-ce que je vais raconter à la police quand elle viendra nous interroger ?

— Ne lâche rien, Gaby, répondit Zoé comme une supplique.

— Pour toi, ça ne coûte rien de dire ça. Tu n'habites pas là. Je ne sais plus quoi penser. J'ai très peur, Zoé.

— On se voit demain, Gaby. On en reparlera à ce moment-là.

Après cette conversation, Gaby ne pouvait toujours pas dormir. Elle n'avait pas menti. Elle avait peur. Si seulement elle pouvait en parler à quelqu'un, à quelqu'un en qui elle aurait toute confiance.

Elle attendit l'aube, allongée dans son lit. Un nouveau jour ce levait, et quel jour !

C'était son anniversaire.

JEUDI

Le Loup sentait sa colère enfler de minute en minute. Il ne pouvait pas dire à Barry McKay qu'il avait de nouveau échoué. Qu'il avait juste blessé le flic, et qu'il n'avait toujours pas éliminé le môme. Est-ce qu'il perdait la main ? Non. Il était aussi bon, ou plutôt aussi méchant, qu'il l'avait toujours été. C'était le mioche. Sa haine envers lui le dévorait comme un cancer. Depuis le début, ce gamin avait été une source d'ennuis. S'il pouvait se débarrasser de lui, la vie redeviendrait normale. Sa réputation serait sauvée.

Cette haine l'habitait, le possédait. Tel un désir de vengeance. Le gamin. Le Loup n'avait plus que lui en tête.

La mère de Lewis avait accouru à l'hôpital dès qu'on l'avait prévenue. Elle avait même embarrassé son fils devant tout le monde en donnant des coups de sac à main aux docteurs et aux infirmières pour arriver jusqu'à lui.

— Tu n'aurais jamais dû entrer dans la police, lui dit-elle. Tu aurais pu grimper les échelons au supermarché Tesco.

Il ne voulut pas lui rappeler qu'il n'y avait travaillé qu'à mi-temps, comme magasinier.

Il savait que toutes ses simagrées et ses blagues étaient sa façon de dissimuler son inquiétude. Les yeux de sa mère s'emplirent de larmes.

— Je vais bien, M'man, la railla-t-il. Regarde, je n'ai qu'un point de suture minuscule.

Trois, en fait. L'entaille avait raté de peu une artère principale. Il serait mort sans l'intervention... du gamin. « C'est fou comme la vie peut basculer en un quart de seconde », se dit-il. Le môme avait surgi de nulle part, déséquilibrant son agresseur. S'il n'était pas intervenu à cet instant précis... L'idée lui glaça les sangs. Il serait mort.

— Qui t'a fait ça ? Qui ? Je le tuerai de mes mains ! avait hurlé sa mère en toute sincérité.

Si elle avait pu mettre la main sur le coupable, elle l'aurait réduit en bouillie.

Mais il ne lui répondit pas. Il avait eu le temps d'y réfléchir. Durant sa longue attente à l'hôpital, il s'était demandé en qui il pouvait avoir confiance. Pas dans son coéquipier. Guthrie. Cette certitude lui faisait plus mal que sa blessure. Mais il en était maintenant persuadé, son coéquipier savait que l'appel était bidon. Il se souvenait de la façon dont il l'avait dévisagé avant d'entrer dans l'immeuble. « T'es un bon gars », avait-il dit, comme s'il se doutait qu'il ne le reverrait plus... vivant. L'homme au couteau avait visé la gorge. Il savait donc que Lewis était un policier et qu'il porterait un gilet pare-balles. Son cou était son seul point faible. L'assassin l'avait attendu dans le noir pour le poignarder. Et Guthrie savait qu'il ferait noir. C'était Guthrie, aussi, qui avait insisté pour qu'il aille voir Warren, son copain de la crim'. Jusqu'où remontait cette conspiration ? Car Lewis en était maintenant convaincu, c'était une conspiration.

Alors il joua le jeu, répétant qu'il s'était par malchance retrouvé au milieu d'une querelle de junkies. Comme il ne savait pas en qui avoir confiance, personne ne reçut ses confidences.

On l'autorisa finalement à rentrer chez lui.

— On lui donne sa journée, demain, madame Ferguson. Ce garçon a besoin de repos.

Si le sergent s'attendait à des remerciements, c'est qu'il ne connaissait pas la mère de Lewis.

— Un seul jour de repos ? On aurait dû lui donner une semaine ! avait-elle rétorqué. Et une médaille en prime.

Sur le chemin du retour, il resta silencieux. Ce qui ne lui ressemblait pas. Sa mère ne cessait de quitter la route des yeux pour le regarder, comme si elle craignait qu'il fasse un malaise.

— Tu es sûr que ça va ? répétait-elle.

Chaque fois, il lui assurait que oui, tout allait bien.

La Chamade était fermée quand j'y arrivai. Les portes, verrouillées, cadenassées.

Établissement sous surveillance vidéo, lisait-on sur une plaque. Peu importait. Je voulais demeurer tout près. Pour être là à l'ouverture, quand Eddie arriverait. Je cherchai un endroit non loin où passer le reste de la nuit.

C'est l'odeur qui attira mon attention. L'odeur de cuisine chinoise. Qui sait, quelqu'un avait peut-être laissé tomber un bol de riz en emportant sa commande ? Avais-je tellement faim ? Je n'éprouvais plus rien. Je regardai à droite et à gauche avant de traverser la rue déserte, et sentis aussitôt la chaleur qui se dégageait de l'arrière-cuisine. Autour de moi, le vent glacial emportait des feuilles de journaux et des ordures le long du trottoir. À part ça, rien ne bougeait. Le vent se prit dans le manteau de Jake lorsque je grimpai le mur pour me glisser à l'arrière du restaurant, dans les ténèbres.

49

La tour grouillait à nouveau d'activité. Des voitures de police étaient garées partout à son pied, des agents frappaient aux portes pour interroger les habitants.

— Tout cela est ridicule ! s'exclama la mère de Gaby pour la centième fois.

Elle flanqua un bol de céréales devant sa fille.

— Je n'ai pas fermé l'œil.

Elle mentait. Sa mère avait ronflé toute la nuit, comme d'habitude. Dan regarda Gaby à la dérobée et lui fit un clin d'œil complice – ils connaissaient l'un et l'autre la vérité. C'est plutôt lui qui avait l'air d'avoir passé une nuit blanche, comme Gaby.

L'expression de sa mère changea soudain.

— Au fait, joyeux anniversaire, chérie, dit-elle en tendant à Gaby un sac à main de marque, identique à celui qu'elle avait vu en ville et qu'elle avait adoré.

Gaby s'en empara avec des cris de joie, oubliant pour un instant tous ses problèmes.

— Il est super ! Exactement celui que je voulais. Comment t'as deviné ?

— Oh, ça fait seulement deux semaines que tu ne parles que de ça, répondit sa mère en riant.

— Je le prendrai ce soir, pour sortir avec Zoé.

— Et on peut savoir où vous allez ? lui demanda-t-elle d'un air méfiant.

— Juste au café.

Encore un mensonge. Mais elle ne pouvait lui dire la vérité. Sa mère lui répétait sans cesse de rester à bonne distance de La Chamade. « Ce Billy Taggart s'attire toujours des problèmes », répétait sa mère. Elle ne l'aurait jamais laissée y aller. Même pour son anniversaire.

Mais Gaby comptait bien le fêter dignement en faisant ce dont elle avait envie. Elle irait là-bas, un point, c'est tout.

Dan plongea la main dans sa poche et ouvrit son portefeuille dodu. Il en sortit une liasse de billets.

— Tiens, avec ça, tu te trouveras un petit quelque chose pour aller avec le sac.

Mme McGurk lui déposa un baiser sur le haut du crâne.

— Tu es trop bon avec elle, Dan.

Elle se tourna vers sa fille.

— C'est un merveilleux cadeau d'anniversaire, non ? Qu'est-ce qu'on dit ?

En effet, c'était plus que généreux. La liasse glissa vers elle sur la nappe, sans qu'on lui pose d'autres questions. Gaby marmonna un « merci ». Elle parvint même à sourire. Pourquoi faisait-il un truc pareil alors qu'elle commençait enfin à l'apprécier ? Dan pensait qu'on pouvait tout acheter. Elle fut soulagée lorsque son portable se mit à sonner. C'était Zoé, qui chantait « Joyeux Anniversaire » complètement faux. Gaby se leva de table, maintenant le téléphone à bonne distance de son oreille. Elle fit une grimace à sa mère.

— C'est Zoé. Tu l'entends ? Je crois que Kylie Minogue n'a pas de soucis à se faire.

— Bonjour, Zoé, lança sa mère, et Zoé répondit tout aussi fort :

— Bonjour, madame McGurk.

Gaby gagna sa chambre en essayant de faire comme si de rien n'était. Dès qu'elle referma la porte, son ton changea :

— Tu peux arriver avant l'heure au collège ? Il faut que je te parle.

— Je suis déjà là. Devant chez ta tante, en fait. La porte n'est pas fermée à clé.

Gaby faillit hurler.

— Elle est restée comme ça toute la nuit ? C'est pas vrai ! N'importe qui aurait pu entrer. Je le tuerai dès que je lui mettrai la main dessus. Il est là ?

— Je ne veux pas entrer toute seule pour le découvrir. Qui sait qui se cache à l'intérieur ? Rejoins-moi dès que tu peux. On doit chercher des indices.

Zoé attendait impatiemment devant la porte.

— J'ai cru que je n'arriverais jamais à entrer dans l'immeuble. Il y a des policiers partout, qui interrogent tout le monde.

Gaby ouvrit la porte d'une poussée et pénétra à l'intérieur d'un pas prudent, comme si elle craignait qu'on lui saute dessus à tout instant. Zoé la suivit.

— Il n'y a personne ici, déclara Gaby après avoir inspecté chaque pièce. Et regarde le bazar qu'il a laissé, gémit-elle.

À l'évidence, Ram s'était installé sur le lit pour lire : des journaux étaient éparpillés par terre. Une tasse de thé à moitié pleine trônait sur la table de nuit.

— Je vais me faire tuer.

Elle entreprit de ramasser les journaux et de refaire le lit.

Zoé la regardait faire, l'air pensif.

— Que s'est-il passé, cette nuit ?

— Deux junkies ont agressé un policier. L'un d'eux était très jeune. Le même que celui que j'avais vu, paraît-il.

— Ce n'est pas possible, Gaby. Ram voulait trouver une solution à ses problèmes. Il était en sécurité, ici. Qu'est-ce qui aurait pu le pousser à partir en plein milieu de la nuit ?

La réponse de Gaby était toute simple :

— Parce qu'il a le crime dans le sang. C'est un tueur-né. Ma première impression était la bonne.

— Arrête un peu, Gaby. Il n'était pas méchant pour deux sous.

Zoé saisit la veste pendue sur une chaise.

— Regarde un peu. Il est parti par une nuit glaciale de février avec juste une chemise sur le dos. Il n'a pas pris de manteau. Il n'a rien emporté du tout. À mon avis, il pensait revenir. Peut-être qu'il a vu quelque chose, quelqu'un sur le point d'attaquer le policier. L'agent s'est fait agresser à cet étage. Ram lui est venu en aide. Puis il a dû filer. Si ça se trouve, il est blessé, Gaby. Il est peut-être même en danger.

Gaby se dit que Zoé devait vivre sur une autre planète. Ram, qui surgissait pour aider un policier ?

— S'il est en danger, tant pis pour lui, lâcha Gaby. Ce n'est plus mon problème.

Zoé regarda par la fenêtre. La rue semblait grouiller de policiers.

— Où est-il, Gaby ? Et qu'est-ce qui l'a poussé à partir d'ici la nuit dernière ?

Je m'éveillai en tremblant de froid. L'odeur de curry imprégnait l'air autour de moi. Il était trop tôt pour que cela me donne faim. Au contraire, ça me donnait la nausée. J'avais été trop gâté chez Tata Ellen, avec ses soupes et ses gaufres. J'entendis des bruits de vaisselle résonner dans les cuisines du restaurant chinois, et je n'étais pas le seul. Un chat bondit par-dessus le muret et faillit m'atterrir sur l'épaule. Il se tourna pour me lancer un regard de défi, comme s'il pensait que j'allais lui ôter de la bouche les restes pourrissants dans les poubelles ; il semblait prêt à se battre pour défendre sa pitance. Je soutins son regard. La queue du chat battait l'air comme un fouet. Ses yeux ne quittaient pas les miens. J'aimais bien ce chat. Rien ne venait perturber la vie de ces petits félins. « Dans ma prochaine vie, je veux être un chat », pensai-je. Avant de sourire. J'en étais peut-être déjà un. Neuf vies. À l'évidence, j'en avais plus d'une. Combien de fois pouvait-on mourir ? Je fis un clin d'œil au chat. Il me contemplait à travers ses paupières mi-closes. Passer la nuit dehors, ne répondre à personne. Oui, j'étais bien un chat.

Quelqu'un ouvrit la porte de l'arrière-cuisine. L'animal se figea, sachant ce qui allait se passer. J'aurais parié qu'il venait là tous les matins, espérant qu'on lui jette les restes de la veille. Je me levai d'un bond. Il était temps de déguerpir. Mon mouvement soudain fit sursauter le matou. J'agrippai le muret de mes deux mains et me hissai jusque de l'autre côté.

Il faisait encore nuit. Au petit matin, la ville était plongée dans un silence de mort. Un camion de livraison de lait rugit dans l'avenue, me forçant à me glisser sous un porche pour le laisser passer. Sur la rive du fleuve, tous les restaurants et discothèques étaient fermés, déserts. Je m'assurai qu'il n'y avait personne, et m'engageai, passant devant le Joshua's Bar, le Moules à gogo et tous les autres. Un seul établissement m'intéressait. Je m'arrêtai en face de La Chamade.

La clé de toute l'énigme était là, devant mes yeux, mais je ne comprenais toujours pas pourquoi.

Je tournai au coin de la rue pour inspecter les baies vitrées et les portes où on avait collé les affiches qui présentaient les animations à venir.

SAMEDI SOIR : SOIRÉE SPÉCIALE QUEEN
BIENTÔT : SOIRÉE WESTERN

Et ce soir, pour la Saint-Valentin, l'entrée était réservée au moins de seize ans. Gaby et Zoé avaient prévu qu'on y aille ensemble. Une bande avait été rajoutée par-dessus l'affiche.

SAINT-VALENTIN. 14 FÉVRIER.

CE SOIR !

Mon cœur se mit lui aussi à battre la chamade.

La Chamade. Le quatorze février.

Le téléphone arabe.

Les mots qui s'emmêlent au fur et à mesure.

L'homme de l'ascenseur n'avait pas dit « gars torse ». Comment avais-je pu me tromper ?

Il avait dit « quatorze ».

« Chamade... Quatorze. »

Voilà ce qu'il me restait à faire : découvrir ce que je devais empêcher.

50

Elle avait été tellement impatiente d'aller fêter son anniversaire à La Chamade, et qui avait tout gâché ? Ram. M. Personne. M. l'Amnésique. Celui qu'elle avait voulu aider par bonté de cœur. Celui qui s'était retrouvé mêlé à un meurtre. Si quelqu'un découvrait qu'elle l'avait caché, elle connaîtrait de vrais problèmes. Et maintenant, il avait disparu. Eh bien, elle espérait ne plus jamais la revoir. Elle en avait assez de ne penser qu'à lui. Et comme si cela ne suffisait pas, c'était la Saint-Valentin, et elle n'avait pas reçu une seule carte. Pas une ! Elle avait ouvert son courrier avec enthousiasme... pour ne découvrir que des cartes d'anniversaire envoyées par des tantes, des cousines et des amies. Mais aucune carte de Saint-Valentin. C'était méga embarrassant.

— Je n'en ai pas reçu non plus, Gaby, lui répétait Zoé, comme si cela pouvait lui remonter le moral.

— Tu n'en reçois jamais, Zoé. Pour toi, c'est normal. Pour moi, c'est une première.

La vie était vraiment trop injuste. Bien sûr, elle savait qui était le responsable de sa malchance. Ram. Il attirait les problèmes comme d'autres les mouches. En tout cas, s'il reprenait contact avec elle, elle irait tout dire à la police.

— Je l'aimais bien, déclara Zoé d'un ton rêveur.

Gaby lui adressa un rictus.

— Comme si on pouvait se fier à ton jugement, Zoé. Je te rappelle que, pour toi, Dark Vador était un gentil.

Elle marqua une pause avant de reprendre d'un ton catégorique.

— Non. Ram était un « méchant », comme on dit. Ma première impression était la bonne. Il a le visage du démon.

Il me fallait une planque pour observer les allées et venues à La Chamade. Un endroit où personne ne me verrait. De l'autre côté du carrefour, un garage offrait plein de recoins où se cacher et une vue dégagée de la porte principale et de l'entrée annexe de la discothèque. Je me faufilai entre des caisses empilées et des voitures, et m'installai pour monter la garde.

Environ une heure plus tard, une BMW argentée s'arrêta presque sans un bruit devant l'établissement. Le ciel était encore sombre, mais zébré d'orange à l'est. L'aube se levait. Un homme sortit de la voiture en regardant tout autour de lui. Je pus voir son visage. Billy Taggart. Pour moi, il ressemblait toujours à un gangster. Il tenait un trousseau de clés dans la main, que j'entendais tinter. Gaby m'avait assuré que c'était un homme honnête qui essayait d'offrir des lieux de distraction potables aux jeunes de la ville. Je n'avais pas forcément envie de la croire, mais Zoé m'avait dit la même chose. Et je savais que je pouvais me fier à son jugement.

J'hésitai à sortir de ma cachette, à traverser la route en courant pour lui faire part de mes soupçons. Lui parler d'Eddie. Lui dire qu'il allait se passer quelque chose ce soir à La Chamade.

Mais quoi ? Et s'il ne me croyait pas ? Il risquait de me reconnaître et de me livrer à la police. Je m'enfonçai un peu plus encore dans les ombres. De toute façon, les filles se trompaient peut-être l'une et l'autre. Il était toujours possible que ce Billy soit derrière toute l'affaire. En allant le voir, je me jetterais peut-être dans la gueule du loup. Eddie travaillait pour Billy Taggart. À La Chamade. Non. Je ne pouvais prendre le risque de faire confiance à cet homme.

Il ressortit de la discothèque au bout de quelques minutes. Il remonta en voiture et alla se garer en marche arrière dans le parking sur le côté de l'établissement. Je notai le fait qu'il avait laissé la porte d'entrée ouverte. Il y reviendrait bientôt. Mais pour l'instant, il était hors de vue et je n'allais pas laisser passer l'occasion de jeter un œil à l'intérieur de La Chamade. J'y découvrirais peut-être des indices. Je m'assurai que la rue était déserte et traversai à toute vitesse, montai les marches deux par deux et me glissai à l'intérieur.

Lewis faisait la grasse matinée. Du moins, il essayait. Mais mille pensées tourbillonnaient dans son esprit, des soupçons qu'il ne pouvait plus ignorer. Depuis qu'il était gamin et qu'il regardait l'inspecteur Clouseau à la télé, il n'avait jamais eu qu'un seul rêve : entrer dans la police. Il était fier de se retrouver flic. Et ne voulait pas penser du mal de certains collègues. Ne voulait pas croire qu'il y ait la moindre brebis galeuse, le moindre ripou. Pourtant, il en était convaincu. Il soupçonnait Warren, l'officier de la crim', qui avait écouté tous ses rapports, sans jamais en tenir compte. À présent, il soupçonnait même son coéquipier, Guthrie. Tout concordait. On avait offert un job dans la crim' à Lewis, façon de dire : « voilà votre récompense si vous la bouclez ». Mais il avait refusé. Alors ils avaient dû trouver une autre façon de le faire taire. En l'attirant à Wellpark Court sous le prétexte d'un « incident ». Mais il n'y avait aucun incident, juste un homme qui l'attendait dans le noir au cinquième étage avec un couteau.

Lorsque Lewis était parti de son côté pour prendre les escaliers, Guthrie savait qu'il ne le reverrait jamais vivant. Il l'envoyait à la mort. Son coéquipier en était-il vraiment capable ?

Il avait été trouver Warren pour lui parler du tuyau anonyme. Pour lui dire que la victime avait été vue pour la dernière fois à La Chamade. Cette information avait semblé signer son arrêt de mort. Pourquoi était-ce si important ?

La Chamade.

Quel était le lien avec la boîte de nuit ?

51

Une fois à l'intérieur de La Chamade, je cherchai une cachette, l'oreille aux aguets au cas où Billy Taggart reviendrait. Des verres étincelaient sur une étagère en acier au-dessus du bar en bois sombre. Une boule à facettes pendait au milieu du plafond, reflétant la lumière des réverbères dans la rue. Soudain, j'entendis la porte d'entrée s'ouvrir. Je filai derrière le bar, où je m'accroupis sous l'évier, à l'abri des regards. Je voyais le reflet de Billy Taggart dans le miroir qui surplombait les bouteilles. Il marcha droit vers le bar et regarda partout comme s'il cherchait quelque chose. Ses clés. Je les voyais qui se balançaient près du bord du comptoir, prêtes à tomber dans l'évier. Si cela arrivait, il viendrait de mon côté et me découvrirait. Je serrai les dents, tendis le bras pour pousser délicatement les clés vers les doigts tâtonnants de leur propriétaire. Il les attrapa avec un soupir satisfait. Le bruit de ses pas s'atténua tandis qu'il se dirigeait vers la porte et, l'instant d'après, j'entendis la porte se refermer et les clés tourner dans la serrure.

J'étais seul. J'attendis encore un peu dans ma cachette, jusqu'à ce que le moteur de sa voiture rugisse, puis ronronne dans le lointain. Alors seulement sortis-je de derrière le bar pour regarder autour de moi. De nouveau, j'avais de la chance. Il y avait du Coca dans l'un des frigos ; des tartes, des petits pains et des sandwichs dans un autre. Un micro-ondes trônait dans un coin. Tout pour me préparer un petit déjeuner. Ce dont je ne me privai pas.

Installé à l'une des tables, je dégustai une tarte tiède tout en buvant du Coca comme un habitué de la boîte. Je les savourai jusqu'à la dernière miette, la dernière goutte avant de nettoyer la table avec ma manche. Mieux valait ne pas laisser de traces. Les toilettes étaient impeccables. Un vrai plaisir de s'en servir. Puis j'explorai le reste du bâtiment – derrière le bar, dans les bureaux – à la recherche de quelque chose d'intéressant. De suspect.

L'une des portes menait à la cave, là où j'avais vu Eddie pour la dernière fois, tandis qu'il aboyait des ordres aux livreurs de bière. Je me rappelais encore son expression lorsqu'il m'avait aperçu. La pièce était encore pleine de fûts, et de caisses remplies de bouteilles et de canettes. Je ne savais même pas ce que je cherchais, mais j'étais prêt à rester à La Chamade le temps qu'il fallait pour trouver quelque chose.

Avant tout, je décidai d'appeler Gaby. Son numéro de portable surgit dans mon esprit. Comment pouvais-je me rappeler un numéro entendu une seule fois, et rien de mon passé ?

« Ma mémoire me reviendra », me dis-je pour la centième fois. Un jour, je me réveillerai et tout sera revenu en place, chaque seconde de mon passé oublié. Je le regretterai peut-être. N'avais-je pas repoussé mes souvenirs parce qu'ils étaient trop douloureux... ?

Il y avait un téléphone dans la cave. Je décrochai et composai le numéro de Gaby, espérant qu'elle n'avait pas éteint son portable.

— Est-ce votre téléphone, Gaby McGurk ?

Mme Wilson lui hurla après tandis que le reste de la classe ricanait.

— Désolée, madame.

Gaby farfouilla dans son sac. Elle s'attirait toujours des ennuis parce qu'elle oubliait d'éteindre son téléphone.

— Sûrement quelqu'un qui m'appelle pour me souhaiter un bon anniversaire. C'est aujourd'hui, vous savez.

Elle voulut jouer la carte de la sympathie. Mais cela ne marchait pas avec Mme Wilson.

— Éteignez-le IMMÉDIATEMENT !

Gaby le trouva mais fit mine de continuer à chercher pour regarder qui l'appelait.

— J'ai dit IMMÉDIATEMENT !

Gaby feignit la panique.

— Je ne le trouve pas, madame.

Mme Wilson remonta la rangée de bureaux, rouge de colère. Gaby n'eut qu'une seconde pour jeter un coup d'œil au numéro et constata qu'elle ne le connaissait pas. Elle éteignit l'appareil juste avant que Mme Wilson n'abatte un livre sur sa table, ratant de peu les doigts de Gaby.

Je raccrochai. Je pourrais toujours réessayer plus tard, pensai-je en me souvenant que Gaby devait être en classe. Je voulais qu'elle sache où j'étais, et qu'elle apprenne que ce n'était pas moi qui avais poignardé le policier.

Conscient qu'il me faudrait attendre des heures dans la cave, je préférai retourner aux toilettes. J'avais bu trop de Coca. En sortant, je me rendis compte que quelque chose avait changé. Au début, je ne voyais pas quoi, puis je remarquai un autre trousseau de clés déposé sur le bar. Un trousseau qui n'était pas là avant. Je retournai dans les toilettes à reculons, mes yeux papillonnant de droite et de gauche. Mais c'était trop tard. Quelque chose se fracassa contre mon crâne.

52

On avait accordé à Lewis une journée de repos, et il comptait l'utiliser à bon escient. Il se sentait bien, n'ayant pas perdu trop de sang. Lui qui avait cru mourir seul dans cet escalier caverneux de Wellpark Court, il s'en était sorti avec trois points de suture.

Sa mère pensait toujours qu'il méritait une semaine d'arrêt, ainsi qu'une médaille. « Quelle vieille chouette », pensa-t-il tendrement. Elle ne l'aurait même pas laissé sortir s'il lui avait dit où il comptait aller, mais elle était partie travailler et il serait rentré avant elle. Elle cherchait déjà d'autres métiers possibles pour son fils. « Si tu tiens à porter un uniforme, on cherche quelqu'un pour faire traverser les enfants devant l'école du quartier », lui avait-elle annoncé.

Lewis monta dans sa voiture et partit faire un tour, certain qu'on le suivait. « Je deviens paranoïaque », se dit-il. Il voyait la conspiration partout. Il roula un moment, le long de la rive, au-delà du port de plaisance, où les yachts et les goélettes mouillaient pour l'hiver, au-delà de la centrale électrique et des terminaux du ferry. Mais il n'avait qu'une seule destination en tête : La Chamade.

Dans la cour, à la récré, Gaby retourna son sac pour retrouver son téléphone. Elle regarda de nouveau le numéro. Il avait un indicatif de la ville, mais elle ne le reconnaissait pas.

— Pourquoi est-ce que tu n'appelles pas ? suggéra Zoé. Comme ça, tu sauras qui a voulu te joindre.

— C'est ce que je comptais faire, rétorqua-t-elle sèchement.

Elle n'aimait pas quand Zoé avait de bonnes idées avant elle.

Elle composa le numéro et attendit. La température était en hausse et le gel avait fondu sur les routes. Une bruine légère commençait à tomber. Le sol bitumé de la cour fut bientôt trempé et brillant. C'était peut-être un appel pour la Saint-Valentin, se dit Gaby. Un mec canon qui voulait s'excuser de ne pas lui avoir envoyé de carte et allait lui déclarer sa flamme.

Quelqu'un décrocha à l'autre bout. Gaby allait demander à qui elle parlait lorsqu'elle comprit qu'elle était tombée sur un répondeur.

— « Bonjour, vous êtes sur la messagerie de La Chamade. La boîte la plus branchée de la ville ! Désolé, il n'y a personne pour le moment. Merci de rappeler ultérieurement. »

Gaby raccrocha. Se tourna vers Zoé.

— C'était le numéro de La Chamade.

Zoé en eut le souffle coupé.

— Mais qui peut bien te téléphoner de là-bas ?

Elles connaissaient toutes les deux la réponse.

— Ram, répondit Gaby. Il voulait à tout prix y aller. Il y a peut-être découvert quelque chose. Et a voulu m'avertir.

La sonnerie retentit, les rappelant en cours. Gaby réfléchissait à cent à l'heure. Oui, c'était Ram. Qui l'avait appelée depuis La Chamade. La question était : « S'y trouvait-il encore ? »

Lorsque je repris conscience, une douleur oppressante me vrillait le crâne. On m'avait attaché à un poteau, les bras croisés dans le dos. Il me fallut une minute pour me rappeler où j'étais et ce qui s'était passé.

J'étais dans une petite pièce attenante à la cave. Il n'y avait pas de fenêtre, mais la porte était ouverte et j'apercevais de la lumière. La lumière du jour. La trappe donnant sur la rue était ouverte. J'entendais du bruit à côté, sans doute une nouvelle livraison de fûts de bière. Je voulus crier, appeler à l'aide, mais je me rendis compte, alors, qu'on m'avait bâillonné avec du gros scotch. Impossible de faire le moindre bruit. Dire que les secours étaient si proches ! J'essayai de me libérer, mais les cordes étaient bien serrées autour de mes bras. Des hommes faisaient rouler les fûts à quelques mètres de moi, et je ne pouvais rien tenter pour attirer leur attention.

Je me cognai volontairement la tête au poteau derrière moi, mais cela ne produisit guère de bruit. Pas assez pour alerter les livreurs qu'un gamin était retenu là, et qu'il courait un grand danger. Cette fois-ci, je m'étais fait prendre, et comment arriverais-je à m'en sortir, maintenant ? Je me mis à trembler comme une feuille. Était-ce le loup ? M'avait-il poursuivi jusque-là ? Avait-il enfin réussi à m'attraper ?

Des éclats de voix retentirent à côté, mais je ne réussis pas à identifier qui parlait. La trappe se refermait déjà. Un rabat, puis l'autre, et la cave se retrouva plongée dans les ténèbres.

Des pas s'approchèrent de moi, tout doucement ; je retins mon souffle. S'il s'agissait de l'homme qui m'avait pourchassé, s'il s'agissait du Loup, autant dire que j'étais mort. J'avais vu la haine pure briller dans ses yeux. Même dans les ténèbres, elle était visible. Il ne perdrait pas une seconde.

Si je m'étais rappelé à qui j'étais censé adresser une prière, je l'aurais fait à cet instant.

Les pas s'approchèrent un peu plus. Entrèrent dans la cave, et une lampe de faible intensité fut allumée.

C'était Eddie. Ce bon vieux Eddie qui m'avait trompé en me faisant croire qu'il était comme moi, qu'il dormait dehors et n'avait pas de chez-lui. Eddie venait d'entrer dans la cave.

Je clignai des yeux pour m'habituer à la lumière. Il se tenait devant moi et souriait comme un demeuré.

Il claqua la porte.

— Oh, on s'est réveillé, on dirait.

Sa voix, toujours aussi geignarde, trahissait maintenant une certaine confiance en soi.

Je ne pouvais pas répondre. Il arracha le scotch de ma bouche si violemment que j'en aurais hurlé.

— Pas la peine de crier, petit gars. Y a personne, et de toute façon, on t'entendrait pas.

Eddie s'accroupit en face de moi. Je me tortillai pour me libérer des cordes. À trois centimètres près, j'aurais pu lui donner un coup de boule. Il souriait toujours. Pas du tout à la manière amicale de Jake, mais de façon sinistre.

— Tu n'arriveras pas à te détacher. J'ai appris à faire des nœuds chez les scouts. Ils ne pensaient pas à ce genre d'application, hein ? Alors, qu'est-ce que tu penses de ce bon vieux Eddie ? Je t'ai bien berné, hein ? J'suis un bon acteur, non ? Je participais toujours aux spectacles de l'école, tu sais. Je jouais le méchant.

Il s'amusait visiblement.

— Le Loup n'était pas content que je m'en mêle, cette nuit-là. Il disait qu'il n'avait pas besoin d'aide. Mais c'est moi qui ai découvert ce que tu savais. La Chamade. Dès que tu m'as dit ça, vieux... t'étais un homme mort. En tout cas, tu aurais dû l'être.

Était-ce la nervosité ou l'excitation qui lui déliait la langue ? Il n'avait pas encore fini.

— Tu t'es complètement fait avoir, tu m'as tout raconté. Pauvre petit Eddie sans famille.

Il a craché au sol.

— Tu parles ! Cette fois-ci, c'est moi qui t'ai attrapé, pas le Loup. Moi. Et je vais le prouver au Boss, je peux finir le boulot que le Loup n'a pas réussi à accomplir.

Le Loup. C'était bien lui, depuis le début. Il n'avait rien d'une légende urbaine. Le Père Fouettard existait pour de vrai.

Eddie se releva pour se pavaner dans la cave.

— Tu vois, moi, je deviendrai quelqu'un – le bras droit du Boss, le seul sur qui il peut compter. Le Loup n'est plus dans le coup. Tu l'as prouvé. Et je vais prendre le relais. Je vais prouver que j'en suis capable en te tuant, vieux.

À l'entendre, m'éliminer était la chose la plus simple au monde.

— Mais le Loup n'a pas réussi, rétorquai-je. Qu'est-ce qui te fait croire que toi, tu y arriveras ?

— Y a rien de plus simple, vieux. Le Loup a dépassé sa date de péremption. Rien de tout cela ne se serait produit s'il avait achevé ce type, la semaine dernière.

Eddie semblait d'humeur à parler. J'avais comme l'impression que, d'habitude, personne ne l'écoutait.

— Ce type s'était ramené, prêt à pisser dans son froc, pour dire à Billy Taggart ce qui devait arriver le quatorze à La Chamade. Il savait tout. C'était l'un des livreurs ; il voulait pas aller jusqu'au bout. Mais Billy, il était pas là, y avait que son fidèle serviteur, Eddie. Moi !

Il pointa son doigt sur son torse.

— Alors le type m'a tout déballé.

Il se mit à rire. Me regarda comme s'il s'attendait à ce que je rie aussi.

— Tu dois bien voir le côté marrant du truc, non ? Il pensait parler à l'un des « gentils ». Je lui ai fait croire que j'appelais Billy pour l'avertir, alors qu'en réalité, je téléphonais au Boss.

Le sourire d'Eddie disparut. Il semblait maintenant agacé.

— J'aurais pu me charger de ce type moi-même. Mais non ! « Laisse le Loup s'en occuper », qu'on m'a dit. Les choses auraient dû s'arrêter là. Mais tu es arrivé.

— J'aime me rendre utile, raillai-je.

— Maintenant, je vais t'éliminer. Tu veux savoir comment je vais m'y prendre ?

— Et puis quoi encore ? Tu veux me réciter la liste des tortures qui précéderont ma mort imminente ? Arrête, Eddie. Tu sais très bien ce qui va se passer. Je vais réussir à m'enfuir. Je vais me tirer de là. Nous le savons tous les deux.

Je me sentais plein d'audace. Il n'était pas le Loup, et il ne me faisait pas peur.

Mais j'agaçais Eddie.

— Tu ne t'en tireras pas, cette fois-ci. Tu vois les fûts qui viennent d'être livrés ? Tu pensais peut-être que c'était de la bière ?

— Sers-m'en une. Et bien fraîche, s'il te plaît.

— Tu te crois drôle, pas vrai ? Rira bien qui rira le dernier. Ce n'était pas de la bière. Mais un élément du plan visant à faire tomber Taggart. Le plan du Boss.

Eddie se baissa d'un coup pour me regarder dans les yeux.

— L'acétylène, ça te dit quelque chose ? C'est ça qu'il y a dans les bonbonnes. Et tout à l'heure, pendant la soirée Saint-Valentin, il va y avoir un incendie. Mais pas n'importe lequel. Tu sais ce qui se passe quand l'acétylène chauffe un peu trop ?

Il mima une explosion massive avec ses deux bras.

— BOUM ! Pas seulement La Chamade, mais aussi tous les autres restaurants et discothèques de la rue. La concurrence. Bon plan, pas vrai ? Simple. Et efficace. Si cela ne passe pas pour un accident, c'est quand même Billy Taggart qui portera le chapeau. Adieu, Billy. Fini, le mec. Et toi, tu pourras assister au spectacle, petit. Et depuis le premier rang. En fait, tu seras le premier à y passer. Et tout ça, grâce à Eddie.

Il se mit à déambuler dans la pièce, fier comme un coq ; si je n'avais été aussi choqué, j'en aurais ri.

Soudain, je comprenais tout. La Chamade. Empêche. Le quatorze. Voilà ce que cet homme voulait empêcher. Voilà pourquoi il était mort. Pour empêcher un bain de sang lors d'une soirée pour ados à La Chamade. J'avais presque accompli la mission qu'il m'avait confiée dans son dernier souffle – mais *presque*, ce n'était pas assez.

53

Gaby décida de se rendre à La Chamade dès la fin des cours, tandis que Zoé prenait le bus pour rentrer chez elle. Sans rien dire à son amie, Gaby se dirigea vers le centre-ville. Elle ne savait pas du tout ce qu'elle ferait une fois sur place. Avec un peu de chance, elle découvrirait où Ram s'était caché. Ne lui avait-elle pas dit qu'ils iraient à la discothèque ce soir ? Ensemble ? Peut-être qu'il l'y attendait. Pourquoi s'en préoccupait-elle ? Elle risquait encore une fois de se mettre dans un sacré pétrin. Il lui avait téléphoné, et elle voulait savoir pourquoi.

Il commençait à faire sombre en cette fin d'après-midi. La Chamade était fermée. Les volets étaient ouverts mais la porte d'entrée demeurait close. Elle resta là un instant à regarder alentour, avant de marcher jusqu'au coin de la rue. Elle tapa des pieds pour se réchauffer, juste au-dessus d'une trappe menant sans doute à la cave. Un mouvement soudain attira son attention : les stores de l'une des fenêtres se soulevèrent insensiblement. Il y avait quelqu'un à l'intérieur, quelqu'un qui l'observait Elle regagna la porte d'entrée.

Alors qu'elle s'apprêtait à frapper, elle entendit qu'on tirait le verrou et la porte s'ouvrit.

— Je peux vous renseigner ?

Gaby tenta de prendre un air innocent.

— Je me demandais juste à quelle heure commençait la soirée.

Le jeune homme au teint grisâtre pointa les affiches du doigt.

— On vous apprend pas à lire, dans votre école ?

C'était écrit visiblement sur l'affiche : *DE 19 H À 23 H.*

Gaby gloussa.

— Oh, j'avais pas vu.

Elle essayait de garder son calme, de ne rien laisser paraître. Mais elle savait qui il était. Le teint grisâtre, la voix geignarde. C'était ce type, Eddie, qui avait berné Ram.

Et c'était aussi l'homme qu'elle avait vu en pleine conversation avec la victime, ce soir-là, à La Chamade. À présent, elle ne voulait plus qu'une chose : s'éloigner de lui ; partir de là au plus vite.

— Tu viens ce soir, alors ? demanda-t-il.

Elle acquiesça. Avec un peu trop d'enthousiasme.

— Ouais, je raterais ça pour rien au monde.

— Espérons que tout le monde s'éclate à cette super-boum ! lança-t-il avant d'éclater de rire et de refermer la porte.

Gaby détala. Elle courut jusqu'à ce que La Chamade soit hors de vue. Elle devait prévenir quelqu'un, mais qui ?

— On a eu de la visite, déclara Eddie en revenant me voir.

Il m'avait de nouveau bâillonné, et cette fois-ci, il laissa le scotch en place. J'avais tout essayé pour me libérer, espérant découvrir dans ma mémoire verrouillée que – pourquoi pas ? – j'avais été par le passé un spécialiste de l'évasion. À l'évidence, ce n'était pas le cas. Je pouvais à peine bouger.

— Tu ne devineras jamais qui c'était !

Eddie aimait s'entendre parler. Et il jacassait trop. Il ne deviendrait jamais un gros bonnet, même moi, je m'en rendais compte. On ne pouvait pas faire confiance à quelqu'un d'aussi bavard.

— C'était cette Gaby McGurk. La célèbre Gaby McGurk.

Sacrée Gaby. Elle était venue, mais elle ne pouvait pas savoir que j'étais toujours là. Qu'allait-elle faire ?

— Elle compte venir ce soir, poursuivit Eddie. Elle ne va pas être déçue du voyage.

Il ne se doutait de rien. Rien de plus normal, d'ailleurs. Eddie ignorait que Gaby m'avait aidé à trouver une planque. C'était un avantage. Si seulement elle parvenait à deviner que j'étais encore là, coincé dans la cave... Si seulement elle pouvait aller chercher de l'aide !

Bientôt, les clients allaient arriver, prêts à danser toute la soirée, et Eddie déclencherait l'incendie, puis filerait en me laissant attaché là. Et personne ne saurait que ce n'était pas un feu ordinaire – qui aurait déjà été terrifiant – mais une menace bien pire. J'avais du mal à l'admettre, mais Gaby était ma dernière chance.

Néanmoins, il y avait peut-être quelqu'un d'autre.

Mon père.

Cette idée s'insinua dans mon esprit malgré moi. Gaby pourrait aller le voir. Tout lui raconter et le ramener ici pour nous aider. Mon père. C'était peut-être la raison ultime de sa venue ici : il allait me sauver, sauver la ville. « Gaby – ne cessais-je de penser comme pour l'y obliger par ma simple force mentale – va trouver mon père. »

Gaby pensait à la même chose. Assise dans la cuisine, elle se rendait malade à force de se demander ce qu'elle devait faire.

« Je devrais aller voir son père, se dit-elle. Ce pauvre homme. Je pourrais l'appeler et lui dire : "Je crois que votre fils est à La Chamade. Il m'a téléphoné de là-bas, et l'homme qui l'avait embobiné y est maintenant, et j'ai un sacré mauvais pressentiment..." »

Oui, tout raconter à son père. Il viendrait à la rescousse. Ils seraient réunis, la mémoire de Ram reviendrait, et tout cela grâce à Gaby. Ils lui en seraient éternellement reconnaissants. Peut-être que Ram était plein au as. Peut-être qu'il était bel et bien un prince arabe, avec des palais dans le désert. Alors elle recevrait une belle récompense.

Elle oublia son rêve pour revenir à la réalité.

Car enfin, Ram ne faisait pas confiance à cet homme. Il avait peur de lui. Peut-être qu'en allant le trouver, elle commettrait la pire des erreurs. Ram ne voudrait sans doute pas qu'elle aille le voir.

La police, alors ? Non, elle n'avait pas confiance. Le seul à qui elle était prête à se fier était l'agent Ferguson. Oui, celui-là, elle l'aimait bien. Mais c'est lui qui s'était fait poignarder la nuit passée. Elle avait entendu dire qu'il était aux portes de la mort. Dans le coma. Qu'il ne pourrait plus jamais parler. Elle espérait qu'il s'en sortirait. Mais elle ne pouvait pas l'appeler, lui non plus. Pourtant, elle voulait trouver de l'aide. Quelqu'un de fiable.

À cet instant, Big Dan rentra à l'appartement. Il passa la tête par la porte de la cuisine.

— Salut. Ta mère est pas encore là ?

Gaby fit non de la tête. Il gagna le salon.

Big Dan, un vrai gorille. Des muscles partout, à force de travailler sur les plates-formes pétrolières. Il avait toujours voulu qu'elle l'accepte, qu'elle lui fasse confiance.

À croire que Dieu avait entendu sa prière. Big Dan l'aiderait. Il saurait quoi faire. Personne ne s'opposerait à lui. Elle allait tout lui raconter.

54

La musique commença à résonner dans le bar à l'étage. Bientôt, les jeunes allaient arriver, le sourire aux lèvres. Comment pouvait-on vouloir effacer cela ? Eddie était fier de sa réussite. Bien sûr, tout irait comme sur des roulettes pour lui. Pourquoi cela se passerait-il autrement ? Comment les choses pouvaient-elles mal tourner ? Mais l'affaire avait mal tourné pour lui et ses copains, depuis que j'avais découvert l'homme dans l'ascenseur. J'avais tout fait dérailler. Et j'allais recommencer. Me restait plus qu'à trouver un moyen.

— Tu veux dire que ce gamin, ce fugitif, se cachait ici, chez Ellen, depuis le début ?

Elle avait tout raconté à Dan, s'attendant à ce qu'il soit furieux. Mais il semblait plutôt amusé.

À le voir, cette histoire était hilarante.

— Toutes les forces de police le recherchent, et Dieu seul sait qui d'autre encore, et pendant ce temps-là, il était juste sous leur nez. Avec l'aide de Gaby McGurk. Tu es vraiment incroyable.

Gaby sourit à son tour.

— Qu'est-ce que je pouvais faire d'autre ? Je devais l'aider. Tu ne le diras pas à ma mère, hein ?

Big Dan ne la déçut pas.

— Pas si je peux l'éviter. Alors, tu crois qu'il est toujours dans cette discothèque, La Chamade ?

— Je n'en sais rien. Mais j'ai reconnu Eddie.

Elle lui avait également avoué être à La Chamade la nuit du meurtre, non sans y voir Eddie parler avec la victime. Ce qui fit rire Dan de plus belle.

— Personne ne connaît le macchabée, sauf la petite Gaby qui sait tout depuis le début.

Il se leva.

— Il faut qu'on y aille.

— Tout seuls ?

— Il vaut mieux ne pas en parler à la police. On ne peut pas leur faire confiance.

Il avait raison, évidemment. Pas la peine de prévenir les forces de l'ordre, pour le moment.

— Je crois que je pourrai m'occuper de cet Eddie, déclara Dan.

Gaby n'en doutait pas. Une grosse brute comme Big Dan pourrait le maîtriser sans souci.

— Bien, autant y aller tout de suite. Voyons si on peut sauver ton petit ami.

— Qu'est-ce qu'on va dire à Maman ?

— Elle a toujours voulu qu'on soit copains, toi et

moi. Je vais lui laisser un mot l'avertissant qu'on est partis t'acheter un cadeau d'anniversaire. Elle sera ravie.

Zoé avait passé la dernière demi-heure à essayer de joindre Gaby. En vain. Elle avait même appelé sur son portable, mais il était éteint. Au bout du centième essai, Mme McGurk décrocha ; elle venait de rentrer du travail et était hors d'haleine.

— Oh, salut Zoé. Tu voulais parler à Gaby ?

— Oui, on devait aller au café ce soir pour son anniversaire, mais je ne sais pas à quelle heure on se retrouve là-bas.

— Tu as essayé son portable ?

Zoé lui apprit que Gaby l'avait éteint. Elle s'attendait à ce que Mme McGurk râle. Elle se méfiait toujours lorsque sa fille coupait la communication. Au lieu de quoi, elle se mit à rire.

— Elle ne veut sans doute pas être dérangée pendant son shopping.

Voilà qui contraria Zoé. Gaby était partie faire du shopping, sans même l'inviter. Et avec qui ? Elle n'eut pas besoin de poser la question, Mme McGurk le lui apprit.

— Elle est partie avec son père. Il l'a emmenée faire les magasins pour son anniversaire. J'imagine qu'elle t'appellera en rentrant, Zoé.

Gaby, partie faire du shopping avec Dan ? Zoé n'en crut pas ses oreilles. Après les cours, son amie ne parlait que d'une chose : rentrer vite chez elle et se préparer pour la grande soirée de la Saint-Valentin à La Chamade ! Elle pensait que Ram les y attendrait. Et maintenant, elle avait complètement oublié Ram, et Zoé aussi. Tout ça pour une sortie shopping improvisée. C'était du Gaby tout craché. Cette fille n'était pas fiable. Elle avait toujours affirmé qu'elle détestait Big Dan, qu'il essayait d'acheter son amitié, voire son amour. Mais on lui faisait un petit cadeau, et tout cela ne comptait plus. Eh bien, Zoé allait lui dire deux mots lorsqu'elles se retrouveraient à La Chamade.

L'Homme en Noir regarda la fille, Gaby, sortir de Wellpark Court. Un homme l'accompagnait, son père, sans doute. La petite semblait inquiète, mais l'homme souriait, comme s'il voulait la rassurer. Leur voiture était garée près de l'entrée. Ils montèrent et sortirent aussitôt. Il faillit les suivre mais il changea d'avis. La fille reviendrait.

Eddie ne résistait pas à l'envie de me donner un coup de pied chaque fois qu'il passait devant moi. Avais-je déjà connu des hommes comme lui ? J'étais certain qu'il me rappelait quelqu'un. Même plusieurs personnes. Des types qui essayaient de jouer les durs, mais qui étaient en fait de vrais débiles. Il voulait me garder là sans le dire à son patron, jusqu'à ce qu'il soit sûr que tout était fini ; alors, il aurait l'avantage sur le Loup. Gaby allait-elle revenir ? Allait-elle amener mon père ? Je l'espérais. J'attendais dans le noir tandis que les basses de la musique martelaient dans la pièce au-dessus de moi, persuadé que Gaby déboulerait d'un instant à l'autre comme l'Ange de la Vengeance. Je parvins même à sourire. Gaby en ange vengeur... l'image ne collait pas vraiment.

Chaque fois qu'il descendait à la cave, Eddie venait me voir pour me tourmenter.

— Je parie que tu te crois malin, mon pote. T'as pu échapper au feu. Et comment t'as réussi à sortir du coffre de la bagnole, dans le lac ? Celle-là, elle a vraiment dégoûté le Loup. Il pensait en avoir fini avec toi, et te revoilà. Encore une fois ! Ça, on peut dire que tu lui tapes sur les nerfs.

« Peut-être que j'ai des pouvoirs extraordinaires », lui aurais-je répondu s'il m'avait enlevé le scotch de la bouche. Mais je le suivais des yeux, de mes yeux de démon, espérant qu'il y verrait le mal absolu. Je crois bien que ça le perturba : il me laissa un moment tranquille.

— J'ai des trucs à faire au bar, déclara-t-il.

Où déclencherait-il le feu ? Ici, en bas ? Avant de le laisser s'étendre ? Je reniflai l'air en quête d'une odeur de fumée, mais je ne sentis rien de suspect. Pour le moment. Mais ça viendrait.

55

— Qu'est-ce que tu vas faire, Dan ?

Big Dan avait garé sa voiture dans la rue derrière la boîte de nuit. Gaby était pressée d'y arriver, pour voir ce qui se passait.

Elle répondit elle-même à sa question.

— Tu pourrais tenir tête à cet Eddie. Le menacer de lui casser la figure. Je parie qu'il te dirait tout ce que tu veux.

Elle l'imagina qui attrapait le maigre Eddie par la gorge, resserrant sa prise jusqu'à l'étrangler presque. Oui, ça devrait marcher.

Dan ne dit rien. Elle devait presque courir pour rester à son niveau. Il s'arrêta devant l'entrée secondaire de La Chamade, au-dessus de la trappe en fer ornée d'armoiries de brasseurs qui menait à la cave. Il faisait sombre, dans l'allée ; seul un réverbère lointain émettait une faible lumière. La musique sortait déjà à fond des enceintes ; quelques personnes étaient arrivées à l'ouverture et se tenaient à l'intérieur.

— On devrait entrer par la cave, déclara Dan. Pour ne pas éveiller les soupçons.

Cet itinéraire n'inspirait guère Gaby, mais Dan était déjà à genoux et glissait ses gros doigts puissants à travers les anneaux de fer de la trappe. La jeune fille pensait que la porte serait fermée, ou que les battants seraient trop lourds pour un seul homme. Mais Big Dan était costaud. Sa mâchoire se crispa dans son effort. Les veines gonflèrent sur son cou, comme prêtes à éclater. Néanmoins, centimètre par centimètre, la trappe se souleva.

— Vas-y, tu vas y arriver, dit-elle.

Elle était presque fière de lui, fière d'elle-même pour lui avoir demandé son aide. Sa mère serait contente. Ils accomplissaient quelque chose ensemble. Quelque chose qui les lierait à jamais. Peut-être qu'ils pourraient enfin former une vraie famille. Dans un ultime grognement, il ouvrit complètement la trappe. Gaby regarda autour d'eux pour s'assurer que personne ne les voyait. L'allée était déserte. Dan la prit par la taille, la souleva et la déposa en douceur sur le sol de la cave.

— Tu es sûr que c'est une bonne idée ? murmura-t-elle lorsqu'il la rejoignit d'un bond. Je sais bien, j'ai dit qu'il ne fallait pas que la police s'en mêle, mais ça pourrait être dangereux.

Dan ne répondit pas. Il mit un doigt sur ses lèvres pour lui intimer le silence. Dans l'obscurité, elle discernait à peine son visage. Il faisait un froid de canard dans la cave, et les ombres de la pièce pouvaient dissimuler n'importe qui. Gaby se rapprocha de Dan. Soudain, elle se demanda ce qu'elle était venue faire là.

Puis elle entendit un bruit, tout près. Dan se tourna vers elle. Il l'avait entendu, lui aussi. Ils se figèrent en même temps.

— Ram, c'est toi ? lança Gaby à voix basse.

De nouveau, un bruit. Qui venait de derrière une porte. Des rats ? S'il y avait des rats, elle allait perdre les pédales. Elle agrippa le bras de Dan.

— Ram, dis, c'est toi ?

J'entendis la trappe s'ouvrir, puis quelqu'un atterrir sur le sol, en toute légèreté, aussitôt suivi par un « boum » plus sonore. Deux personnes. Encore des problèmes, ou bien mon salut ? Puis j'entendis sa voix. Gaby. « Ram, c'est toi ? » J'essayai de bouger, de taper des pieds contre le sol, contre les caisses. N'importe quoi pourvu qu'ils m'entendent. Elle avait amené quelqu'un. Un adulte, pour m'aider. Mon père ?

Mon père.

Forcément. Je tapai de nouveau.

— Ça vient de là, l'entendis-je murmurer, puis le bruit de ses pas se rapprocha.

La porte s'ouvrit ; elle se tenait là, Gaby. De toute ma vie je n'avais jamais été aussi heureux de voir quelqu'un.

— Oh, la vache, je savais que tu étais là-dedans. C'est pour ça que je suis venue.

Tout en parlant, elle se laissa tomber à genoux pour m'enlever le scotch.

— Ram, tu vas bien ?

Dès que je pus parler, les mots se bousculèrent pour sortir de ma bouche.

— Gaby, ils vont déclencher un incendie ici, ce soir. Et il y a des bonbonnes d'acétylène. Elles risquent d'exploser. Il faut prévenir tout le monde, Gaby. Il faut les faire sortir d'ici.

Elle s'attaquait à présent aux cordes qui me liaient les poignets, me saoulant à son tour de paroles.

— Ne crains rien. Dan est là. Il va nous aider. Tout ira bien, Ram.

Je levai la tête pour regarder Dan entrer à son tour. Il faisait sombre, dans la cave. Je ne voyais pas son visage. Je le reconnus, pourtant. La silhouette massive, les mains, la démarche...

J'avais devant moi le Loup.

56

Gaby cessa de me détacher, comme si elle avait senti ma crispation.

— Qu'est-ce qui t'arrive ? Ce n'est que Dan. Tout va bien.

Elle tourna la tête pour regarder derrière elle. Et que vit-elle ? L'homme qui vivait chez elle depuis presque un an. Généreux, si gentil avec sa mère. Et moi, que voyais-je ? Celui qui voulait me tuer. Qui avait tenté de me tuer si souvent.

Le Loup chancela. La fille avait disparu de son champ de vision. Il ne discernait que le gamin, entouré de ténèbres. Sa haine le consumait. Le môme essaya de se lever, trébucha contre Gaby.

— Toi ! fit le mioche. C'est toi.

— C'est moi, répondit l'homme. Et maintenant, tu es à ma merci. Cette fois-ci, tu ne t'échapperas pas.

La fille, Gaby – il entendait sa voix mais la voyait à peine –, semblait perdue, ne comprenait pas ce qui se passait.

— Mais, Ram, c'est Dan, mon...

Elle ne savait pas comment l'appeler, alors elle utilisa le mot qu'il avait toujours voulu qu'elle emploie.

— C'est mon père.

Trop tard. C'était trop tard. Gaby en savait trop. Personne ne connaissait sa double vie. Pas même la mère de Gaby. Il affirmait qu'il travaillait sur les plates-formes pétrolières, ce qui justifiait les sommes d'argent qu'il gagnait et ses déplacements hors de la ville, lorsqu'il était en mission. Lorsque le Loup était en mission.

— Non, Gaby. C'est l'homme qui a tué le type dans l'ascenseur. Qui m'a pourchassé pour me tuer à mon tour.

— Tu dis n'importe quoi, Ram.

Gaby courut rejoindre son « père ».

— J'ai demandé à Dan de m'aider.

Elle leva les yeux vers lui.

— Tu vas nous aider, pas vrai ?

Le Loup se détourna. Il ne devait plus la considérer comme Gaby. Elle était inutile, maintenant.

Quelle blague, bon sang, que le gamin se soit planqué chez Ellen. Il aurait pu l'éliminer si facilement.

— Oui, je vais vous aider. Je vais aider ce gosse à régler ses problèmes. Pour de bon.

Gaby se redressa et lui fit face. C'était une petite chose pleine de fougue. Il l'avait toujours bien aimée pour ça.

— Écoute, si tu refuses de nous aider, je le dirai à ma mère.

Le gamin l'attrapa par le bras pour la ramener près de lui.

— Je ne pense pas qu'il te laissera parler à qui que ce soit, Gaby.

Il fallut une minute à la fille pour digérer l'information.

— Je ne comprends rien. Qu'est-ce qui se passe, ici ?

— C'est le Loup, répondit le garçon.

Au même instant, Eddie déboula dans la pièce. Il était descendu pour me voir mais se retrouva en face de son pire cauchemar. La peur creusait son visage. Il recula d'un pas, et avala sa salive. Il me jeta un coup d'œil, vit que j'étais libéré, et que Gaby était tout près de moi. Trop minable pour comprendre. Son attention se reporta sur le Loup. Lorsqu'il prit la parole, il bégaya :

— Je... je l'ai attrapé ici. Je l'ai attaché. Pas eu le temps de prévenir le Boss... ni toi. Comment t'as réussi à entrer ?

Le Loup ne répondit pas. Il frappa Eddie au visage de toutes ses forces, l'envoyant valser contre le mur. Gaby en eut le souffle coupé.

— Tu pensais prendre ma place, hein, Eddie ? T'es pas assez futé pour ça.

Eddie glissa le long du mur. Un filet de sang perlait au coin de sa bouche, mais il ne dit rien. Se contenta de rester par terre.

— À partir de maintenant, je reprends les choses en main, déclara le Loup.

Il se tourna vers moi.

— Toi et moi, on a des comptes à régler, pas vrai, petit ?

Je m'éloignai de lui, mais il m'attrapa par le bras.

— Tu ne vas pas aimer ce que j'ai prévu pour toi.

Il m'attira jusqu'à son visage.

— On va finir ça là où tout a commencé. Tu vas me le payer.

— Et pour le feu ? gémit Eddie.

— Ne t'inquiète pas pour le feu, Eddie. Je le déclencherai en partant. Hélas, tu compteras parmi les victimes.

Son regard froid se braqua sur Gaby.

— Toi aussi, ma puce. Désolé, mais, comme ils disent dans les films : « Tu en sais trop. »

Je commençai à me débattre follement. Il allait la laisser mourir, alors qu'il la considérait comme sa propre fille ! Quel genre de monstre était-il donc ?

Gaby courut jusqu'au Loup et le martela de coups de poing. Ce qui ne le perturba guère. D'une main, il la repoussa si fort qu'elle tomba par terre à l'autre bout du réduit. Il me traîna ensuite hors de la pièce et referma la porte. Il lui faudrait mettre une cale pour la maintenir fermée et, à ce moment-là, j'aurais une occasion de m'enfuir et d'aller chercher de l'aide. Mais le Loup avait pensé à tout. Il me prit par les cheveux, me tira la tête en arrière et, d'un coup de pied, délogea un fût, le fit rouler de sa main libre contre la porte, puis agit de même avec un second.

Il sortit un briquet de sa poche. L'ouvrit d'une pichenette. À la lumière de la flamme, son visage ressemblait à celui d'un démon. Il me sourit.

— J'ai pensé pendant un temps que tu étais ma Némésis. Qu'on t'avait envoyé pour causer ma perte. Mais tu n'es rien du tout, fiston. Pas plus gênant qu'un moustique.

Il enflamma un chiffon, puis un autre, qu'Eddie – toujours serviable – avait imbibés de pétrole à l'avance, et d'un coup de pied les envoya contre les caisses dans le coin. Le feu se propagerait, la pile de caisses s'embraserait, avant que toute la pièce ne soit consumée par les flammes, qui atteindraient ensuite la piste de danse où des adolescents chantaient et riaient. Puis viendrait la fumée. Ce serait la fumée qui provoquerait la panique, avant l'explosion. Simple, mais efficace.

Je luttai jusqu'au bout, mais il était plus fort que moi et sa haine dépassait tout ce que je pouvais imaginer. Il me tira jusqu'à la trappe, me hissa jusqu'à l'allée. Il referma la trappe à la volée et me donna un coup de poing. Je m'écroulai contre lui. Après ça, je ne pouvais plus aider personne.

57

Zoé était venue à la discothèque toute seule. Elle ne le pardonnerait jamais à Gaby. Elle avait tenté en vain de la joindre depuis la fin des cours, avant de partir pour La Chamade avec le mince espoir que Gaby l'attendrait à l'extérieur. Son moral remonta lorsqu'elle reconnut la voiture de Big Dan qui s'éloignait. Il avait dû la déposer. C'était bien Gaby d'entrer sans attendre son amie. Zoé entra parce qu'elle était certaine de l'y trouver. Mais Gaby n'était pas là, et maintenant elle se sentait bête, à faire tapisserie dans un coin comme si elle attendait désespérément qu'on l'invite à danser. Aucune des filles du collège ne vint la saluer. Elle se sentait idiote, furieuse et... était-ce Eddie, là-bas ? Celui dont Ram leur avait parlé ? Sans aucun doute. Il avait l'air préoccupé. Non, il avait l'air *sournois* – c'était le mot qu'elle cherchait. Oui, comme s'il préparait un sale coup. Elle prit une gorgée de Coca en espérant qu'il n'avait pas mis de l'alcool dans les boissons. Elle repensa à Ram et se demanda si Zoé l'avait vu. Ou peut-être Ram était-il parti loin, maintenant.

Mais alors, où était passée Gaby ?

Elle aperçut ce mec horrible, Dev, et ses copains. Elle eut l'impression qu'ils se moquaient d'elle. Zoé décida d'attendre encore cinq minutes ; ensuite elle rentrerait à la maison et ne parlerait plus jamais à Gaby McGurk.

Gaby et Eddie tambourinèrent sur les portes, poussèrent de toutes leurs forces, mais elles refusèrent de bouger. Ils n'entendaient presque rien. La pièce était insonorisée.

— Je n'arrive pas à croire qu'il m'ait laissée là. Je fais partie de sa famille.

— Tu ferais mieux d'y croire, pourtant. C'est le pire d'entre eux. Il travaille avec tous les gangsters du pays. Tuer, c'est un métier comme un autre pour lui.

— En tout cas, il a jamais réussi à tuer Ram ! rétorqua-t-elle.

— Jusqu'à maintenant. Plus rien ne peut sauver ton petit copain.

— Ce n'est pas mon petit copain ! dit-elle avant de se lever, crispée, et de renifler. Je sens de la fumée.

Eddie paniqua avant elle.

— On ne sortira jamais d'ici !

Il martela la porte de plus belle, hurlant à pleins poumons :

— Au secours !

Lewis s'arrêta devant la discothèque. Il avait conduit pendant des heures et s'était même arrêté pour prendre une tasse de thé sur la route. Mais il venait seulement d'arriver à destination. La Chamade. La soirée spéciale Saint-Valentin battait son plein. Il entendait les cris, les rires et les chansons. La chaude lumière des spots éclairait les adolescents qui dansaient et sautaient partout. Oh, si seulement il retrouvait soudain leur âge, se lamenta-t-il au souvenir de son adolescence. Il n'avait pas à remonter bien loin. À peine trois ans plus tôt.

La Chamade. Gaby y avait vu la victime quelques heures à peine avant sa mort.

Tout menait à La Chamade.

La nuit était belle et fraîche. La température avait de nouveau chuté, et les routes étaient dangereuses : la pluie gelait sur la chaussée. Il prit une bouffée d'air frais. Il adorait le parfum de la nuit, même en pleine ville. Le mélange d'odeurs de pins, de curry et de fumée de cigarette semblait lui dire que tout allait bien en ce bas monde.

Une forte odeur de fumée.

Mais pas de cigarette.

Lewis sortit de voiture et balaya la rue du regard. La rive était plongée dans l'obscurité, à peine éclairée par les lumières des boîtes de nuit et des restaurants. Il ne rêvait pas. Une odeur de fumée lui parvenait nettement, le foyer devait être tout proche. Il arpenta la rue, les yeux aux aguets, guettant le moindre signe d'incendie. Il le trouva dès qu'il passa le coin de La Chamade et qu'il plongea son regard dans l'allée. De la fumée. Non de gros nuages noirs, mais des volutes qui s'élevaient de la trappe menant à la cave, sur le côté de l'établissement.

Lewis passa à l'action. Il courut à la trappe, voulut la soulever. En vain, elle était trop lourde pour lui. La priorité était d'évacuer la discothèque. Il ne lui fallut qu'une seconde pour appeler les pompiers sur son portable et, tout en leur expliquant la situation, courir vers l'entrée principale en criant après les videurs qui se dressèrent sur son passage :

— Faites sortir tout le monde d'ici !

Les videurs le fusillèrent du regard. Ils s'attendaient à ce que les gros bras de Barry McKay viennent faire du grabuge, mais pas de cette façon. En toisant Lewis, ils ne reconnurent ni un caïd, ni un flic – il portait l'uniforme depuis trop peu longtemps.

— On peut savoir qui vous êtes ?

Soudain, à cet instant, Lewis devint un policier. Un vrai policier. Pas un bleu. Il se redressa de toute sa taille et aboya sa réponse :

— Je suis flic. Il y a le feu dans votre cave. Faites sortir tout le monde. Évacuez-les dans le calme. Les pompiers sont en route.

Le ton autoritaire de Lewis les secoua. L'un d'eux fila à l'intérieur de la discothèque. Lewis se tourna vers l'autre :

— Venez m'aider à ouvrir la trappe, là, dehors.

Les jeunes sortaient à contrecœur. Ils ne comprenaient pas pourquoi on les chassait. Ils se plaignaient, mais en riant – ils étaient de trop bonne humeur pour laisser quoi que ce soit gâcher leur nuit de fête. Lewis reconnut Dev. C'est lui qui faisait le plus de difficultés pour quitter les lieux.

— Vous avez intérêt à me rembourser. Je ne suis pas obligé de partir si je ne le veux pas. Vous pouvez pas me forcer.

Le videur l'attrapa par le col de son polo.

— Il y a un bon Dieu de feu, fiston. Soit tu pars, soit tu crames. À ta guise.

Lewis pouvait dire adieu à une sortie dans le calme. Dès que le mot « feu » fut prononcé, la panique s'installa.

— Il a dit qu'il y avait le feu !

Des cris retentirent et tous se mirent à pousser et à bousculer leurs voisins. Certains tombèrent dans les escaliers.

— Sortez d'ici. Tout de suite ! Dirigez-vous calmement vers la porte, lança-t-il.

Le calme revint aussitôt.

Une fille lui saisit le bras avec anxiété :

— Il y a le feu ? C'est ce que vous avez dit ?

Lewis la reconnut aussitôt : Zoé, la copine de Gaby. Il reconnut également la voix qu'il avait entendue au téléphone, même trafiquée. Au contraire de son amie, celle-ci ne faisait pas de chichis.

— En effet, lui confirma-t-il.

Il la vit se décomposer.

— Le garçon que tout le monde cherche, le garçon que Gaby a vu dans l'ascenseur, il a appelé Gaby d'ici aujourd'hui. Il va se passer quelque chose. C'est peut-être ce feu. Et je ne sais pas où est Gaby, mais elle est peut-être là, quelque part.

Elle déblatéra encore, mais Lewis avait entendu l'essentiel. Ses questions trouveraient leurs réponses plus tard.

Il courut jusqu'à la trappe menant à la cave. Zoé était sur ses talons. Lewis tenta à nouveau d'ouvrir l'un des battants, mais il était trop lourd pour un seul homme.

La fumée sortait en gros nuages maintenant. Quelques secondes plus tard, le videur l'avait rejoint, un type costaud aux muscles durs comme de l'acier. Ensemble, ils tirèrent sur l'anneau de la porte et, peu à peu, les battants se soulevèrent.

Ils tombèrent en arrière sur le trottoir tandis que l'épaisse fumée noire jaillissait de l'ouverture.

Le jeune policier allait se jeter dans la cave, mais le videur le retint.

— Il n'y a personne en bas. Attendez les pompiers.

Mais Lewis ne pouvait courir aucun risque.

— On ne sait jamais, répondit-il avant de sauter.

Ses yeux le piquèrent aussitôt. Il ne voyait rien. Il resta là un instant, et cria d'une voix que la fumée avait éraillée :

— Y a quelqu'un ? Hé ! ho ?

Il entendit un bruit assourdi, puis un coup. Il balaya la pièce du regard, scrutant le mur de fumée... en vain.

Il ne vit que des coins obscurs qui pouvaient dissimuler n'importe quoi.

Le videur le rejoignit en un bond. Il pointa du doigt le mur d'en face, où des bidons s'alignaient.

— Il y a une porte derrière. Le stock. Ces fûts n'étaient pas là avant.

Sa voix semblait vouloir dire : « Il y a peut-être quelqu'un à l'intérieur. »

Lewis appela de nouveau, plus fort encore. Un faible cri lui répondit. Celui d'une jeune file. Gaby. Les deux hommes s'emparèrent des bidons et les renversèrent pour les faire rouler. Ils osaient à peine respirer, sachant que la fumée s'infiltrait dans leur gorge et dans leurs poumons. Mais ils ne pouvaient s'en empêcher. Ils ouvrirent enfin la porte. Gaby se précipita contre Lewis, criant toujours. Le jeune homme la prit dans ses bras. Eddie émergea derrière elle en trébuchant. Le visage de Gaby était ravagé par les larmes. Lewis la porta jusqu'à la trappe.

Dev était en haut, le regard plongé dans la cave.

— Remonte-la ! cria Lewis.

Dev obtempéra. Il se jeta au sol et, une fois à plat ventre, il attrapa Gaby par les bras. Le videur dut soutenir Eddie. Il était presque inconscient.

Soudain, Gaby se remit à crier. Lewis essaya de la rassurer.

— Tout va bien, maintenant, Gaby. Les gens sont sortis de la discothèque. Les pompiers sont en route. Ça va s'arranger.

Et pourtant, elle hurla de plus belle.

— Vous ne comprenez pas, parvint-elle enfin à articuler. Il y a des drôles de bonbonnes en bas. De l'acétylène ou je ne sais quoi. Je crois que tout va exploser.

58

En ouvrant les yeux, j'eus un mal atroce au crâne et je crus que j'allais vomir. Tout n'était que ténèbres. Je ne voyais pas où je me trouvais. Après coup, je regrettai de le savoir.

Il apparut en face de moi. Le Loup, avec un visage qui exsudait la méchanceté par tous les pores. Pourquoi cet homme me haïssait-il tant ?

— J'attendais que tu reprennes connaissance. Je ne voulais pas que tu rates le meilleur.

Il ne me fallut qu'une seconde pour comprendre ce qu'il voulait dire. Un bruit me parvint : celui d'un ascenseur qui se mettait en marche.

Vers le haut.

Soudain, je sus où j'étais.

Sur le toit de l'ascenseur, près du Loup, qui me dominait de sa haute taille. Il me fusillait du regard. Sa haine était presque palpable.

Je reculai à quatre pattes. Trop près du bord. Je faillis basculer. Je tentai de me lever, mais le toit n'offrait aucune prise. Le câble était hors de ma portée. Le Loup s'y tenait. J'étais terrorisé, sans pouvoir le dissimuler. Je sentais l'ascenseur vibrer dans mon propre corps tandis qu'il quittait le rez-de-chaussée pour monter vers le dix-septième étage. J'essayai de ne pas regarder en bas. De ne pas imaginer le gouffre sous mes pieds.

Le Loup ricana.

— J'ai enfin compris comment tu m'as échappé, hier soir. Il n'y avait aucune autre issue. La trappe menant là devait être entrouverte. Je ne sais pas comment tu as fait pour y grimper, mais tu as réussi. Puis tu as revissé la trappe, pas vrai ? J'aurais dû te faire la peau à ce moment-là, mais tant pis, je vais me rattraper tout de suite.

Je reculai encore un peu, avant de me figer, bien trop près du bord. Il vit que j'avais peur et éclata de rire. D'un rire qui résonna dans le conduit, du sous-sol jusqu'au dernier étage. En levant la tête, j'aperçus l'autre ascenseur stationné tout en haut.

Ce type n'avait pas de cœur. Il avait abandonné Gaby dans la cave en feu. Gaby. Était-elle encore en vie ? N'avais-je donc servi à rien ?

Je finis par me mettre sur mes pieds, en équilibre précaire. Si je devais mourir, je mourrais debout. Pas vautré au sol comme un animal blessé. L'ascenseur montait toujours plus haut, et avec chaque étage dépassé, ma terreur s'accentuait. Je m'imaginais glisser, tomber, encore et encore, jusqu'en bas.

L'ascenseur s'arrêta dans une secousse au seizième étage. Inutile d'appeler à l'aide ou de crier. Les secours arriveraient trop tard. « Sors-toi de là, Ram », me dis-je.

Mais je n'arrivais pas à imaginer un plan. Cette fois-ci, j'étais fichu.

Il le savait, lui aussi. Il avait gagné, enfin.

Et personne ne connaîtrait jamais son secret : il était le Loup. Il regagnerait à la dérobée l'appartement du quinzième étage et feindrait le choc et l'horreur en apprenant l'incendie, la mort de sa chère petite Gaby. Je l'imaginais sans peine. Tout le monde le plaindrait, tous seraient impressionnés par la façon dont il épaulerait la mère de Gaby dans sa douleur. Peut-être déménageraient-ils, et personne ne saurait jamais qu'il était le Loup légendaire.

D'un autre côté, je savais que, même si son secret était révélé au monde entier, il s'en moquerait. S'il ne pouvait rejoindre la mère de Gaby et reprendre son ancienne vie, si, comme moi, il devait disparaître dans les ombres auxquelles il appartenait, il ne s'en soucierait guère. Je le devinais à la haine qui brûlait dans ses yeux. Tant que je me trouverais en travers de son chemin, rien d'autre ne compterait.

Il tendit la main. J'eus un mouvement de recul, et mon pied dérapa. Je hurlai, et la cage d'ascenseur me renvoya l'écho fantomatique de ma voix.

— Tu ne peux pas t'échapper, dit-il.

Il riait presque. Aveuglé par la haine. À cause de moi, il avait perdu la raison, était devenu fou de rage. Et c'était peut-être cela, ma vengeance. Je ne le saurais jamais. Je serais mort.

Les pompiers contemplaient Lewis d'un air incrédule.

— Des bonbonnes d'acétylène dans cette cave ? répéta le chef de la brigade.

Il se tourna vers ses hommes, répercuta l'information et reporta son attention sur Lewis.

— Bouclez le quartier, lui dit le pompier. Faites évacuer tout le monde : les maisons, les usines. Alertez toutes les entreprises. La circulation devra être déviée. La ligne de chemin de fer passe par là. Les trains devront être détournés. Si ces bonbonnes explosent, vous n'imaginez pas les dégâts...

— O.K., je m'en occupe, déclara Lewis.

Il courut retrouver Gaby. Zoé tentait de la réconforter.

— Sans elle, dit-il à Gaby, je n'aurais jamais su que tu étais là.

Les larmes de Gaby redoublèrent. Elle agrippa la main de Zoé.

— Tu es la meilleure amie qui soit, Zoé.

Zoé pleurait, elle aussi.

Non loin, Eddie avoua tout sans faire de difficulté. Il voulait se venger du Loup, et des autres avec lui. Gaby attrapa Lewis par la main.

— Il faut retrouver Ram, le sauver. Big Dan...

— Le Loup, la corrigea Zoé.

Gaby hocha la tête.

— Le Loup, il l'a emmené de force. Il va le tuer.

— Mais où l'a-t-il emmené ? s'enquit Lewis.

Il voulait aider le gamin, mais ne savait comment.

Gaby réfléchit un instant.

— Il a dit : « Je te remmène là où tout a commencé. »

Lewis sut alors où le Loup avait entraîné le garçon. À la case départ. Dans l'ascenseur de Wellpark Court.

59

— Laissez mon fils tranquille !

La voix, forte et claire, aurait pu venir de Dieu lui-même. Le Loup, qui tenait toujours le câble, regardait partout, en haut, en bas et autour d'eux. Je l'imitai. Sans rien à quoi me tenir, je tentais de garder l'équilibre en écartant les pieds. Soudain, quelque chose, quelqu'un plutôt, surgit des ténèbres au-dessus de nos têtes. Sauta de l'ascenseur arrêté au dix-septième étage.

L'Homme en Noir. L'homme que j'avais vu en train de parler à Gaby. Qui venait me sauver

Mon père.

Le Loup se tourna vers lui, pas le moins du monde effrayé. Il ne laisserait rien ni personne lui gâcher cet instant de triomphe. L'Homme en Noir, mon père ? Je n'arrivais pas à y croire ! Il atterrit sur l'ascenseur, qui tangua dangereusement, me faisant trébucher et retomber à quatre pattes.

Mon père, venu me sauver.

Il se jeta sur le Loup, et les deux hommes commencèrent à se battre. Il lui donna un violent coup de poing pour lui faire lâcher le câble. Les doigts du Loup finirent par se desserrer et l'homme... mon père... le frappa de plus belle, encore plus fort. Le Loup chancela, mais il lança le pied pour faucher mon père, qui tomba sur le toit de l'ascenseur. La cage vibrait par secousses, et je redoutais que le câble lâche et que l'on sombre tous les trois dans le vide. Le Loup se releva en un éclair, prenant même le temps de me donner un coup de pied pour que je bascule. Je roulai sur le dos pour l'éviter, mais m'accrochai au bord, terrorisé, mes ongles crissant sur le métal. Mon père (« mon père » – ces mots sonnaient comme une douce musique à mes oreilles) se releva d'un bond. Il était mince, alors que le Loup était massif. Malgré sa frêle silhouette, il dégageait une impression de force, comme si ses muscles étaient en acier trempé. Le vent soufflait dans le conduit, hurlant autour d'eux comme pour les encourager dans leur lutte effrénée. Un coup de poing toucha mon père à l'œil et manqua le faire tomber, mais il se rétablit et évita le coup suivant.

Pourtant il ne put esquiver le coup d'après. Il l'atteignit en pleine tête et le fit chanceler. Il tomba, roula sur le toit et disparut. Je retins mon souffle. Je ne voyais plus que ses doigts qui agrippaient le bord métallique. Je crus que mon cœur s'était arrêté. Je voulais tendre la main pour l'aider, mais j'étais incapable de bouger. Ses doigts tâtonnaient sur la plaque de métal, à la recherche d'une prise plus stable. Le Loup se désintéressa de lui, pensant, j'imagine, en être débarrassé. Il me fit face. Je voyais mon père remonter peu à peu, se hissant doucement jusqu'au toit. Le Loup devait le voir lui aussi. Bien sûr. Pourtant, il l'ignora. Je compris que, à part moi, rien n'avait d'importance pour lui. Le Loup aurait volontiers plongé vers la mort s'il avait pu m'emmener avec lui. Je reculai d'un pas. Le Loup tendit les bras pour m'attraper, pour me saisir de ses mains puissantes. Ensemble, nous allions dégringoler les quinze étages de vide. Encore un peu, et il m'aurait.

Soudain, mon père se releva. Il saisit le Loup par les épaules et le poussa si fort qu'il perdit l'équilibre, prêt à chanceler. Dans une ultime tentative, le Loup voulut m'attraper, conscient qu'il allait tomber et voulant à tout prix m'emporter avec lui. Je m'écartai aussi loin que mon audace me le permit, et le temps sembla alors ralentir. Il battit des bras pour retrouver son équilibre. En vain. Il ne pouvait se raccrocher à rien. Il tomba en arrière, comme s'il allait s'envoler. Je préférai ne pas regarder la suite. J'en étais incapable. Trop terrorisé. Il tomba dans un silence absolu. Sans le moindre cri. Rien. Seul un choc assourdi nous parvint quelques secondes plus tard.

60

Lewis n'avait jamais conduit si vite de toute sa vie. La sirène hurlait. Arriverait-il trop tard ? Il avait en tout cas appelé les renforts. Guthrie et d'autres agents étaient déjà sur les lieux à son arrivée. Lewis alla trouver le sergent et lui dit en pointant Guthrie du doigt :

— Je crois que vous feriez mieux de l'interroger.

Ce ne fut pas nécessaire. Eddie avait balancé les noms du policier et de l'inspecteur de la crim' que Barry McKay soudoyait pour obtenir des informations. Guthrie allait devoir prendre sa retraite plus tôt que prévu.

Dans l'obscurité de la cage d'ascenseur, j'étais maintenant seul avec mon père.

— Qui suis-je ? demandai-je.

Je voulais connaître mon nom, savoir d'où je venais et pourquoi j'avais tout oublié.

— Les réponses viendront plus tard, répondit-il.

— Dis-moi quelque chose sur moi, n'importe quoi, insistai-je en essayant de me relever.

Mon père soupira. D'une main, il tenait le câble fermement. Il me tendit l'autre.

— Je te dirai tout très bientôt.

Je fis un pas vers sa main tendue.

— J'ai eu si peur.

Je l'acceptais enfin. J'avais besoin qu'on me rassure. J'avais besoin de rentrer chez moi. J'avais besoin de mon père, tellement.

Tout cela était maintenant devant moi, à ma portée.

— Je sais, répondit-il. Tu ne risques plus rien.

Il tendit la main un peu plus vers moi, sans lâcher le câble.

— Viens.

Sa voix était grave et réconfortante, comme hypnotique. Cette voix me captivait, tel un sortilège. Je m'avançai. Je pouvais sans doute faire confiance à cette voix. Enfin. Il s'avança, lui aussi.

Et les ombres glissèrent sur son visage. Ses traits semblèrent changer sous mes yeux. Pour devenir sinistres, squelettiques. Les yeux s'enfoncèrent dans leurs orbites, les pommettes saillirent, le sourire sur ses lèvres se déforma en un rictus malveillant.

J'eus l'impression de me retrouver ailleurs. Dans une pièce. Je me cachais, l'oreille tendue. J'entendais sa voix, voyais son visage paré du même rictus.

« Tu ne peux pas nous arrêter. Nous finirons par l'emporter. »

À qui parlait-il ? Et où étais-je caché ? Puis la vision se dissipa. J'étais de nouveau sur le toit d'un ascenseur, plongé dans les ténèbres. Une bribe de souvenir, aussitôt disparue. Mais suffisante.

Je me méfiais de lui depuis le début. Je reculai d'un pas.

— Non.

Et la voix se métamorphosa. Comme à bout de patience.

— Viens là !

C'était un ordre, cette fois-ci.

— Tu n'es pas mon père, hein ?

Il ne répondit pas, c'était inutile. Il n'était pas mon père. Mais quelqu'un qui me voulait du mal. Qui m'en avait déjà fait. Tout n'était que mensonge. Là était le plus cruel. L'espace d'un instant, j'avais eu un père. J'avais imaginé qu'il me ramènerait à la maison. Que mes problèmes étaient finis. Que j'avais quelqu'un pour m'aider... mais ce n'était qu'un mensonge. La douleur me transperça aussi sûrement que le couteau du Loup.

Rien n'aurait pu me convaincre de partir avec cet homme. Jamais.

— Non, répétai-je.

— Tu ne peux pas t'échapper. Nous finirons par t'avoir.

— Qui ça, « nous » ?

— Tu ne te rappelles vraiment rien, alors ?

Il souriait encore.

— Mais le problème, c'est que ta mémoire te reviendra un jour, et nous ne pouvons pas prendre ce risque.

Je reculai d'un pas supplémentaire.

Ce sourire m'effrayait. Je compris alors qu'il m'avait

effrayé par le passé. Même si je ne me souvenais pas quand, ni comment.

— Tu ne comprends pas, poursuivit-il, avant de se taire quelques secondes. Lorsqu'il reprit, ses paroles me coupèrent les jambes et me donnèrent le tournis :

— Tu ne peux pas t'échapper. Tu es déjà mort.

Je crus que le monde s'était arrêté de tourner. Les ténèbres m'enveloppaient comme un linceul. Étais-je mort ?

Je refusais d'en entendre davantage. Je détournai le regard. Mais sa voix me poursuivait.

— Je suis venu te chercher.

Mort ? Étais-je mort ? Ma tête s'emplit d'un cri silencieux. Était-ce la raison de mon amnésie ? Je voulais m'éloigner de lui, d'ici, mais je n'avais nulle part où aller. Je voulais échapper à cet homme diabolique, car je savais maintenant que l'Homme en Noir était diabolique. Il avait prétendu être mon père, mon sauveur. Et j'avais tellement désiré y croire. Maintenant, je voulais oublier ces paroles : « Tu es mort. »

Non. C'était impossible. Je ne pouvais pas être mort. J'étais fait de chair et de sang. Je ressentais la douleur, la colère. J'étais vivant.

Mais j'aurais dû périr dans un feu. Et comment avais-je échappé à la mort au plus profond des eaux du lac ? Parce que j'étais déjà mort ? Non !

— Qui es-tu ? criai-je.

— Je suis l'Ange de la Mort, souffla-t-il. Et personne n'échappe à la mort éternellement.

L'autre ascenseur se mit en branle. Vers le bas. Je voulais à tout prix m'échapper d'ici, lui échapper, à lui.

Pour réfléchir. Mais il n'y avait aucune issue. J'étais piégé.

L'autre cabine approchait. Elle serait bientôt au même niveau que la nôtre. Et elle nous dépasserait. Soudain, la voix de Jake résonna dans mes oreilles, comme s'il était à côté. Le moment idéal approchait. L'instant du saut. J'aperçus le toit passer près de moi. « Allez, mec, vas-y ! » C'est ce qu'il m'avait dit, mais j'avais eu trop peur pour me lancer. Trop peur. Maintenant aussi, j'avais peur. Mais j'avais plus peur encore de cet homme.

« Tu veux mourir, "monsieur Personne" ? Ou vivre pour voir un nouveau jour ? » Je connaissais la réponse à cette question. J'allais vivre.

Je me retournai vers l'Homme en Noir, plongé dans l'obscurité.

— Je ne suis pas encore prêt, monsieur l'Ange de la Mort. Il faudra courir vite pour m'attraper.

Je sautai. Je bondis dans le vide, le manteau de Jake voletant autour de moi, gonflé comme un parachute, et je l'entendis qui me criait en esprit : « Allez, mec, vas-y ! »

J'atterris lourdement sur le toit de l'autre ascenseur et agrippai aussitôt le câble de mes deux mains. Je levai la tête. Je l'avais eu par surprise. Il me regardait de là-haut, l'air furieux. Il ne pouvait plus me suivre, c'était trop tard. L'instant du saut était passé, comme je l'avais anticipé.

— Je t'aurai, lança-t-il. Je ne te lâcherai pas d'une semelle. Chaque fois que tu regarderas derrière toi, je serai là.

Cause toujours.

ÉPILOGUE

Le temps que Lewis entre dans l'immeuble, le gamin avait disparu sans laisser de traces. Mais on retrouva le corps du Loup écrasé au sous-sol.

Chacun pensait que toutes ces vies avaient été sauvées grâce à Lewis. Il avait su garder son sang-froid en situation de crise. Il avait été remarqué dans les hautes sphères de la police. Une place l'attendait dans la brigade criminelle. Et sa mère râlait toujours parce qu'il n'avait pas été décoré.

Lewis essayait de ne pas sourire lorsqu'il pensait au garçon. Un gamin comme les autres. Pourtant il avait vaincu l'un des tueurs les plus célèbres du pays.

Et il y avait davantage encore. Grâce à lui, Barry McKay avait été arrêté. La ville était débarrassée d'une tumeur cancéreuse. Sans oublier toutes les vies sauvées à La Chamade, tous ces adolescents... c'était le gamin, le vrai sauveur.

Combien ils devaient à ce môme !

Et ils ne le retrouvèrent jamais.

Des rumeurs circulaient à son sujet. Certains disaient qu'il n'avait jamais existé. Qu'il était une invention, un fantôme. Que Gaby McGurk l'avait créé de toutes pièces. Qu'Eddie l'avait utilisé comme excuse. Et Zoé refusait carrément de parler de lui. Les seuls autres témoins étaient Dev et ses camarades, et personne ne les croyait.

Lewis se disait que le gamin deviendrait peut-être lui aussi une légende urbaine, que des histoires à son sujet se répandraient de ville en ville. Le garçon qui avait vaincu le Loup et avait sauvé une ville...

Némésis.

Zoé et Gaby se tenaient devant leurs casiers. Elles étaient à présent les stars du collège. Tout le monde ne parlait que des moments forts de la mésaventure de Gaby, de sa relation avec le Loup, et de la scène où Zoé avait sauvé la vie de sa meilleure amie. Ce qui commençait à énerver Gaby.

— Tu ne m'as pas sauvée au sens strict. Tu ne m'as pas littéralement hissée hors de la cave à mains nues.

Non, c'était Dev qui l'avait sortie de là. Et maintenant, il se pavanait comme s'il était un héros, et que Gaby et lui sortaient ensemble.

Dans ses rêves.

Zoé, par contre, ne lâchait pas le morceau.

— Sans moi, Gaby, Lewis n'aurait jamais su qu'il y avait quelqu'un dans la cave.

Gaby décida de le reconnaître de bonne grâce.

Zoé ouvrit son casier.

— Qu'est-ce que c'est ?

Elle en sortit une enveloppe, qui portait son nom. C'était une carte de la Saint-Valentin.

— Regarde ce que j'ai reçu !

Elle arracha le rabat de l'enveloppe et en extirpa la carte. « *De la part d'un admirateur secret.* » Zoé regarda à droite et à gauche dans le couloir.

— Je me demande qui ça peut être.

Gaby lui prit la carte des mains. Elle avait comme l'impression de savoir fort bien qui l'avait envoyée. Ram ! Qui envoyait une carte à Zoé ! Il n'y avait pas de timbre sur l'enveloppe. Il avait dû revenir en cachette dans le collège. Quel culot !

Une idée la frappa soudain. Peut-être qu'il lui avait aussi déposé une carte. Elle ouvrit la porte de son casier d'un coup sec. Ses yeux lancèrent des éclairs.

— Qu'est-ce qu'il t'a laissé, Gaby ? Une carte de la Saint-Valentin, comme moi ?

— Pas vraiment, répondit-elle en attrapant une petite boîte en carton.

Elle contenait une crème décolorante : *Blonde comme les blés.*

Maintenant, j'étais libre de quitter la ville. Je ne savais pas où aller ni comment m'y rendre. Je me contentais de courir. Pour échapper aux griffes de l'Ange de la

Mort. Un jour, je découvrirais la vérité sur mon passé. Des bribes de souvenirs me revenaient déjà. Et comment aurais-je pu oublier les paroles de l'Homme en Noir ? « La mémoire te reviendra un jour, et nous ne pouvons pas prendre ce risque. »

Que savais-je donc qui les effrayait tant ? Et qui étaient ces gens ?

Alors je continuais à courir. Je n'avais pas le choix.

Je longeai la voie ferrée abandonnée qui partait de cette ville. Elle me mènerait bien quelque part.

Qui sait, peut-être même chez moi !

Cet ouvrage a été imprimé en France par

CPI
Bussière

à Saint-Amand-Montrond (Cher)
en avril 2009

POCKET jeunesse 12, avenue d'Italie – 75627 PARIS Cedex 13

— N° d'imp. : 091148/1. —
Dépôt légal : mai 2009.